如何不孤獨死去

理查・洛普

如何不孤獨死去

給老媽和老爸

一九八四年公共衛生（疾病管制）法案，第四十六節

（一）若地方當局判定遺體沒有被、或不會被妥當地安排處置，地方當局有義務介入，負責埋葬或焚化其轄區內任何死亡或被發現死亡者的遺體。

1

安德魯看著棺材努力回想是誰躺在裡面。是個男的，這點他確定。但可怕的是，他想不起來名字。他以為他已經把範圍縮減到不是約翰就是詹姆士，但是傑克這個選項又在最後一刻冒了出來。他想，這種事情的發生在所難免。他參加過太多這種喪禮了，遲早會這樣，但還是感到一陣氣憤自厭的刺痛。

要是他能在牧師說出來之前想起那個名字，那就太好了。儀式沒有固定流程，但或許他可以查看他的工作手機。這樣算作弊嗎?可能算。況且，就算是在一個擠滿弔客的教堂裡，這麼可疑的行動都很難避人耳目了，更別說現在他的周圍只有牧師一個人，這幾乎成了不可能的任務。通常，喪禮司儀也會在場，但他今天請了病假。

令人不安的是，距離安德魯只有幾呎的牧師自從儀式開始後，就幾乎一直盯著他的眼睛。安德魯以前沒跟他打過交道。他看起來挺孩子氣，講話時的顫抖被容易產生回音的教堂無情地放大。安德魯看不出這是否是緊張造成的。他試著用微笑安撫他，但似乎沒什麼用。豎起兩隻拇指會顯得失禮嗎？他打消了主意。

他再度看向棺材。或許他確實叫傑克，不過這個人過世時已經七十八歲，七、八十歲的人叫傑克的並不多。至少還沒有。五十年後，所有安養院將會很怪異地住著一大堆傑克和韋恩、叮噹仙女和蘋果汽水，下背部還刺著大致可翻譯成「前方五十碼施工中」的褪色部落刺青。

天啊，專心點，他告誡自己。他在場的重點是要尊重死者，見證這些可憐的靈魂出發踏上最後的旅程，代替家屬或朋友提供一點陪伴。尊嚴──這是他的目標。

不幸的是，對這位約翰或詹姆士或傑克來說，尊嚴向來缺貨。根據法醫報告，這位死者是坐在馬桶上閱讀一本關於禿鷹的書籍時去世的。雪上加霜的是，後來安德魯親自發現那本書根本寫得不好。他當然不是專家，但他不確定作者──只從安德魯讀過的少數段落就看得出來相當暴躁——該不該用掉一整頁來講茶隼的壞話。死者把這一頁折了角當作標記，所以他或許是同意的。安德魯脫下乳膠手套時在心中暗記，下次看到茶隼——或鷹隼家族中任何成員——的時候要記得罵上幾句，算是某種致敬。

除了其他幾本鳥類書籍，屋裡沒有任何東西透露出有關死者個性的線索。沒發現唱片或電影，牆上沒有掛畫，窗台上也沒放照片。唯一的個人特色是廚房櫃子裡有著令人困惑的大量水果纖維麥片盒子。所以除了是個消化系統健康的熱心鳥類學家以外，實在沒辦法判斷約翰或詹姆士或傑克是個怎樣的人。

安德魯照例很認真地執行財產調查。他搜索了屋裡（一棟仿都鐸風格的奇怪平房，叛逆地蓋在家家戶戶都有陽台的街上，像首突兀的插曲），直到確定沒有錯過任何顯示此人與家人尚有聯繫的東西。他敲門找鄰居打聽，但他們不是不在乎、就是根本不知道此人的存在，或他的死活。

接下來，牧師心虛地講了一段關於耶穌的話，安德魯憑經驗知道儀式接近尾聲了。他必須想起這個人的名字，這是原則問題。即使沒別人在場，他真的盡力要當個模範哀悼者——心情肅穆地彷彿有幾百個心碎的家屬出席。他甚至開始在進教堂之前先脫下手錶，因為死者的最後一程感覺好像應該豁免於冷漠的秒針動作之外。

這時牧師肯定在收尾了。安德魯非做決定不可了。

約翰，他決定了。他肯定叫約翰。

「雖然我們相信約翰——」

太好了！

「——在他的晚年存在某種程度的掙扎，因此很遺憾地沒有在親友的陪伴下過世，但差堪告慰的是，上帝正張開雙臂、充滿慈愛之心地在等待他；這段旅程將是他最後的獨行。」

喪禮結束後，安德魯通常不想逗留，因為有少數幾次的結果是他必須跟喪禮司儀或最後一刻來旁觀的人尷尬地談話。來看熱鬧的人多到令人驚嘆，在場外逗留，吐出空洞的陳腔濫調。安德魯已經精通遁術以避免這種接觸，但今天他被教堂佈告欄上一則活潑得令人不安的廣告「仲夏瘋狂天命！」給短暫分心了；這時，他感覺到有人正像不耐煩的啄木鳥般一直拍他肩膀。是牧師。他近看之下更顯年輕，淡藍色眼睛，整齊中分的紅銅色頭髮，彷彿是他老媽幫他打理的。

「嗨，你是安德魯，對吧？你是市政府派來的，是吧？」

「沒錯，」安德魯說。

「所以是沒找到家屬囉？」

安德魯搖搖頭。

「真可惜。太可惜了。」

牧師似乎很激動，好像在憋著什麼他很想透露的秘密。

「我可以問你一件事嗎？」他說。

「請，」安德魯說，火速想了一個他為何無法參加「仲夏瘋狂！」的藉口。

「你是怎麼發現的？」牧師說。

「你是指……喪禮嗎？」安德魯說，拉扯外套上的一截脫線。

「是啊。呃，更具體地說是我在其中的角色。因為，不瞞你說，這是我的第一次。老實說，能從這一場開始讓我鬆了一口氣，因為沒有人在，所以感覺有點像練習。希望現在我已經完全準備好能在坐滿親友的教堂裡主持一場正常的喪禮了，而不是只有市政府派來的一個人。無意冒犯，」他補充說，伸手放在安德魯手臂上。安德魯努力不畏縮。他討厭別人摸他。他希望自己有某種烏賊似的防禦機制能把墨汁射到他們的眼睛裡。

「所以說，」牧師繼續說，「你覺得我表現得怎麼樣？」

你要我說什麼？安德魯心想。**呃，你沒有撞翻棺材或口誤稱呼死者希特勒先生，所以我會說滿分。**

「你表現得很好，」他說。

「啊，太好了，謝謝你，老兄，」牧師說，又專注地盯著他。「我很感激。」

他伸出手來。安德魯握了幾下之後鬆手，但是牧師繼續搖，握力不減。

「總之，我該走了，」安德魯說。

「是，當然，請便。」牧師終於鬆手說。

安德魯沿著小路走掉，因為逃過進一步審問而解脫地嘆了口氣。

「希望很快就能再看到你，」牧師在他背後大聲說。

2

這些年來喪禮被賦與了各種代稱——「公共衛生」、「特約」、「福利」、「第四十六節」——但是沒有一樣企圖重塑品牌的嘗試能取代原名。安德魯初次聽到「貧民的喪禮」這個說法時覺得挺有感覺的，甚至，有某種狄更斯式的浪漫；讓他想起一百五十年前某個偏遠小村——滿地泥巴、有雞在叫——某個人因為梅毒不治死於二十七歲，被開心地包裹起來埋在坑裡，滋養土地。實務上，他的體驗冷靜得令人洩氣。現在喪禮是全英國市政府的法定義務，為了那些或許只因為屍體腐敗的臭味或帳單未付才被人發現他們死去的漏網之魚所設計。迄今已經發生過好幾次了，安德魯發現死者銀行帳戶裡的錢還足夠直接扣款支付他們死後好幾個月的水電暖氣費帳單，意思是，房子維持溫暖加速了他們屍體的腐爛。這種情況發生了五次之後，他考慮過要在年度工作滿意度調查中的「其他意見」欄提出這件事，但最後他只問了是否可以在公共廚房裡多放一個水壺。

另一個他逐漸熟悉的詞彙是「九點鐘的快步」。他的上司卡麥隆曾經一邊猛力刺穿著印度香飯微波包的膠膜，一邊跟他解釋過典故。「如果你孤獨地死了」——刺，刺，刺——「你也很可能會被孤獨地下葬」——刺刺刺——「所以教堂可以在早上九點就把喪禮結束掉，很保險，因為就算每班火車都可能被取消，」——刺——「每條公路都會塞車，」——刺——「也不會有什麼差別。」最後一刺。「因為沒有人會來。」

去年安德魯安排了二十五場這樣的喪禮（是他的年度最高紀錄）。即使嚴格來說他沒義務去，卻還是全部出席了。他告訴自己，有不具法律義務的人出席，是個微小但有意義的表態。但是，看著簡樸無修飾的棺材被放進特別指定的、還沒有墓碑的位置，心知當往後要堆放上其他棺材時它還會再被挖出來三、四次，就像個悲慘的俄羅斯方塊遊戲，他越來越常覺得自己的在場實在沒什麼意義。

¶

在往辦公室的公車上，安德魯檢查了自己的領帶和鞋子，兩者的狀態都不算太好。他的領帶上有個洗不掉的頑固污漬，來源不明。他的鞋子擦得發亮，但已經開始顯得破損了。太多教堂庭院碎石造成的刮痕，太多次因為牧師的口誤害他捲起腳趾、繃緊皮革。等到發薪日，他真的該把兩樣都換新。

喪禮結束後，他花了點時間才忘掉約翰（姓氏是史圖洛克，他在打開手機之後發現）。照例，他還是忍不住一直猜想約翰為何會淪落到這麼悲慘的處境。他真的沒有寫聖誕卡的對象，沒有任何姪兒或教子嗎？或者會在他生日時來電的老同學？不過，這很容易過分沉溺。為了自己好，他必須盡量保持客觀，就算只是為了讓精神足夠堅強到能去應付下一個有著類似下場的可憐人。公車在紅燈前停下。綠燈亮起時，安德魯已經強迫自己向死者做完最後的道別了。

他抵達辦公室，用比較低調的感謝方式回應卡麥隆熱情的揮手。在癱坐到多年來已經被壓塑成他身形的破爛座椅上時，他發出一聲熟悉又難過的呻吟。他才剛滿四十二歲，以為自己還要再過幾年才會開始在做輕鬆的肢體動作時發出古怪的雜音，但這似乎是宇宙正溫柔地告訴他，現在，他已正式邁入中年了。他只能想像再過不久，他便會開始用哀嘆最近學校考試也太容易了來展開一天，並且大量採購乳白色卡其褲。

他等待電腦開機，用眼角餘光看著同事基斯大啖一塊巧克力蛋糕並高明地吸掉肥短手指上的糖霜。

「這次還順利吧？」基斯眼睛盯著自己的螢幕說，安德魯知道上面很可能是已經開始顯露老態的一些女明星，或溜著滑板的可愛小動物。

「還可以啦，」安德魯說。

「有旁觀者嗎？」他背後傳來一個聲音。

安德魯嚇了一跳。他沒看見梅瑞迪絲坐到位子上。

「沒有，」他說，懶得轉過身來。「只有我和牧師。而且，這顯然是他主持的第一場喪禮。」

「哇靠，這樣開苞太慘了。」梅瑞迪絲說。

「老實說，總比全場擠滿哭哭啼啼的人好，」基斯說，在小指吸了最後一口。「那會讓你嚇得尿褲子，不是嗎？」

辦公室電話響起，他們三人都端坐著不去接。安德魯正要去接的時候，基斯先被挫折感擊敗了。

「喂，死亡管理組。是。當然。是。對。」

安德魯伸手拿耳機，並打開他的艾拉・費茲傑羅播放清單。他最近才學會使用

Spotify，這讓基斯很高興地在接下來的一個月裡都叫安德魯「老阿公」。他想要從經典開始，一首令人沉靜的曲子。他決定播〈夏日時光〉。但他才聽了三個小節，抬頭就發現基斯站在他面前，大肥肚幾乎要撐破了襯衫鈕釦之間的縫隙。

「哈囉。有人在嗎？」

安德魯摘下耳機。

「是法醫打來的。又有個新鮮案子。呃，屍體顯然不新鮮了，他們推測他已經死了好幾個星期。沒有明顯近親，鄰居也沒跟他說過話。屍體已經被移走了，所以他們希望能盡快作財產調查。」

「了解。」

基斯摳摳他手肘上的傷口結痂。「明天你可以嗎？」

安德魯查了查他的行事曆。

「我可以先處理它。」

「天啊，你真積極，」基斯說，蹣跚走回他的辦公桌。**你好像一片被丟在陽光下的火腿**，安德魯心想。他想要戴回耳機，但這時卡麥隆走出他的辦公室，並拍手吸引大家注意。

「各位，小組會議，」他宣布說，「對了，還有，別擔心——目前的卡麥隆太太照舊提供蛋糕。我們去休息區吧？」

他們三人回應的積極度，活像一隻雞被要求穿上煙燻火腿比基尼跑進狐狸窩裡。所謂的「休息區」就是一張膝蓋高度的桌子，和兩張不知為何有著硫磺味的沙發。卡麥隆曾經提出要加放一些懶骨頭，但沒人甩他，就像他提議每週二換座位、設置負面能量罐（「就像個髒話罐，但是用在負面能量！」），還有整組人一起去公園跑步的時候一樣。「我很忙的，」基斯打哈欠說。

「可是我還沒說要辦在哪一天，」卡麥隆說，帶著風中殘燭般閃爍的笑容。沒被大家的興致缺缺給嚇退的卡麥隆最近的提議是設置一個提議箱。照樣沒人理他。

眾人聚集在沙發上，卡麥隆端出蛋糕和茶，設法用無趣的閒聊誘導大家參與。基斯和梅瑞迪絲一起黏在較小的那張沙發上。梅瑞迪絲聽了基斯剛向她耳語的話正在發笑。就像父母分辨得出他們新生兒不同類別的哭聲，安德魯也開始瞭解梅瑞迪絲的不同笑聲是什麼意思。在此案例中，高音竊笑表示有人被毒舌調侃了。以他們很顯然正在偷瞄他這點來判斷，對象很可能是他。

「好吧，各位女士先生，」卡麥隆說，「先說正事，別忘了我們明天有新進同仁會來。佩姬・格林。我知道打從丹和貝瑟妮離職後我們便一直很吃緊，所以能有新幫手真是太棒了。」

「只要她不像貝瑟妮一樣『壓力太大』，」梅瑞迪絲說。

「或像丹一樣難相處，」基斯咕噥。

「總之呢，」卡麥隆說，「其實今天我想跟你們說的是我每週的……叭！叭！」──他假裝在按喇叭──「……好玩點子！別忘了這是你們都可以參與的事。你的點子多瘋狂都沒關係。唯一的規則是必須好玩。」

安德魯不禁顫抖。

「所以，」卡麥隆繼續說，「本週我的好玩點子是──請打鼓──每個月在某位同仁家裡辦一場晚餐聚會。就像〈來跟我吃晚餐〉（注：Come Dine With Me，電視節目）那樣的風格，但是不會有任何評分。我們會吃點東西，我提議喝點葡萄酒，讓我們有機會在辦公室之外培養真正的感情，促進互相了解，認識彼此的家庭等等的。

我超級樂意當第一棒。你們看怎麼樣？」

安德魯在「認識彼此的家庭」之後就什麼也沒聽見了。

「我們沒別的事可做了嗎？」他努力保持語氣平和說。

「哦，」卡麥隆立刻洩氣地說，「我還以為這是我最好的主意之一呢。」

「不，不，是好主意！」安德魯這時又矯枉過正地說，「只是……我們不能去餐廳就好嗎？」

「太貴了，」基斯說，把蛋糕碎屑噴得到處都是。

「呃，做別的可以嗎？我不確定——玩雷射大戰之類的。那還在流行嗎？」

「我要否決雷射大戰，因為我不是個十二歲的小男孩，」梅瑞迪絲說，「我喜歡晚餐聚會的點子。其實我在廚房裡算是個不為人知的奈潔拉（注：Nigella Lawson，英國美食作家），」她轉向基斯，「我敢打賭你會愛死我的羔羊小腿。」安德魯感覺膽汁在腹中翻攪。

「繼續，安德魯，」卡麥隆說，因為梅瑞迪絲支持他的主意而信心大振。他試著像好友般拳擊安德魯的手臂，害安德魯把茶灑到腿上。「一定會很開心！不必有要做什麼大菜的壓力。我當然也想要見見黛安和孩子們。那，你說怎麼樣？老弟，你會參加吧？」

安德魯的心思飛轉。一定有什麼他可以提議的替代方案吧？野外寫生。獵獾。什麼都好。這時所有人都看著他。他得說句話。

「哇靠，安德魯。你看起來好像見鬼了似的，」梅瑞迪絲說，「你的廚藝不可能那麼糟。況且，我相信黛安除了其他才藝之外，一定也是個厲害廚師，所以她能幫你。」

「呃嗯，」安德魯咕噥，用指尖相互敲打。

「她是律師，對吧？」基斯說。安德魯點頭。或許接下來幾天會發生什麼世界級大災難，一場經典的核武大戰，讓他們通通忘掉這個蠢念頭。

「你在杜威奇路有棟漂亮的老街屋，對吧？」梅瑞迪絲幾乎斜眼看著他說，「五個房間，不是嗎？」

「四個，」安德魯說。他很討厭她和基斯這樣講話。好像嘲弄的雙人搭檔。

「也很好，」梅瑞迪絲說，「漂亮的四房大屋，在各方面都聰明的孩子，還有多才多藝又會賺錢的老婆黛安。你真是一匹人生大黑馬。」

稍後，當安德魯準備下班時（由於太過分心而沒完成什麼有意義的工作），卡麥隆出現在他的桌子旁並一屁股坐下。感覺好像他在某種課程學來的招式。

「聽我說，」他低聲說，「我知道你似乎不喜歡晚餐聚會的點子，但就說你會考慮看看吧，好嗎兄弟？」

安德魯裝忙整理著桌上的文件。「喔，我是說……我不想破壞氣氛，只是……好吧，我會考慮。但是就算我們不這麼做，我相信還是能再想出別的，呃，好玩點子。」

「這才像話，」卡麥隆說，站直身子向所有人說，「我希望所有人都能這樣想。來吧，大家——我們快點培養感情總是好事。是吧？」

¶

安德魯最近剛砸錢買了通勤時用的抗噪耳機，所以雖然坐對面的男人醜陋地打噴嚏或那個小孩因被迫穿著兩隻鞋而憤怒尖叫的畫面仍會映入眼簾，看起來卻只像一齣默片，突兀地搭配著艾拉．費茲傑羅撫慰人心的歌聲。不過沒撐多久，辦公室裡的對話開始在他腦中重播，跟艾拉搶奪他的注意力。

「你很會賺錢的老婆黛安……聰明的小孩……漂亮的老街屋。」基斯的假笑。梅瑞迪絲的斜視。那段對話一路糾纏他到車站，並持續到他去採買要作為當天晚餐的食物。他突然發現自己在不知不覺中已站在街角商店裡幾包以名人命名的新奇洋芋片旁，努力忍住不慘叫出聲。在不斷拿起又放下同樣四包即食餐的過程持續了超過十分鐘之後，他感覺無法選擇，決定離開，走到外面下雨的街上，胃腸翻攪地回家。

他站在門外發抖。最後冷得再也受不了，他拿出鑰匙。通常每週會有一天像這樣，他會停在門外，鑰匙插在門鎖裡，屏住呼吸。

或許這次。

或許這次門後真的會是可愛的老街屋：黛安剛開始準備晚餐。大蒜與紅酒的香味。史黛芬妮和大衛爭吵或邊寫作業邊發問的聲音，接著是他開門時的興奮歡呼，因為爸爸回家了，爸爸回家了！

踏進走廊時，潮濕的氣味比平常更猛烈地襲向他。走廊牆上有熟悉的磨損痕跡，還有故障日光燈斷斷續續的乳黃色光線。他拖著腳步爬上樓梯，濕鞋子隨著每個步伐發出尖叫，他挑出鑰匙圈上的第二把鑰匙。他舉起手扶正門上歪掉的數字2然後進門，迎接他的，只有二十年來始終如一的寂靜。

3

五年前

安德魯遲到了。要不是他才剛在今早求職面試前寄出的履歷表上自稱是個「極度守時」的人，或許還不會這麼嚴重。不只守時：是極度守時。真的有這種說法嗎？守時有極端性嗎？要怎麼測量這種事呢？

會遲到也是因為他自己的愚蠢錯誤。在過馬路時，有個怪異的喇叭聲令他分心並抬頭去看。有隻野雁從頭上飛過，白色底側被朝陽照成橘色，怪異的叫聲和反常的動作，活像一架受損的戰鬥機掙扎著飛回基地。就在那隻鳥穩住身子繼續飛走時，安德魯在結冰上滑了一跤。有一瞬間他的手臂像風車般揮舞，雙腳踩不到東西，好像一個衝出懸崖的卡通人物，然後咚一聲撞到地面。

「你沒事吧？」

安德魯用無言地喘息回應剛扶他站起來的女子。他感覺像被人拿大榔頭在下背部敲了一下。但他找不到話向女子道謝倒不是因為這點。她看著他的樣子——臉上似笑非笑，把頭髮撥到耳後的動作——驚人地眼熟，令他無法呼吸。女子的眼光似乎在搜尋他的臉，彷彿她也正被強烈的熟悉和疼痛感給襲擊。她說出「呃，那就再見了」走掉之後，安德魯才發現她在等他道謝。他斟酌著是否該快步追上去設法彌補。但這時，他腦中開始響起熟悉的旋律。**藍月，你曾見我孤單佇立……**他費盡力氣把它甩掉，緊閉雙眼按摩太陽穴。等他再度睜眼時，女子已經不見了。

他拍掉身上的塵土，突然發覺有路人看到了他跌倒，卻只是幸災樂禍。他避開眼神接觸，低著頭繼續走，雙手插在口袋裡。他的尷尬逐漸引出某些別的東西。正是在這種不幸事件過後，他會感覺到心裡的那個東西被攪拌、翻騰、向外蔓延，又濃又冷，像是正走過流沙。他沒有人可以分享這個故事。沒人會幫他一笑置之。只有寂寞，寂寞隨時都在，替他的每次失敗緩緩鼓掌。

雖然跌倒後有點心神不寧，但他除了手上的小擦傷外沒有大礙。已經年近四十的他很清楚，在未來某個微小但可見的時間點後，這種標準的滑倒就會變成「小跌了一跤」。（他暗自想像充滿同情心的陌生人在等待救護車時，把他們的外套蓋在他身上，扶著他的頭，緊握他的手。）他雖然毫髮無傷，但他原本乾淨的白襯衫卻遭殃了，這時布滿了褐色髒水的斑點。他短暫考慮要設法利用這件事和手上的傷來討好面試官。「什麼，這個嗎？喔，來這裡的途中我衝到公車／子彈／老虎前面拯救一個小孩／小狗／高官，才耽擱了一會兒。對了，我有沒有提過我工作積極，而且不論單獨或在團隊中都表現良好？」他決定改採比較理性的選項，衝進附近的德本漢姆百貨買件新襯衫。這番折騰讓他滿頭大汗氣喘吁吁，他就這樣在水泥教堂般的市政府辦公室向櫃檯人員報到。

他依指示坐下，深呼吸幾次穩定情緒。他需要這份工作。急需。他從二十出頭歲開始就在附近自治城鎮的市政府做過各種管理職務，最後找到一個無法升遷的工作，幹了八年之後被草率地裁員。安德魯的上司吉兒——一個善良，臉頰紅潤，採取「先擁抱後發問」生活態度的蘭卡斯特人——對必須被迫開除他很過意不去，因此顯然打了電話給倫敦每個市政府辦公室詢問職缺。今天這次面試就是吉兒唯一的收穫，她在寫給他的電子郵件中對這個工作的描述模糊得令人洩氣。就安德魯所知，它類似於他的上一份工作，大致是管理事務，不過涉及財產調查。更重要的是，薪水跟他上個工作一模一樣，而且下個月就能上工。十年前他或許有機會考慮重新開始。或許去旅行，或許大膽轉行。但最近，光是必須出門就會帶給他一股若有似無的焦慮感，所以，去馬丘比丘健行或受訓當馴獅員應該都已經不太可能了。

他用牙齒撕扯手指上一片脫皮，搖晃膝蓋，拼命想放鬆。在卡麥隆・葉茲終於出現時，安德魯相當確定自己曾經見過他。他正想問個清楚——或許還可以用來拍拍馬屁——但接著就發現他會認得卡麥隆，只是因為他長得實在太像《酷狗寶貝》電影裡的年輕人華萊士。他有一對靠得太近的銅鈴眼，還有像鐘乳石般不均勻突出的大門牙。唯一的差別是茂密的黑髮和倫敦城區近郊的口音。

他們在小如棺材的電梯裡尷尬地閒聊了幾句，從頭到尾安德魯的目光都離不開那些鐘乳石。**別再盯著那該死的牙齒了**，他告訴自己，同時直直盯著那該死的牙齒。

他們等人送來兩個藍色小塑膠杯裝的常溫水，然後終於開始正式的面談。卡麥隆一開始就喋喋不休地說明工作內容，幾乎毫無暫停喘氣，解釋著如果安德魯被錄取，就會負責處理公共衛生法案管轄下的所有死者。「所以要聯繫喪禮司儀來策畫儀式，在地方報紙上撰寫死亡通知，辦理死亡登記，尋找家屬，以死者的資產支付喪禮費用。你不難想像，要做多到爆的文書工作！」

安德魯邊聽邊點頭，努力吸收，同時在內心咒罵吉兒竟然沒有提起任何關於「死亡」的事。接著，在不知不覺間，焦點轉到了他身上。卡麥隆令人不安地似乎跟他同樣緊張，一直在簡單友善的問題與令人困惑不解、語氣嚴肅的問題之間切換——彷彿他一人分飾白臉與黑臉兩個角色。在安德魯終於有空檔回答卡麥隆的胡說八道時，他發覺自己有點詞窮。每當他終於完整說出一個句子時，他的熱情聽起來像是焦急，而卡麥隆好像也聽不懂他嘗試表現的幽默感。他不只一次看向安德魯背後，被走廊上經過的人分心。最後安德魯甚至心灰意冷到考慮當場放棄走人的程度。即使對事態感到無比挫折，他還是一直被卡麥隆的牙齒分心。例如，他開始懷疑那到底是叫做鐘乳石還是石筍。不是流行穿上緊身衣可以幫助記憶嗎？就在這時候，他發現卡麥隆剛問了他什麼事——他沒聽見——正在等他回答。在驚慌之下，他往前坐了一點。「嗯，」他用一種希望能表達出他很感激被問到這麼體貼的問題，所以必須慎重考慮的語氣說。但是從卡麥隆的皺眉表情看來，這顯然是個錯誤。安德魯發現他剛剛想必是問了件簡單的事。

「是，」他脫口而出，決定保持答案簡短。卡麥隆的倒楣華萊士笑容重新出現，他感到渾身解脫。

「好極了。有幾個？」他說。

這比較棘手，不過安德魯察覺卡麥隆的語氣輕鬆，所以這次他改用一個空泛溫和的答案回應。

「呃，我想我有時候都數不清了，」他擠出可憐的笑容說。卡麥隆的反應是聽起來很假的大笑，彷彿無法分辨安德魯是否在開玩笑。安德魯決定反問，希望得知更多資訊。

「你介意我反問相同的問題嗎？」他說。

「當然可以。我自己只有一個，」卡麥隆說。他伸手到口袋開始翻找。安德魯短暫地以為他的面試官要把自己的蛋蛋掏出來，彷彿他遇到每個男人都問這個問題，急著找到同病相憐的單顆睪丸夥伴。但是卡麥隆拿出來的是皮夾。一直到他拿出一張有個小孩穿著全套冬裝、拿著雪橇的照片之後，安德魯才終於了解剛才的問題是什麼。

他迅速從卡麥隆的觀點重播整段對話。

——**你有小孩嗎？**

——**呃……是。**

——**好極了，有幾個？**

——**呃，我想我有時候都數不清了。**

天啊，他是否已經讓他可能的新上司以為他是某種多產色狼，一輩子到處上床、留下一堆懷孕女人家庭破碎的印象了？

他還在看著卡麥隆小孩的照片。**說句話啊！**

「真可愛，」他說，「可愛的……小男孩。」

喔，很好，現在他聽起來就像個兒童誘拐犯。這下沒問題了。戀童癖先生，你星期一開始上班吧！

他緊抓著早就喝光的塑膠水杯，感到它在手中破裂。真是個該死的災難。他怎麼會這麼快搞砸呢？他從卡麥隆的表情看出已經無法再回頭了。如果安德魯乾脆承認謊稱有小孩的事是個意外，他不確定對方會說什麼，但是似乎也不太可能扭轉局勢。他判斷現在的最佳選擇是撐過剩下的面試，同時盡量保住顏面——就像在考駕照時不慎輾過一位賣棒棒糖的女士之後，仍重複進行著查看照後鏡、打燈號的動作。

他放下塑膠水杯，看到手掌上的擦傷，想起早上那個幫過他的女子。褐色捲髮，令人費解的微笑。他感到耳朵裡的血液開始鼓脹。那會是什麼感受，擁有可以假裝的片刻？自己上演一些小幻想。有什麼害處？真的，花點時間想像一切順利而非一敗塗地有什麼害處？

他清清喉嚨。

他會這麼做嗎？

「他幾歲了？」他在把照片還給卡麥隆時問道。

「他剛滿七歲，」卡麥隆說，「你的呢？」

他真的要這麼做嗎？

「呃……史黛芬妮八歲，大衛六歲，」他說。

顯然是真的了。

「啊，真好。一直到我兒子克里斯四歲時，我才真的開始看出他長大以後可能會變成怎樣的人，」卡麥隆說，「不過我老婆克拉拉總是堅信她在分娩之前就看得出小孩的個性了。」

安德魯微笑。「我老婆黛安也這麼說，」他說。

於是，就這樣，他有了家庭。

他們又聊了一會兒老婆小孩的事，但很快卡麥隆就把面談拉回到正事，安德魯感覺幻想如同水在他的指縫間溜走。不久後他們的時間就到了。令人不安的是，卡麥隆沒有端出例行台詞問安德魯還有沒有其他疑問，而是問他有沒有「最後想說的話」，彷彿他要被押去吊死了。他努力擠出含糊的鬼扯說這個職務似乎很有趣，以及他會多麼珍惜能在卡麥隆的傑出團隊裡工作的機會等等。

「那就保持聯絡了，」卡麥隆說，誠懇程度宛如在電台受訪時假裝喜歡某獨立樂團的政客。安德魯擠出微笑，也記住跟卡麥隆握手時保持眼神接觸，他的手又濕又冷，彷彿剛摸過鱒魚。「謝謝你給我這個機會，」安德魯說。

¶

他找了家咖啡店並用免費 WiFi 搜尋著職缺，但因為太過心神不定而無法仔細地看。當他謝謝卡麥隆「給他這個機會」時，其實跟這份工作沒有絲毫關係：是因為他獲得了一個機會去放縱自己的幻想，幻想擁有家庭，無論多麼短暫。這麼正常的感受令他覺得怪異地刺激又可怕。他努力忘掉這回事，逼自己專心。如果他再找不到市政府的工作就得擴大搜尋範圍，但這感覺像個不可能的可怕任務。他似乎找不到自己夠資格的工作。半數工作的內容說明本身就已經夠難懂了。他絕望地看著買來但還沒吃的巨大鬆餅，一直戳它戳到看起來像個鼴鼠丘。或許他可以用食物做出各種動物的巢穴然後去報名透納獎（注：Turner Prize，英國的視覺藝術獎項）。

他坐在咖啡店消磨下午的剩餘時間，看著重要的商務人士開重要的商務會議，觀光客興奮地翻閱導覽書。他在所有人都離開後又待了好一陣子，緊挨著暖氣管，設法在疊椅子掃地的年輕義大利服務生眼中保持隱形。最後，服務生來問安德魯是否可以離開，臉上歉疚的笑容則在他看到鬆餅鼴鼠丘溢出到桌面的碎屑時瞬間消失。

安德魯走出店外時手機響起。是個陌生號碼。

「安德魯？」電話另一端的人說，「你聽得到嗎？」

「是，」安德魯說，不過狂風大作加上正好有響著警笛的救護車經過，他其實聽不太清楚。

「安德魯，我是卡麥隆・葉茲。我只是想通知你說，今天很高興認識你，你似乎真能了解我想要建立的積極文化。所以，長話短說，我可以很高興地說，歡迎你加入。」

「你說什麼？」安德魯說，用手指塞住另一隻耳朵。

「我們決定錄用你！」卡麥隆說，「當然還要辦些例行手續，但應該不會有什麼問題，老兄。」

安德魯呆站著，任大風吹襲。

「安德魯？你有聽到嗎？」

「天啊。是，我聽到了。哇。太好了。我……我很高興！」

這是實話。其實他開心到隔著櫥窗向服務生燦笑。服務生用一個有點困惑的微笑回應安德魯。

「安德魯，聽好，我趕著去開研討會，所以我會請別人發個電子郵件通知你所有細節。我相信還會有一些瑣事要討論確認，但現在不用擔心那些。趕快回家去，告訴黛安和孩子們這個好消息吧。」

4

安德魯實在很難相信，距離他站在那條颳風的街上努力理解著卡麥隆剛說的話，居然只過了五年。感覺恍如隔世啊。

他有氣無力地攪拌火爐上那些正在旅行用小平底鍋裡飛濺的焗豆子，再把它們倒在剛剛切下的乾硬全麥麵包上，麵包是用他唯一還算銳利的一把刀子切的，塑膠握柄有被燒過的扭曲痕跡。他刻意地看著爐子後面已經破裂的方塊磁磚，假裝那是攝影機。「所以我剛剛在做的是把豆子和麵包放到一起，現在只需再加一點番茄醬——我用番茄隊長牌，但是任何牌子都行——就能構成美味的三重奏。剩下的廚餘不能冷藏，但是幸好你大約九秒鐘就會全部吞下肚，然後忙著痛恨自己，沒空擔心那個。」

他聽到鄰居哼著歌走下樓。她是新來的鄰居，幾個月前舊房客剛剛搬走。他們是一對年輕夫婦，二十出頭，兩人都驚人地好看；顴骨突出、手臂黝黑。這種賞心悅目的外表表示他們一輩子都不必為任何事道歉。在走廊上相遇時，安德魯會逼自己跟他們眼神接觸，努力輕快地打招呼，但他們從未真的誠心回應。一直到聽見那明顯的哼歌聲時，他才知道有新人搬進來了。他沒見過新鄰居，但奇怪的是，他聞過她的味道。至少是聞過她的香水味，因為那味道濃烈到永遠殘留在門口。他試著想像過她，但想到她的臉孔時只有一個平坦空白的橢圓形。

這時他的手機在流理台上亮起。他看到他姊姊的名字，心情一沉。他看看螢幕角落的日期：三月三十一日。他早該知道的。他想像莎莉在月曆上察看她何時有約會，然後看到三十一日畫了個紅圈，低聲咒罵，知道又是他們每季通電話的時候了。

他喝了一大口水壯膽，然後接聽。

「喂，」他說。

「嗨，」莎莉說。

沉默片刻。

「呃。你好嗎，老弟？」莎莉說，「一切順利嗎？」

天啊，她爲什麼非得像他們青少年時期那樣講話？

「喔，妳知道的，老樣子。妳呢？」

「我沒什麼好抱怨的，老弟。我跟卡爾這週末要去瑜珈度假村，幫他學習指導方面的事情等等的。」

卡爾。莎莉的老公。通常看見他都是在喝蛋白質奶昔，或自願幫忙搬重物上下樓。

「聽起來……不錯，」安德魯說。接著，經過一段顯然表示應該進入迫切話題的短暫沉默之後：「妳的檢查結果怎麼樣了？」

莎莉嘆氣。

「上個月又做了一堆。報告裡都是些無法確定的結果，基本上意思就是他們還什麼都不知道。不過，我感覺好多了。他們認為應該不是心臟的問題，所以我不太可能像老爸那樣無預警翹辮子。他們一直跟我講那些老套的鬼扯，你知道那一套。多運動，少喝酒，有的沒的。」

「呃，他們沒有過度擔心也好，」安德魯說，心想如果莎莉講話不該像個青少年，他可能也不該像個壓抑的牛津教授。他還以為經過這麼多年，他們不會再感覺形同陌路了。但還是老樣子的簡單話題表：工作。健康。家人（呃，卡爾，唯一接近他們共同親屬的人）。不過這次，莎莉決定變個花樣。

「對了，我在想……或許我們最近該找時間碰面。畢竟都已經，呃，五年了。」是七年，安德魯心想。上次是在班貝里一家照相館對面的火葬場，大衛叔叔的喪禮上。而且妳嗑嗨了。話說回來，他承認，之後他也沒有積極邀請過莎莉碰面。

「那……那樣也好，」他說，「當然，只要妳撥得出時間。或許我們可以在中間點碰面之類的。」

「好啊，沒問題，老弟。但我們搬家了，記得嗎？我們目前人在紐奎——因為卡爾的事業那些的。所以最近的中間點會在別的地方。但是我五月會去倫敦找朋友。或許到時我們可以碰面？」

「好。妳要來的時候再通知我。」

安德魯咬著嘴唇環顧房間。在他搬進這公寓的二十年來幾乎什麼也沒變。結果，他的生活空間看起來比起疲弱更像是破敗不堪。在充當廚房的區域，牆壁和天花板的連接處有黑色污漬；還有破爛的灰色沙發，脫線的地毯，和原本象徵秋天但實際上只會讓人想到消化餅的黃褐色壁紙。隨著壁紙顏色越來越褪色，安德魯真正動手改善的機會也越低。他對家裡狀態的羞恥感，就跟想到必須要改變它，或者更糟，必須搬家的恐怖感成正比。獨居且沒有訪客至少有一個好處——沒人能夠拿他的生活方式來評斷他。

他決定轉移話題，回想他們上次通話時莎莉告訴他的事。

「妳跟……那個人的進展怎麼樣？」

他聽到打火機擦響，然後是莎莉吐煙的微弱聲音。

「那個人？」

「妳預定要去見面談一些事情的人。」

「你是說我的心理治療師？」

「對。」

「我們搬家後就把她甩了。老實說，老弟，我很慶幸能脫身。她一直想催眠我，但根本沒效。我跟她說我對那個免疫，但她不相信。我在紐奎找了個新人。我猜比較像是靈性治療師那類的吧？她是在卡爾的瑜珈課廣告看板旁邊擺她的廣告看板的時候，剛好被我遇到的。很巧吧？」

呃……安德魯心想。

「對了，老弟，」莎莉說，「我還有件事想要跟你談。」

「喔，」安德魯立刻起疑。先是安排碰面，然後這個。喔天啊，萬一她想要逼他跟卡爾多相處呢？

「是這樣——通常我不會這麼做，因為我知道……呃，我們通常不會談這個。不過，總之，你認識我老朋友史巴奇吧？」

「不認識。」

「你認識的，老弟。就是在布萊頓巷開菸具行那個？」

那還用說。

「好吧……」

「他有個朋友叫茱莉亞。她住在倫敦。其實是水晶宮路，所以離你不太遠。她三十五歲。大約兩年前經歷過一段聽起來相當慘烈的離婚。」

安德魯把手機從耳邊移開。**如果接下來的走向是我想的那樣……**

「但是現在她已經振作起來了，據史巴奇說她想要，你懂的，回歸婚姻生活。所以，我在想呢，嗯，或許你可以——」

「不要，」安德魯說，「絕對不要。免談。」

「可是安德魯，我覺得她超棒的——據我看過的照片也很漂亮。我敢打賭你會喜歡她。」

「跟那沒關係，」安德魯說，「因為我不想要……那樣。不適合我。」

「『不適合我』。天啊，老弟，我們說的可是愛情耶，又不是披薩上的鳳梨。你不能就置之不理吧。」

「為什麼不行？我為什麼不行？我又沒妨礙到任何人，對吧？至少這能保證沒有人會受傷。」

「但那不是過日子的辦法，老弟。你現在四十二歲，還在盛年啊。你得考慮多出去認識人，否則你就是，呃，主動否決了自己可能的幸福。我知道很難，但是你必須想想未來。」

安德魯感到心臟開始加速跳動。他有種可怕的預感，覺得他姊姊正在累積勇氣要問他一些兩人從來不曾討論過的事，儘管莎莉並不是沒有嘗試過。因為那甚至不只是房間裡的大象，而是在晾衣櫥裡的一隻雷龍。他決定先發制人。

「我很感激妳的關心，但是不需要。真的。我現在這樣子很好。」

「我懂，但是說真的，遲早我們會必須要談到……你知道的……那件事。」

「不，我們不會，」安德魯說，很不高興自己這句話講得輕聲細語的。顯露任何情緒都會像是在邀請莎莉繼續質疑，彷彿他內心確實想要談「那件事」，但他非常肯定自己絕對不想。

「可是老弟，總有一天我們必須談談，這樣不健康！」

「對，但是妳一輩子抽大麻也不健康，所以我不確定妳有什麼立場批評，對吧？」

安德魯畏縮了一下。他聽到莎莉吐煙。

「抱歉。我不該這麼說。」

「我只是想說，」莎莉用有點故意的語氣說，「我認為把事情談開對你會有幫助。」

「而我只是想說，」安德魯說，「我真的不覺得我想談這些。我的感情生活，不論有或沒有，都不是我可以輕鬆談論的事情。而關於『那件事』，其實真的也沒什麼好說的。」

一陣沉默。

「唉，好吧，老弟。我想就隨你囉。我是說，卡爾一直叫我別拿這件事煩你，但是很難不說，你知道吧？你是我的弟弟啊，老弟！」

安德魯感到一股熟悉的自厭刺痛。這不是第一次了，他的姊姊好不容易伸出手來，他卻像是在叫她滾開。他想要好好道歉，告訴她這些關心當然對他意義重大，但卻哽在喉嚨說不出口。

「呃，」莎莉說，「我們要坐下吃飯了。所以，我想……改天再聊囉？」

「好啊，」安德魯說，挫折地緊閉雙眼。「當然。還有，妳知道的，謝謝妳打來關心。」

「嗯。不客氣，老弟。你保重。」

「好。我會的。一定會。妳也是。」

在從廚房走到他的電腦這段短短的距離中，安德魯差點一頭撞上「飛翔的蘇格蘭人」火車頭，但它自顧自地繼續行駛。在他的所有火車頭之中，蘇格蘭人號似乎帶有最開朗的漫不經心感（例如相較之下，英國國鐵城際號似乎總是因為必須被迫行駛而顯得很暴躁）。這是他擁有的第一個火車頭，也是他所有模型火車收藏中的第一件單品。他在青少年時期收到這個禮物，而他立刻就迷上了。或許是因為意外的禮物來源而非物品本身，但是日積月累下來他逐漸了解它有多完美。他存了好幾年才買得起另一個火車頭。然後又一個。然後第四個。接著是軌道、岔道和月台、止衝擋和燈號箱，直到最後，他公寓的所有地面空間都被複雜交織的軌道系統與各種附屬造景給佔據：看起來像穿過山體的隧道，溪邊吃草的牛群，大片麥田，還有戴寬帽的農人照顧著有成排小甘藍菜和番茄的農田。不久後他便有了足夠的景觀材料去主動反映出真實季節。每當他在空氣中感覺到季節的變化時總是非常興奮。有一次，在某場只有死者酒友參加的喪禮中，牧師正在頌詞中提及時鐘倒轉等等沉重的隱喻，安德魯想到要用整個週末來把目前的翠綠景觀換成比較秋天氣氛的東西，差點喜悅得對空揮拳。

建造這些世界會上癮。也很貴。安德魯的微薄儲蓄早已全耗在了收藏上，而且除了房租，現在他的薪資也幾乎完全花在升級與維護。他不再擔心自己花那麼多時間，有時候好幾天，在網路上閱讀改進他的配置的方法。他記不得自己是什麼時候發現然後加入了「模型火車狂」網路論壇，但是此後他每天都去看。在那裏貼文的大多數人都讓他的興趣顯得還挺業餘的，而安德魯打從心底欣賞他們每一個人。任何一個——真的是任何一個——想到在半夜兩點三十八分登入留言版貼這個訊息：「請幫幫菜鳥：**Stanier 2-6-4T** 底盤破裂。有人能幫嗎?.?」的人，包括其他在幾分鐘內回應提供各種訣竅、對策和溫言鼓勵的三十三個人，對安德魯來說都是英雄。其實，比較技術性的對話內容他只看得懂大約十分之一，但他總是會讀完每一則，並在某些詢問被解決時——有時提問會被閒置好幾個月——感到真心喜悅。他偶爾會貼一些普通的善意留言在主版上，但最重大的改變發生在他開始定期跟另外三個用戶聊天之後，他被邀請——透過私訊！——加入一個非公開的次級版。這個小天堂由最資深的網友之一 **BamBam67** 管理，他最近剛獲得了版主權限。另外兩名受邀者是怎麼看都年輕熱情的愛好者 **TinkerAl**，還有比較老經驗的 **BroadGaugeJim**，他有一次貼了張搭配蒸汽車頭建造的水道橋照片，漂亮到安德魯必須躺下來冷靜。

這個次級版是BamBam67成立來炫耀他的版主權限的（Bam確實喜歡炫耀，經常在發文時附上他的火車場景照片，重點似乎是讓大家看到他的漂亮住家有多寬敞）。他們很早就發現大家都住倫敦，只有BroadGauge（團體中的熱心阿伯）一直「腳踏實地住在萊瑟希德」三十多年，但是大家卻從來沒有提起過想辦網聚的念頭。這讓安德魯（代號Tracker）非常安心。一部分是因為，這表示有些時候他可以靠修改網路人格來掩飾現實生活中的不足（他很早就發現了，這就是網路的重點），但也因為這些人是他唯一（所以也最親密）的朋友，萬一在現實生活見到他們卻發現他們都是大混蛋，那就太可惜了。

主版跟次級版會發生的事情截然不同。前者有個微妙的生態系。對話必須嚴守主題，任何藐視規則的用戶都會受到懲罰，有時還挺嚴厲的。最惡名昭彰的例子就是TunnelBotherer6不斷在齒輪主題版上張貼關於底板的文章，因此被版主認定為「浪費空間」。TB6從此沒再發文，令人心裡發毛。但在次級版裡由於不受主版版主監控，因此發生了緩慢的轉變。不久，它就變成了討論私人問題的地方。起初感覺很嚇人。

他們好像是在骯髒地窖裡一盞孤燈下圍著地圖的反抗軍，同時樓上酒吧還有敵軍在喝酒。第一個公開提出非火車議題的人是BroadGaugeJim。

他寫道，「各位聽我說，通常我不想用這種事打擾你們，但是老實說我不太確定能問誰。基本上，我女兒艾蜜莉被逮到在學校『網路霸凌』別人。惡毒的訊息。合成的圖片。就我所見，是很糟糕的東西。她說她不是那小圈子的領袖，覺得很後悔（我相信她），但我還是覺得我必須確保她學到教訓，不能再參與那種事，即使會失去一些朋友。我不知道你們誰能給我這沒用的廢柴任何建議！！沒有也別介意！！！！！」

安德魯等著看會發生什麼事，害他的炒蛋冷掉了。最先回應的是TinkerAl，他的忠告很簡單、理性，但也很誠心。讓安德魯感到短暫地暈眩。他試著寫出自己的回應，但真的無法想出比TinkerAl更好的說法。他改用兩行話支持Tinker的建議，並且（或許有點自私地）決心下次要當個幫得上忙的人。

¶

安德魯登入，聽到蘇格蘭人號從他背後駛過時令人安心的聲音，熱切期待著它通過後帶來的微風。他調整螢幕。這台電腦是他買給自己的三十二歲生日禮物。當時感覺像台漂亮又強大的機器，但過了十年後，比起最新機型顯得超笨重又緩慢。然而安德魯對這台老爺機有感情了，所以只要還能吵鬧地開機，他就會繼續使用它。

「大家好，」他寫道，「有沒有人正在上夜班？」

在等待他心知頂多十分鐘內必定會來的回覆時，他小心地跨過鐵軌到唱機旁邊翻找黑膠唱片。他把它們搖搖晃晃地疊成一堆，而沒有成排放在架子上——那樣會減少樂趣。以這種比較隨興的順序排列，他偶爾還可以讓自己驚喜一下。這裡有些其他的音樂人和專輯——邁爾斯・戴維斯、大衛・布魯貝克、迪吉・葛拉斯彼——但是艾拉仍然佔了絕大多數。

他把《The Best Is Yet To Come》抽出封套，但又改變主意放了回去。改變鐵路場景時是因為季節變化，但是選擇放哪張艾拉的唱片來聽沒有那麼簡單明瞭的邏輯。以她來說，只有當下感覺適不適合的問題。但有一個例外——她的〈藍月〉。二十年來他一直無法播這首歌，儘管他腦中偶爾還是會浮現出旋律。他一認出前幾個音符，太陽穴就會逐漸作痛，視野變得模糊，然後便是刺耳的反饋和喊叫聲混雜著音樂，被一雙手緊抓住肩膀的可怕感覺。然後，它突如其來地消失，留他看著困惑的收銀員，或發現自己錯過了該下車的站牌。幾年前有一次，他走進蘇活區的一家唱片行並發現店裡正在播這首歌。他落荒而逃的結果是跟店員與路過的下班警察發生了激烈衝突。最近一次，是他在看電視跳頻道時不知不覺停在了一場足球賽上。幾分鐘後，他急忙尋找遙控器要關電視，因為顯然曼城隊的球迷正在合唱著〈藍月〉。聽到實際歌聲已經夠糟了，但五萬人齊聲高唱又是另一個不同的層次。他試過告訴自己這只是個大家都會遭遇、就是必須忍耐的異常痛苦之一，就像對陽光過敏，或有夜驚症，但有時還是會心想，他或許應該找個人聊聊這件事。

他用手指摸過凹凸不平的唱片堆。今晚吸引他目光的是《Hello Love》。他謹慎地放下唱針後回到他的電腦前。第一個回應的是 BamBam67。

「大家晚安。我也在上夜班。謝天謝地只有我在。有看到今晚他們重播去年 BBC 的那個節目嗎?詹姆士・梅坐在他的小屋裡重建一台 Graham Farish 372-311 N Gauge 蒸汽車頭。顯然他們是一鏡到底。總之，不用看了。拍得不好。」

安德魯微笑著刷新螢幕。剛好出現 TinkerAl 留言：

「哈哈！就知道不會合你的口味！不過我很喜歡！」

刷新。接著是 BroadGaugeJim：

「我也是上夜班，各位。我在它第一次播映時就看了梅那個節目。他有一次主張該用軟木襯墊而不是道碴，恐怕我無法認真看待其餘的部分。」

安德魯回頭去看，整個人陷進他的椅子裡。現在他們四個人都發文了，艾拉在低聲唱歌，火車在房間裡行駛，蓋過了寂靜，他可以放鬆了。

這種時候感覺一切都對了。

這就是一切。

5

說到安德魯的便當盒，那又是另一個教科書等級的作品了，儘管這是他自己說的。「火腿和起司，」他向攝影機誇口，「一團酸黃瓜先放在中間，然後我們再把它分散到每個角落。我喜歡想像那是一些叛國者的屍塊在被送往英國的四個角落，但你可以創造任何自己喜歡的比喻。等等，那些是冰山萵苣嗎？當然是了。所以還要加什麼？分裝包品牌的鹽和醋？有。The Big Red 網站買的地瓜怎麼樣？也有。不過要小心確認它不是那種表面看起來沒問題，但其實底下已經發霉了的劣貨。我總是想像一個自負的年輕士兵在高聲抗議，說即使他的腓骨已經斷了，卻還是想要去巡邏。但老話一句，慎選你的比喻。」

在正要開始解說他的食品容器系統時，他忽然遲疑起來，望著前方彷彿讀稿機故障了，腦中浮現出基斯和梅瑞迪絲聯手審問他的那段不愉快回憶。

當他在上班途中的火車上，被一個雙腿張得太開的男子卡在扶手——安德魯只能假設他是在表演某種儀式舞蹈，用來顯示他是個多麼偉大的人——的時候，他突然回想起上班的第一天。在剛找到工作的短暫興奮過去之後，接下來的幾天他都在焦慮恐慌，不知道該怎麼跟卡麥隆解釋清楚他捏造自己家庭的這樁小事。他推測最佳的機會應該是盡快跟卡麥隆打好關係——違背所有直覺主動親近他。在走廊上大膽閒聊幾次、痛罵別人，週五下班後一起喝杯啤酒——大家都這麼做，不是嗎？——然後他就能坦白告解，說我們玩得真開心真瘋狂啊，老兄，然後他們就會把那件事當作每個人在面試時都會講的善意小謊來看待。

不幸的是，這行不通。就像是英國法律有規定似的，安德魯在向他的新同事們短暫地打過招呼之後，立刻不慎登出了他的電子郵件系統並默默呆坐了一小時，因為太尷尬了而根本不敢求助。

這時，他看到卡麥隆出現。這是他建立友誼的第一個好機會。他才剛在打算要用一些俏皮的開場白來說明他眼前的權限危機，卡麥隆便直接打斷他祝他第一天上班愉快，並用大聲到顯然每個人都聽得到的聲音問：「家人還好嗎？史黛芬妮和大衛都好？」

卡麥隆這麼快就把這件事公開讓他一時間措手不及，對於孩子好不好的問題他只好回答說，「他們似乎不錯，謝謝。」

若是眼鏡技師問他的新眼鏡怎麼樣，這會是個妥當的回應，但說到他自己子女的生活時就不太妥當了。他慌亂地瞎扯，說他們目前似乎有很多家庭作業什麼的。

「呃，」卡麥隆在安德魯的胡言亂語結束之後說，「很快就要到復活節假日了。

你和黛安要去什麼好地方嗎？」

「嗯……法國，」安德魯說。

「喔，真好，」卡麥隆說，「法國哪裡？」

安德魯想了一下。

「南部，」他說，「法國南部。」

就這樣了。

在剛開始那段日子，每當對話轉到家庭，他就被迫得要思慮敏捷。他很快就學會自己可以假裝被電腦上的什麼東西分心了，或是要求對方重複一次問題，彷彿他沒聽清楚，來爭取時間，但他知道自己需要一個比較長期的策略。第二週有幾天什麼事都沒有，他一度猜想自己是不是已經脫困了。回想起來，當時的他真是好傻好天真。這可是家庭，正常人都聊這個。更讓情況雪上加霜的是，梅瑞迪絲似乎專靠管閒事和講八卦果腹，因此時不時就會向安德魯施壓，想得到更多明確資訊。有個例子就發生在某次她、基斯和緊張兮兮的畢業生貝瑟妮在談論婚禮的時候。

「喔，那實在有夠煎熬，」梅瑞迪絲說，大談著那個週末她朋友的婚禮。「他們就站在祭壇前面，卻怎麼樣也沒辦法把戒指套到他的胖手指上。」

「我爸認為男人戴婚戒有點娘砲，」貝瑟妮說，顫抖的聲音讓她聽起來像是正在被驅趕著通過攔畜溝柵。

「你看吧？」基斯說，大大張開雙臂來強調論點，露出腋下汗濕的痕跡。「我一直都是這麼說的。」

「喔，我不知道耶，」梅瑞迪絲說，「但如果我家葛拉翰沒戴，我知道他會全身上下各種彆扭。」

她伸長脖子想繞過安德魯的螢幕偷看。

「你有戴嗎，安德魯？」

他居然愚蠢地先看看手指才回答沒有。

「有什麼特定理由嗎，或者……？」

糟了。

「不，不，」他說，「我只是……我不覺得我會喜歡那個感覺。」

沒人質疑這點，但他還是尷尬到脖子開始灼熱。這時他發現，光是知道些一般事實、只大概瞭解情況是不夠的。他必須用比較纖細的筆觸來補足一些細節。於是當晚稍後，在艾拉的背景音樂中，他打開一個空白的試算表檔案，開始填入他家人的故事。一開始他先盡量確立了許多「實質」的東西：中間名、年齡、髮色、身高。接著在隨後的幾星期，他開始添加比較微妙的細節——回想陌生人的對話片段，從中擷取一些小細節，或自問他自己的家人可能會怎麼回應別人的消息。不久之後，你幾乎可以問他任何事，他都備妥了答案。隨機瀏覽試算表，你可能會發現大衛喜歡觸式橄欖球，但他最近扭傷了腳踝。他很害羞，喜歡自己玩而非跟朋友一起。他求了好幾個月要買走路時鞋跟會發亮的運動鞋，才終於得到安德魯的同意。

史黛芬妮小時候有嚴重的腹痛問題，但最近除了偶爾有罕見的結膜炎之外，他們很少帶她看醫生。她會在公開場合問出一些聰明到嚇死人的問題，經常讓他們大出洋相。有次她在一齣耶穌誕生劇中飾演牧羊人，儘管參演同學們的評價毀譽參半，不過他們當然無比驕傲。

他覺得比較困難的是「他們」——他和黛安的部分。他在面試時允許自己幻想的時候，那感覺還沒什麼，但現在這完全是另一個層次。然而，細節都在：黛安最近剛被法律事務所擢升為合夥人（專業領域是人權），雖然工時很長，但最近她已經不會在週末查看那可怕的黑莓機了。他們的結婚紀念日在九月四日，但另外也有個小紀念日在十一月十五日，那是他們在朋友宿舍房間的臨時派對之後，站在戶外大雪中初吻的日子。他們第一次正式約會是去電影院看《黑色追緝令》。他們會去她父母家過聖誕節，夏天通常去法國度假，秋季的期中假期則會去渡假村玩。他們結婚十週年的時候去了羅馬。在他們找得到保姆的時候，也會去劇場看戲——但不看太前衛的，因為他們判斷時間和金錢太寶貴，不能浪費在沒有至少一個主角演過週日古裝劇的戲上。黛安每週日上午會跟朋友蘇一起打網球，還有參加史黛芬妮學校的家長會。在後來去做雷射手術之前，她戴過亮橘色鏡框的眼鏡。她眉毛上有個小疤，是學校裡一個名叫詹姆士・龐德的同學用酸蘋果丟她留下的。

這一切實在很花時間力氣，安德魯幾乎沒時間思考他實際上的新角色適應得如何。他已經去過兩場喪禮，打過報喪電話給幾位家屬。他甚至跟著基斯去進行了第一次的財產調查，看到一位女士嚥氣的房間。但這一切跟想維持謊話不被拆穿相比之下簡直輕而易舉。他隨時都在緊張，等待著他害自己被各種繩結纏死或是完全自相矛盾的那一刻。但是一個月過去，然後又一個月，慢慢地，他開始放鬆了。他所有的努力都有了成果。

差點改變一切的時刻發生在週五的午餐時間，安德魯才剛剛徒勞地花了一整個早上，在裝滿財產調查回收文件的鞋盒裡尋找一些近親的線索。他心不在焉地看著那在商店買的起司通心粉在微波爐裡旋轉，同時跟卡麥隆閒聊起來，談到了過敏的話題。

「困難的部分就在這，」卡麥隆正在說，「你必須準備周全。意思是你得要常常處在警戒狀態。尤其是對堅果類。對克里斯，我們必須格外警覺，你懂吧？」

「嗯嗯，」安德魯說，心不在焉地剝開塑膠膜用叉子戳戳麵條。「史黛芬妮對蜂螫過敏，所以我懂你的意思。」

他回座位上吃午餐吃到一半時，才又思考起這一小段對話。他不再需要從腦中調閱他的試算表，或慌忙地臨時捏造些什麼，而是不假思索、相當冷靜自然地提出關於史黛芬妮的資訊，彷彿出自他的潛意識。細節如此輕易地浮現，這一點讓他深感不安。整體上這或許有助於他的目標，多點小資訊來豐富角色的骨肉，但這是第一次他真的忘了自己一開始為何必須捏造這些事情。像那樣被幻想牽著走的感覺很可怕。可怕到在當晚回家之後，他沒有更新他的試算表，反而找起了新工作。

一星期過後，在剛出席完一場七十五歲溺死在浴缸裡的前駕訓班教練的喪禮後，安德魯走出教堂並打開手機，發現有人力資源公司的語音留言通知他去面試一個他申請的工作。這種事情通常會讓他陷入恐慌，但他在喪禮後總覺得怪異地麻木，所以聽到留言後，他立刻冷靜地回電去安排面試。這是他終於能夠脫身並停止說謊的機會。

又過了一週，他因為在辦公室爬樓梯時突然喘不過氣，正在設法說服自己這是因為他生病了——可能是絕症——而不是因為他二十年來都沒有運動的時候，他的手機又響了。幾秒後，他低聲說他很樂意過去參加第二回合面試。接下來的整個下午，他都在座位上想像去告訴卡麥隆他要辭職的感覺會是如何。

「你跟家人這個週末有安排什麼活動嗎，安德魯？」貝瑟妮問。

「如果天氣好的話，我們週六要去烤肉，」安德魯說，「史黛芬妮決定她要吃素，所以不太確定要給她吃什麼。」

「喔，我也是啊！沒問題啦——就做些哈羅米起司和琳達・麥卡尼素香腸。她會喜歡的。」

幾分鐘後，當他們還在討論週末計畫時，安德魯收到先前來電的人資公司專員艾垂安寄來的電子郵件，要他確認什麼日期有空去參加第二回合面試。安德魯逃到男廁找了一個空隔間。他實在不願意承認像這樣跟貝瑟妮或其他人聊一會兒家庭事務的感覺是多麼溫馨又舒適。那個念頭又回來了：他這麼做有什麼害處嗎？他又沒有讓任何人不滿。大家都有他們曾做過「實際的」壞事去傷害過的「實際的」家人，他的行為再怎麼說也沒那麼糟糕，對吧？

等他回到座位上時，他下定了決心。他已經跟自己的行為和解了。現在他並不打算回頭。

「嗨艾垂安，」他寫道，「我很高興能有機會見到賈姬，但深思熟慮之後，我決定留在現在的崗位上。感謝您付出的時間。」

從那以後，一切都輕鬆多了。他可以很開心且毫無罪惡感地加入關於家庭的閒聊，而且，這是許久以來第一次，他感到快樂的時間超過了寂寞。

6

真是倒楣到極點，安德魯在走出車站時發現，走在他前面的竟然是卡麥隆。他放慢腳步假裝查看手機。意外的是，他真的有一則新簡訊。但讓他很失望的是，那是卡麥隆傳來的。他邊看邊低聲咒罵。他想要喜歡卡麥隆，真的，因為他知道他心地善良。但是要跟一個（一）騎著突然被視為五歲以上的成年人也可接受的小綿羊機車通勤而且（二）老是在無意間搞砸他的生活，幾乎每十二小時就發一封簡訊問他是否願意重新考慮加入晚餐聚會計畫的人混熟，實在不容易。

失去家人的念頭實在不堪設想。確實，對話中偶爾還是會出現讓他一時間不知所措的棘手時刻，但那都是值得的。黛安、史黛芬妮和大衛現在就是他的家人。他們是他的快樂與力量，是讓他前進的動力。這不就讓他們跟別人的家庭一樣真實了嗎？

他泡了杯茶，把外套掛上習慣的掛鉤，轉身便看到有個女子正坐在他的座位上。

他看不到她的臉，因為被電腦遮住了，但從辦公桌下可以看到她的腿，穿著深綠色緊身褲。她正把一隻黑色休閒鞋吊在腳趾上晃盪。她來回晃動鞋子的方式讓安德魯想起玩弄著老鼠的貓咪。他端著馬克杯呆站著，不知該怎麼辦。女子在他椅子上轉來轉去，正用一支筆——也是他的筆——輕敲著牙齒。

「哈囉，」他說，在她微笑開朗地說哈囉回應時，他感到臉頰泛紅，並突然發現即使對他而言，這情況也很罕見。

「抱歉，但是妳，呃，坐在……嚴格來說那是我的座位。」

「喔天啊，不好意思，」女子連忙跳起來說。

「沒關係，」安德魯說，相當沒必要地也多說了一句「抱歉」。

女子的頭髮是偏暗的銹紅色，用看似鉛筆的髮簪穿過去盤在頭頂上，彷彿一抽走它，她的頭髮就會像某種疊疊樂遊戲一樣崩塌下來。安德魯猜想她應該比他小個幾歲，或許不到四十。

「好糟糕的第一印象啊，」她站起來說。接著發現安德魯的困惑，「我是佩姬——今天第一天來上班。」

這時卡麥隆突然蹦一聲跳了出來，好像某個現在已經停播的猜謎節目主持人。

「很好，很好——你們見過了！」

「我已經搶了他的椅子，」佩姬說。

「哈，搶了他的椅子，」卡麥隆笑著說，「好吧。佩佩——妳介意我叫妳佩佩嗎？」

「嗯……不會？」

「嗯，佩佩，佩姬——跟屁蟲！——妳要緊跟著安德魯一陣子來趕上進度。妳恐怕必須要從比較困難的部分開始了，因為我想今天早上安德魯有一件財產調查。不過，呃，我猜現在加入總是最好的時候。」

他猛然豎起雙手拇指，安德魯看見佩姬不小心嚇退了一步，彷彿卡麥隆剛拔出一把刀。「好啦，」卡麥隆若無其事地說，「那我就把你交給能幹的安德魯了。」

¶

安德魯忘了他們有新人要來，他對即將有人要緊跟著他感覺很不自在。進入死者家中總是很怪異又令人不安，他最不想要的就是還得擔心別人。他有自己的方法，自己的做事方式。他不太想一路被迫停下來解釋所有事情。一開始，是基斯負責帶安德魯。起初他似乎真的有比較認真在做，但不久後他就開始坐在角落裡用自己的手機打電動，只會偶爾暫停一下並對死者開些粗魯的玩笑。安德魯或許也有點欣賞黑色幽默，不過那不是他的風格，而基斯似乎半點同理心也沒有。最後，安德魯在辦公室的廚房找上基斯，並提議往後讓他自己去作調查就好。基斯咕噥著同意了，似乎沒怎麼注意安德魯說了些什麼——或許是因為他正掙扎著要把卡住的手指從提神飲料罐裡拔出來的關係。

從那時起，基斯就跟梅瑞迪絲待在辦公室裡登記死者並安排喪禮事宜。安德魯寧可自己作調查。沒同伴的唯一問題是有些人死掉時風聲傳得很快，這時一突然間，本來孤獨死去的人會冒出大批身後的祝福者和很親很親的朋友，在他調查期間趕到——拿著帽子，睜大眼睛在現場跑來跑去——來致哀，還有抱著微小的希望，看看死者曾答應過死後要送他們的手錶，或欠他們的一筆小錢，是否碰巧就留在家裡。必須趕走這些人向來是最糟糕的部分，而且在他們離開後許久仍會繼續瀰漫著那種暴力威脅的氣氛。有菜鳥在身邊他至少還有個幫手。所以，他退讓了。

「我應該告訴你，」佩姬說，「在我們出發之前，卡麥隆把我拉到角落，叫我試著說服你大家一起舉辦『晚餐聚會培養感情時間』是個好主意。他說要隱晦委婉一點，但是，呃，我實在不太擅長那樣……」

「唉，」安德魯說，「嗯，謝謝妳告訴我。我想我會先暫時忽略這件事。」他希望這件事能就此根除。

「好啊，」佩姬說，「在我看來或許這樣最好。老實說，我對烹飪沒什麼興趣。我順利活到三十八歲才發現自己一輩子都搞錯了普切塔（注：Bruschetta，義大利開胃菜）的發音。據我鄰居的說法，原來不唸作『布魯薛塔』。話說回來，他常把一件粉紅色運動衣綁在肩膀，好像自己住在遊艇上，所以我也不太願意聽他的任何建議。」

「是喔，」安德魯有點分心地說，發現他們進行財產調查所需要的一些補給品快沒了。

「我猜那是種建立團隊的技巧，是吧？」佩姬說，「讓我們培養感情？老實說我寧可辦這個，而不是射飛靶或任何那些中階經理喜歡的活動。」

「大概是吧，」安德魯說，拿起他的背包檢查是否遺漏了什麼東西。

「所以我們真的，嗯，要去看有人剛死掉的房子嗎？」

「對，沒錯。」該死，他們真的需要一些補給品。他們得繞一下路。他左顧右盼，剛好看到佩姬鼓起腮幫子，然後突然發現自己表現得實在很討人厭。他感到一股熟悉的自厭，但又想不出什麼能挽救狀況的話，所以他們繼續默默地走，直到抵達超市。

「我們得在這裡停留一下，」安德魯說。

「上午的點心時間？」佩姬問。

「恐怕不是。呃，至少我不是。但是妳自己想買什麼可以去買。我是說，當然，妳不需要我的允許。」

「不，不用，我沒事。反正我其實在節食。就是會吃掉一整圈鹹味白乳酪然後哭一哭的那種。你聽說過嗎？」

這次安德魯記得微笑了。

「我只要一下子就好，」他說，匆忙跑走。他買齊需要的東西回來時，發現佩姬站在書籍和 DVD 區的走道上。

「你看看這女人，」她說，給他看書本封面上一個正對著鏡頭微笑、顯然正在做沙拉的女人。「沒有人拿著酪梨會這麼愉快的。」她把書放回架上然後看向安德魯籃子裡的空氣芳香劑和刮鬍水。

「我有種可怕的預感，不知道自己掉入了什麼屎缺，」她說。

「等我們到了現場，我會再詳細說明，」安德魯說。他走到結帳櫃檯，看著佩姬漫步走向出口。她走路的方式有點怪，手臂貼著身體但是稍微握拳指向外側，看起來好像側面長出了兩個高音譜號。安德魯在刷卡機輸入密碼時，腦中響起艾拉和路易・阿姆斯壯合唱的〈Would You Like to Take a Walk?〉旋律。

¶

他們站在十字路口，安德魯用手機查看他們是否有走對方向。佩姬說著她昨晚看的一齣特別感人的影集劇情填補著沉默。「我承認我不記得節目的名稱、主角，或背景設定的時代跟地點——但要是你找得到的話，真的超好看。」安德魯很滿意他們沒走錯，正要繼續帶路時，背後突然傳來撞擊聲。他轉身去看噪音是哪來的，然後看到一個建築工人從鷹架探出身子，把滿手瓦礫丟到下方的廢料桶裡。

「你沒事吧？」佩姬說。但安德魯杵在原地，目光無法離開那個正把另一批磚塊丟下來、發出了更大聲響的建築工人。他正想拍掉手上的灰塵，但發現安德魯在看他所以停了下來。

「老兄，有事嗎？」他俯身在鷹架上說。安德魯猛嚥口水。他感到太陽穴開始發痛，粗暴回應的聲音緩緩滲進腦中。在一切靜止的底下，傳來〈藍月〉的模糊片段。他花了很大力氣，終於讓雙腿開始移動，等到他過了馬路走遠一點，疼痛和噪音慢慢消散，讓他鬆了口氣。他羞怯地看看周圍尋找佩姬，不知該如何解釋他的行徑，但她還站在廢料桶旁跟那個建築工人講話。從他們的表情看來，彷彿佩姬正在耐心地設法教一隻大笨狗學習把戲。突然，佩姬走開了。

「你還好吧？」她趕上他之後說。

安德魯清清喉嚨。「嗯，沒事，」他說，「我以為老毛病偏頭痛要發作了，但幸好沒有。」他往後面的建築工人歪了歪頭。「呃，妳剛在跟他說什麼？」

「喔，」佩姬說，似乎還有點分心在擔憂他，「他主動批評我的外表，所以我就花了點時間解釋我從他的眼中察覺到某種深沉且無法平息的哀傷。不過你確定你沒事嗎？」

「對，沒事，」安德魯說，太晚才發現他的手臂正像個玩具兵一樣僵硬地貼在身邊。

他們再度出發，即使他已有了心理準備，遠處的瓦礫砸落聲仍讓他心驚膽跳。

¶

死者的公寓是橡實花園社區的一部分。寫在綠色招牌上的白色字樣，註明了各個街區的名稱：越橘莓樓、薰衣草樓、玫瑰花瓣樓。底下有人用噴漆寫著：「操你媽條子」，再底下則是陰莖睪丸的塗鴉。

「哎呀，」佩姬說。

「沒關係。其實我來過這裡。那次沒有人來打擾我，所以我相信我們沒問題的，」安德魯說，一方面也是在自我安撫。

「喔不是，我也相信不會有問題。我是在說那個。」佩姬往塗鴉歪頭，「好厲害的細節。」

「啊，對。真的。」

他們走過社區時，安德魯發現居民會關上他們的窗戶，父母也把小孩叫回家，彷彿他們正置身一齣西部片，而他是個想來製造混亂的江洋大盜。他只希望他努力擠出的友善微笑能傳達出他背包裡裝的是兜帽雨衣和一些芳香劑，而不是散彈槍。

公寓在越橘莓樓的一樓。安德魯在水泥台階的底端停了下來，轉身面向佩姬。

「關於財產調查的過程，卡麥隆跟妳提過多少細節？」他說。

「不太多，」佩姬說，「如果你能再多說一點會很棒。因為我老實跟你說，安德魯，我真是他媽的嚇壞了。」她緊張地笑笑。安德魯別開眼神。某方面他很想陪笑來安撫她，但同時他也知道如果有死者的鄰居或朋友在看，這會顯得不專業。他蹲下來伸手到背包裡。

「拿去，」他說，交給佩姬一雙外科手套和口罩。「對了，死者名叫艾瑞克・懷特。他六十二歲。法醫通報我們是因為根據警方初步的搜索判斷，他並沒有明顯的近親線索。所以我們今天有兩個目標；首先是盡量拼湊艾瑞克的資料，確認他是否真的沒有近親，其次是設法查出他有沒有足夠的錢來支付喪葬費。」

「哇，好吧，」佩姬說，「最近辦喪禮的行情價是多少？」

「看情況，」安德魯說，「平均費用大約四千鎊。但要是死者沒有任何財產，也沒有親戚或任何人願意付錢，那市政府就有法律義務要埋葬他們。不用裝飾品——墓碑，花圈，私有墓地之類的——大概要一千鎊。」

「天啊，」佩姬說，戴上一隻手套。「這種情況經常發生嗎？」

「很不幸，」安德魯說，「在最近五年左右，公共衛生喪禮的數量增加了百分之十二。越來越多人孤獨地去世，所以我們一直很忙。」

佩姬打個冷顫。

「抱歉，我知道這有點淒涼，」安德魯說。

「不，是那種說法——『去世』。我知道是為了緩和衝擊，但是聽起來好不確定，脆弱吧。」

「其實，我同意，」安德魯說，「我自己通常不會那麼說。但有時候民眾偏好這樣描述。」

佩姬折了折指關節。「唉，安德魯，沒事的。要嚇到我很難。哈——我大概五分鐘後就會逃離這裡。」從安德魯已經聞到飄出門外的微弱氣味來判斷，即使真的如此發展他也絲毫不會驚訝。一般程序是什麼呢？他必須去追她嗎？

「關於這個可憐人，法醫還說了些什麼？」佩姬說。

「呃，鄰居們發覺很久沒看到他了，便打電話報警，警察破門而入後發現了他的屍體。他人在客廳，已經死了一陣子，所以腐爛情況挺糟糕的。」

佩姬舉手把玩著一側的耳環。

「意思是不是說，嗯，臭味可能會有點……」她點一下自己鼻子。

「恐怕是，」安德魯說，「會有時間讓它透透氣，但是妳不能……這很難解釋，但是……那是種很特殊的味道。」

佩姬的臉色開始顯得有點蒼白。

「但到時候這個就能派上用場了，」安德魯趕緊舉起刮鬍水說，無意間聽起來很像在拍廣告。他搖晃瓶子，噴了一堆到他的口罩裡，接著也替佩姬噴，她把口罩戴到口鼻上。

「我不確定設計師心裡想的是這個用途，」她模糊的聲音說。這次安德魯真的笑了，而佩姬的嘴巴雖然被遮著，但從眼神看得出來她也微笑回應。

「這些年來我什麼東西都試過了——但似乎總是貴的東西比較有效。」

他從背包裡的信封拿出一串鑰匙。

「如果妳不反對，我先進去看一下吧？」

「請便，」佩姬說。

鑰匙插進門鎖裡，通常這時安德魯會暫停一下，提醒自己所為何來：無論情況多麼糟糕，他都要盡力尊重地處理這個地方。他絕對不是個信仰虔誠的人，但他努力確保自己執行工作時，總是當作死者就在旁邊看著。這一次，佩姬已經夠彆扭了，他不想折騰她，便只進行了一個小儀式——在走進室內並輕輕關上背後的門之後，也關掉了他的手機。

當佩姬剛剛問起臭味的時候，他很慶幸自己講得夠含蓄。老實說，她即將經歷的事會永遠改變她。因為安德魯發現，你一旦聞過死亡的氣味，就永遠忘不掉。有一次，在他初次搜查現場之後不久，他在走過地下道時聞到跟那棟房子裡相同的腐臭味。往旁邊一瞄，他看到地上的樹葉和垃圾堆裡有一小段警方的封鎖線。發現自己對死亡變得如此敏感，每次想起仍然令他膽寒。

在狹小的門口很難判斷公寓裡會是什麼情況。依安德魯的經驗，有兩種類型。不是乾淨得一塵不染——沒灰塵、沒蜘蛛網、沒有東西亂放——就是髒亂到不行。到目前為止，安德魯覺得前者最令人難過，因為對他而言，他從來不覺得這些死者只是單純地以家為傲。相反地，比較可能的情況是，他們知道自己死後會被陌生人發現，而忍受不了將留下一片髒亂的念頭。就像是整個上午瘋狂打掃準備迎接清潔工的那種人的更極端版。當然這會帶來一些尊嚴，但是一想到對某些人來說，相較於無論還有多久可活的時間，他們竟然更迫切顧慮著自己死後的時刻，這實在令安德魯心碎。另一方面，混亂——堆積、污穢和腐爛——就從未讓他感覺那麼令人難過。或許死者只是在人生盡頭無法妥善照顧自己，但安德魯寧可認為這其實是某種對於傳統的挑釁。沒人願意留下來照顧他們，所以他們何必在乎？當你放聲大笑，想像著某個市政府派來的菜鳥在浴室地板踩到屎而滑倒，大概就不算是「溫馴地進入那良夜」了（注：Do not go gentle into that good night，出自狄倫・湯瑪斯的著名詩句）。

他被迫用肩膀撞開小客廳的門，這一點暗示了裡頭會是兩種情境的後者，接著果然，強烈的氣味撲面而來，貪婪地竄進他的鼻孔。他通常會盡力克制自己不噴空氣芳香劑，但要真正能夠待久一點還是必須噴。他在混亂中找路，每個角落都噴了一大堆，並保留最大量的噴劑用在房間中央。他想把那污穢的窗戶打開，但是鑰匙似乎失落在這團混亂中的某處了。地上佈滿了裝著洋芋片空盒與飲料罐的商店藍色塑膠袋。其中一個角落，是堆積如山的衣服。另一個角落，是報紙和大多都沒拆開的郵件。在房間中央有張綠色露營椅，兩邊杯架上都有罐櫻桃可樂，對面的電視機用高低不平的電話簿堆疊墊高，所以向一側傾斜。安德魯想著艾瑞克被迫得歪著脖子看傾斜的螢幕，不知道會不會肌肉痙攣。椅子前方的地上有盒翻倒的微波餐，黃色米飯灑了一地。很可能就是死在這裡。那張椅子。安德魯正要開始動手整理那堆郵件時突然想起了佩姬。

「怎麼樣？」他走出來之後她問。

「挺髒亂的，而且氣味不太……理想。如果妳想要也可以在外面等。」

「不行，」佩姬說，雙手握拳又放開。「如果第一次不做，我就永遠不會做了。」

她跟著他進入客廳，除了因為太用力戴上口罩而讓指關節有點發白以外，她似乎不太害怕。他們一起調查客廳。

「哇，」佩姬隔著口罩咕噥，「這裡有種很……我不知道……很靜止的氣氛。好像整個家跟著他一起死了。」

安德魯從未真正這麼想過。但這裡確實靜止得可怕。他們默默沉浸了一會兒。如果安德魯知道什麼關於死亡的深奧名言，現在應該是表現的最佳時機。這時，外面有輛冰淇淋攤販車經過，正開心地大聲播放〈今日賽事〉的主題曲。

在安德魯的指示下，他們開始整理所有文件。

「那確切來說我該注意尋找什麼？」佩姬說。

「照片，信函，聖誕卡或生日卡——任何可能顯示出家人、電話號碼或回信地址的東西。喔，還有銀行對帳單，或許可以了解他的財務狀況。」

「應該也要找遺囑吧？」

「對，那也要。但通常要看他有沒有近親。大多數無親無故的人不會留遺囑。」

「聽起來很合理。希望你還有點現金啊，艾瑞克老兄。」

他們有系統地工作，佩姬照著安德魯的指示盡量在地上清出空間，根據是否含有任何實用資訊來把文件分開堆放。有水電瓦斯等帳單和電視催繳單，富翰足球俱樂部官方商店的型錄，幾十份外送服務的菜單，還有水壺保證書和住房慈善機構的申訴書。

「我好像找到什麼了，」在徒勞搜索了二十分鐘之後佩姬說。那是一張聖誕卡，圖案是一群戴聖誕帽的歡笑猴子和「祝你聖誕開猩！」的字樣。內頁裡的手寫字小到彷彿此人刻意想要保持匿名，上面寫著：

艾瑞克叔叔，

聖誕快樂

愛你的凱倫敬上。

「所以他有姪女，」佩姬說。

「好像是。還有其他卡片嗎？」

佩姬到處挖掘，並在一群休眠中的可怕蒼蠅受到驚動而飛過她臉上時努力不畏縮。

「有另一張。生日賀卡。我看看。對，也是凱倫寄的。等等，這裡寫了些別的東西：如果你想打電話給我，這是我的號碼。」

「中獎了，」安德魯說。通常他會當場試打那個號碼，但有佩姬在身邊他不太好意思，所以決定等他們回到辦公室後再說。

「所以，就這樣嗎？」佩姬說，稍微移向房門。

「我們還得看看他的財務狀況，」安德魯說，「我們知道他在目前帳戶裡有小量現金，但這裡或許還有別的東西。」

「現金嗎？」佩姬環顧這片混亂說。

「妳一定想不到，」安德魯說，「通常最好的起點是臥室。」

佩姬從門口看著安德魯走到單人床邊跪下來。窗外照進來的光線映出了空氣中的飛塵。每次他在地上換個姿勢，就會揚起另一團飛塵，到處亂飄。他努力不皺眉。這是他覺得最難的部分，因為在別人的臥室裡到處搜索又更有侵門踏戶的感覺。

他確保把袖子塞進防護手套裡才伸手到一端的床墊底下，開始慢慢摸過去。

「假設他真的有一萬鎊藏在某處，」佩姬說，「但是又沒有近親。錢會怎麼處理？」

「呃，」安德魯重新調整姿勢說，「任何現金或資產首先要支付喪葬費。剩下的會放在辦公室的保險箱裡。如果沒出現明顯有權繼承遺產的人——遠親之類的——那就會被納入皇室資產。」

「什麼，所以都會進到老貝蒂（注：Old Betty Windsor，民眾對英國女王的暱稱）的口袋裡啊？」佩姬說。

「嗯，算是吧。」安德魯說，因為有灰塵跑進鼻子裡打了個噴嚏。他第一次摸索沒發現東西，但重新準備伸得更深入之後摸到了柔軟鼓起的東西。那是一隻有富翰足球隊標誌的襪子，裡面裝著一捲鈔票，大多是二十鎊，用橡皮筋綁著。不知為何，橡皮筋幾乎全被塗上了原子筆的藍墨水。要不是標示了很重要的事情，就是閒著沒事亂塗，安德魯無法確定。這種細節總會在事後糾纏他許久：一條被遺忘的生命裡的古怪小元素，存在理由不明，留給他某種隱隱約約的懸疑感，好像看到一個問句被寫了出來，卻沒有打上問號。

從鈔票的數量看來，他知道那已經足夠支付艾瑞克的喪葬費了。當然還是能看看他姪女會願意幫忙出多少。

「那，就這樣嗎？」佩姬說。安德魯看得出她真的很想出去呼吸新鮮空氣。他還記得第一次任務結束時的感受——在吸到受污染的倫敦空氣時宛如重生。

「對，我們完工了。」

他最後檢查一遍環境，以防他們遺漏了什麼。正準備離開時，他們聽到門口那有動靜。

從他驚訝的表情和一看見他們就立刻往門口退後兩步的行徑判斷，門口的男子顯然沒料到屋裡會有人。他身材矮胖，看得出在冒汗——保齡球大的啤酒肚幾乎要從他的馬球衫底下掙脫出來。安德魯準備面對衝突。天曉得他有多討厭遇到這些憤世嫉俗又不擇手段的投機者。

「你們是警察嗎？」男子說，打量著他們的防護手套。

「不是，」安德魯說，逼自己直視對方的眼睛。「我們是市政府派來的。」

因為男子明顯放鬆下來——甚至上前踏了一步——這已足夠讓安德魯知道他的來意了。

「你認識死者嗎？」他努力站直問道，暗自期望對方會誤認為他是個退休的格鬥拳擊手，而非光看撞球比賽就會稍微喘不過氣的人。

「是啊，沒錯。艾瑞克。」

一陣沉默。

「你知道的，他那樣子過世真可惜。」

「你是朋友還是親戚？」佩姬說。

男子上下打量她然後搔搔下巴，彷彿在鑑定一輛二手汽車。

「朋友。我們很要好。真的。我們是老交情了。」

男子伸手撫平頭上殘餘的油膩頭髮時，安德魯注意到他的手在抖。

「老交情的意思是多久？」佩姬說。

安德魯慶幸佩姬採取主導。她說話的樣子，語氣的剛硬，聽起來有權威多了。

「喔，哎呀，這很難說。很久了，」男子說，「這種事情算不清楚，對吧？」

他顯然相信佩姬和安德魯不足為慮，這時已經分神在想要看清他們背後的客廳。他又上前一步。

「我們正要鎖門，」安德魯說，亮出手中的鑰匙。男子用難掩搜刮意圖的目光看了一眼。

「呃，是喔，」男子說，「我只是來，嗯，致哀之類的。我說過我們是好朋友。我不知道你們有沒有發現遺囑什麼的……」

重點來了，安德魯心想。

「……但其實他說過，如果他過世了，你知道，就是那種突然的，他會希望我留幾件他的東西。」

安德魯盡力保持冷靜，正要說明艾瑞克的所有資產都必須原封不動，直到釐清一切，但佩姬搶先了他一步。

「湯普森先生說要留給你什麼？」她說。

男子換腳站立，清清喉嚨。「呃，例如他的電視，而且老實說他也欠了我一點錢。」他露出膽小的微笑。「補償多年來我請他喝過的酒，你懂的。」

「怪了，」佩姬說，「他的名字是艾瑞克・懷特。不姓湯普森。」

男子的笑容消失。

「什麼？是啊，我知道。懷特。那……」他看著安德魯，用嘴角小聲地向他說，彷彿佩姬不會聽見。「她幹嘛這樣，有人剛死還要耍我？」

「我想你應該知道為什麼，」安德魯低聲說。

男子突然大聲咳嗽起來。

「狗屁，你們不懂，」他激動地說。「你們根本不懂，」他又說，用力拉開大門。

安德魯和佩姬等了一會兒才走出來。男子大聲走下樓梯，這時正要走出社區，雙手插在外套口袋裡。他短暫地轉身，一面抬頭看著他們一面倒退走，用一手比出V形（注：在英國，此手勢是辱罵對方母親的意思）。安德魯摘下口罩和手套，佩姬也照做，然後擦掉額頭上反光的汗水。

「所以，妳覺得自己的第一次財產調查怎麼樣？」安德魯說，看著男子在比出最後一個V手勢後消失在轉角。

「我想，」佩姬說，「我需要該死的一大杯酒。」

7

即使佩姬已經帶頭衝進他們離開社區後遇到的第一家酒館，安德魯還一直以為她是在開玩笑。但接著她在不知不覺間已經點了一杯健力士啤酒，並問他要喝什麼。

他看看手錶。才下午一點而已。

「喔，真的嗎？呃，我不應該……我不……嗯……好吧。我一杯淡啤酒好了，謝謝。」

「大杯嗎？」酒保問。

「小杯，」安德魯說。他突然感覺像是回到了青春期。以前他經常躲在莎莉背後，讓她自信地在鄰近的酒吧點啤酒。他得用雙手才拿得住大啤酒杯，就像嬰兒在用奶瓶喝奶。

酒保倒她的健力士到一半時，佩姬不耐煩地用手指敲打吧檯。她似乎已經準備好跳過去直接從水龍頭喝了。

除了兩個看來乖僻又安靜的常客以外，整個場地的結構強度彷彿就靠他們支撐了，他們是唯一在場的人。安德魯把外套掛上椅背時，佩姬已經用她的杯子跟他桌上的酒碰杯，並喝了三大口。

「天啊，好多了，」她說，「別擔心，我不是酒鬼，」她趕緊補充。「我大概一個月沒沾酒了。以到職當天早上的工作來說，這實在太刺激了。通常只是看看廁所在哪裡，然後忘掉每個介紹給你的同事的名字。不過，認真做事還是比較好。就像泡進冷水，對吧？我有太多那種想要慢慢浸到海裡、以為可以騙過自己的身體正在發生的事情的假期回憶了，我知道必須速戰速決。」

安德魯試探地啜了口啤酒。他想不太起來上次喝酒精飲料是什麼時候，但他相當確定不會是個週三的午休時間。

「剛才那種想要騙錢的人出現頻率有多高？」佩姬說。

「挺常見的，」安德魯說，「說法通常很類似，只是有時候會遇到比較有準備、比較可信的人。」

佩姬擦掉她嘴唇上的泡沫。

「我不確定哪個比較糟糕。或許炮製可信故事的人才是真正的垃圾，而不是剛才那種笨蛋。」

「我想妳說得對，」安德魯說，「至少以艾瑞克來說，我們有找到像是近親的人。這通常可以解決很多事——家屬可以嚇阻那些想冒險碰運氣的人。」

其中一個酒吧的常客突然開始誇張地狂打噴嚏，周圍的人完全沒理他。最後他總算恢復到可以查看他咳在手帕上的東西，露出驚訝又驕傲的表情，然後把手帕塞回袖子裡。

「通常男人是不是，你知道，比較會變成這樣？」佩姬打量著那個噴嚏男子說，彷彿他可能就是他們下一個調查的案件。

「對，幾乎都是。我只有過一個女人」——安德魯還來不及阻止自己就臉紅了——「妳知道，一個已經死掉的。」**喔天啊**！「我是說……」

佩姬很吃力地憋笑。「沒關係，我懂你的意思。你只做過一次女性死者的住宅調查，」她很故意地說。

「就是這樣，」安德魯說，「其實，那就是我的第一次調查。」

酒館門打開，走進一對老夫婦，從酒保向他們點頭招呼，且不用先問就開始倒起苦味啤酒看來，似乎也是常客。

「所以，你的第一次怎麼樣？」佩姬問。

那天的回憶在安德魯腦中仍然很鮮明。那名女子叫葛蕾絲，去世時九十歲。她家整潔到彷彿她正是死於某種特別費力的打掃工作。安德魯回想起他和基斯進入屋內時感受到的強烈解脫感。或許永遠會是這樣子：長壽而在睡夢中過世的小老太太；積蓄存放在童書角色刺蝟洗衣婦造型的撲滿裡，錄放影機裡是《重返布萊茲海德莊園》的錄影帶；有好心的隔壁鄰居幫忙每週採買和換燈泡。

直到他在葛蕾絲的枕頭底下發現那張紙條。

「如果本人死亡：請確保隔壁那個邪惡的婊子什麼都拿不到。她會企圖拿走我的婚戒——切記！」

他發現佩姬正期待地看著他。

「大致還好，」他說，判斷再講一個黑暗故事或許沒什麼幫助。

他們慢慢喝酒，安德魯發現他應該問佩姬幾個關於她的問題。但他腦中一片空白。若你在成年以後一直把閒聊當作毒蛇猛獸，就會發生這種麻煩。幸好，佩姬具有化沉默為舒適的罕見特質。一會兒之後，她打破沉默。「那如果我們沒找到近親，喪禮上就沒人了嗎？」

「呃，」安德魯說，「嚴格來說這不是工作的一部分，但如果看起來沒人會出席——沒有鄰居或老同事之類的——那我就會自己去。」

「你真好心。像那樣做得比被要求的更多。」

「喔不是。不完全是啦，」安德魯趕緊說，尷尬地蠕動。「在這種工作裡這挺常見的，我相信我不是唯一的例子。」

「不過應該很難熬吧，」佩姬說，「喪禮通常會盡量辦得還算可以嗎？會發生什麼很令人沮喪的事嗎？」

「倒不會沮喪，」安德魯說，「但是會有些很不尋常的時刻。」

「像是什麼？」佩姬稍微向前俯身說。

安德魯立刻想起那個修椅子的人。

「曾經有個人帶著一張藍色扶手椅出現，」他說，「我沒辦法找到任何親友，所以沒指望會有人到場。原來那個叫菲利浦的人在他朋友去世時正好跑去度假了。他是唯一獲准能進入死者家裡的人。死者似乎很沉迷於這張椅子，即便它已經有些破損，顏色也開始褪色。菲利浦不清楚他為何這麼執著，但他有預感那是他朋友的亡妻以前的座位。最後菲利浦說服了死者讓他把椅子拿去修復顏色，但當他度完假並從修理店取回椅子時，朋友卻已經死了。菲利浦看到了當天早上我登在地方報紙的啟事，便直接趕到喪禮上。他甚至把椅子搬進了教堂裡，儀式進行時就放在我們旁邊。」

「哇，」佩姬說，「太讓人傷心了。」

「對，確實，」安德魯說，「但是……」他忽然住口，擔心即將要說出來的話會太過詭異。

「怎樣？」佩姬說。

安德魯清清喉嚨。

「呃，那其實讓我下定了決心要繼續出席喪禮。」

「怎麼說？」

「喔，嗯，我也不是很確定，」安德魯說，「只是感覺我好像……必須這樣做。」

真正的原因——他不確定佩姬上班第一天就聽他講這些是不是件好事——是，那件事讓他了解到，每個孤獨死去的人都有張自己版本的椅子。無論他們其餘的人生有多庸俗，總是有些故事或戲碼。一想到沒有人會在場陪他們走完最後一程，去肯定他們也曾經在世界上苦過愛過等等，他就是無法忍受。

安德魯發現他一直在轉著桌上的杯子，什麼也沒說。他停下來，液體漩渦轉了一會兒之後變成某種溫和的迴旋。他抬頭看佩姬時，她似乎在觀察他，像在重新調整什麼。「嗯，這個到職第一天的上午真精彩，」她說。

安德魯大喝一口啤酒，享受著用酒杯把臉遮住以後暫時逃避了講話的責任這一點。

「總之，」佩姬說，似乎察覺到安德魯的彆扭，「我們最好談些比較開心的事情。

像是，我會討厭跟辦公室裡的誰一起工作？」

安德魯稍微放鬆下來。這感覺是比較安全的領域沒錯。他衡量這個問題。如果專業一點，他會遵守團隊原則說，這裡當然可能是個很有挑戰性的工作環境，意思是大家偶爾會個性不合，但最後仍然會同心協力。但話說回來，他剛在週三下午一點喝了半杯啤酒，所以管他的。

「基斯。」

「基斯？」

「基斯。」

「我好像記得被他面試過。當時是他跟卡麥隆一起。他老是用手指掏耳朵，然後看著挖出來的東西。」

安德魯皺眉。「是啊，說到他的個人衛生，那只是冰山一角。」

安德魯藉酒壯膽，在不知不覺間透露他認為基斯和梅瑞迪絲之間有些曖昧。佩姬皺眉。

「很不幸的是，基斯讓我聯想起一個青少年時期跟我調情過的男生。他身上有股體育器材那種很久沒洗的汗臭味，還有一頭油膩的長髮，但我當時瞎了眼。我希望我能說是因為他太過迷人又親切，但他是個大白癡。不過，他倒是當上了地方樂團的主奏吉他手，後來我也加入了那個樂團，負責演奏響葫蘆。」安德魯立刻被拉回到青少年時期，觀看著莎莉和史派克的樂團「漂流木」的第一次、也是最後一次演出，他們緊張地在安德魯和二十張空椅子面前搞砸了一首瓊妮・米契爾的歌。安德魯記得莎莉當晚顯得異常的沮喪和脆弱，心裡突然湧現出一股對他姊姊的愛。

「妳的樂團叫什麼名字？」他問佩姬。她看著他的眼神無疑閃爍著頑皮的光芒。「再喝一杯我就告訴你。」

¶

原來你要是很久沒喝酒的話，只要空腹喝兩小杯酒精濃度百分之四的淡啤酒就會有挺強的效果了。安德魯不覺得自己有那麼醉，只是暈眩燥熱，並注意到若是為了搶洋芋片，現在的他連小狗狗都敢打。

依照約定，佩姬透露了她參加過的樂團名字（魔法馬文的死亡香蕉），他們繼續聊起各自先前的工作。佩姬也是在市政府的其他部門被裁員後丟過來的，「我是『評估、收容與參與團隊』的『業務支援專員』，」她說，「工作內容就跟名字聽起來一樣好玩。」

安德魯一直想要辨識她的口音。他認為可能是英格蘭東北的泰恩賽德地區。直接問會很失禮嗎？他揉揉眼睛。天啊，這實在有點荒唐了。他們真的應該直接回辦公室。倒不是他有絲毫意願這麼做啦。但是兩杯啤酒。兩杯！在午休時間！接著他又會做出什麼——把電視丟出窗外？把機車騎進游泳池？

這時有一群婦女湧進來，大聲交談打破了沉默。她們的聒噪與柔和的氣氛完全不搭，但她們似乎完全不像安德魯那樣會因為造成任何打擾而尷尬。他感覺到那是某種例行活動，或許是工作天的傳統：她們全都毫不猶豫地走向特定桌子，其中一人脫隊去吧台替所有人點酒。**我們爲什麼覺得傳統令人安心**？他心想，忍住打嗝。他看著佩姬，突然想起要問她這個深奧到不可思議的問題。無可避免的是，在他大聲說出來之後，聽起來就沒那麼聰明了。

「嗯，」佩姬說，看來沒被問題難倒，安德魯也鬆了口氣。「我猜可能只是因為，那個時刻你很清楚接下來會發生什麼事，所以沒什麼討厭的驚喜在等著你。我不確定，或許這種看法有點悲觀。」

「不，我懂妳的意思，」安德魯說。他想像莎莉看著日曆，發現又到了他們每季通電話的時候。或許他們的定期互動有帶來一些鼓舞，一些安慰。

「我想重點是找到平衡吧，」他說，「你必須一直製造新傳統，否則就會開始討厭舊傳統。」

佩姬舉杯。「我覺得必須為這句話敬酒。敬新傳統。」

安德魯癡呆地看著她一會兒，才趕緊抓起杯子笨拙地跟她碰杯，發出難聽的噹一聲。

角落的婦女們傳出一陣低聲談話。佩姬越過安德魯的肩上看著她們。片刻之後她湊過來狡猾地看著他。「含蓄一點，」她說，「但是有人說到她要訂婚的時候，你不想看看眾人的反應嗎？」

安德魯轉過身去。

「喂，喂，喂——我說要含蓄一點！」

「抱歉。」

這次，他在椅子上半轉過身，假裝在欣賞牆上一個酒醉板球選手的裱框漫畫。他盡力若無其事地偷瞄那群人再轉回來。「有什麼特定細節我應該注意的嗎？」他說。

「看她們的笑容。一切都在眼神裡。」

安德魯不懂。

「大多數人是真心為她高興，但至少有兩個人不認為那是個好主意，」佩姬說。她喝了一口啤酒，然後決定她必須說的事情比較重要。「我跟我朋友艾嘉莎，我們多年來都會玩一個遊戲，每當我們發現有認識的人要結婚了，而我們卻不太認同的話，我們就會猜他們求婚後的第一次吵架會是為了什麼。」

「那……那有點……」

「刻薄？惡劣？那還用說。我跟我男朋友史提夫訂婚之後就學到教訓了。我遇到艾嘉莎時跟她開玩笑，要她猜猜我們第一次吵架是為了什麼。結果很不幸發生了嚴重的副作用。」

「怎麼說？」

「她猜是因為史提夫告訴我，對於結婚這件事他想臨陣退縮。」

「所以事實上是因為什麼？」

「是為了沒洗乾淨的醬料抹刀。」

「喔。」

「對。原來她從未真正認同他。但我們後來和解了，謝天謝地。花了五年時間固執地冷戰之後巧遇彼此，雙方都醉了，終於在一間烤肉店裡把事態導回正軌。她甚至買了把抹刀送我，當作我跟史提夫的結婚十週年禮物。怪的是，過了幾個晚上在他說完『只是出去小喝一下』結果卻狂喝了兩天才回家之後，我抓來扔他的第一件東西就是它。天啊，人生有時真詭異。」佩姬發出空虛的笑聲，安德魯心虛地陪笑。佩姬在猛灌一口健力士後大聲放下她的杯子。「我的意思是，」佩姬說，「出門，喝醉，我們都有過，對吧？」

謝天謝地，安德魯判斷這算是某種誇飾的說法，因此保持沉默。

「但就是別說謊，你知道嗎？」

「當然了，」安德魯說，「最不應該的就是說謊。」

佩姬嘆氣。

「抱歉，我這樣又笨又不專業，一直講我的婚姻問題。」

「不會的，沒關係，」安德魯說。突然之間，他意識到自己剛才打開的那扇門將會通往哪裡。他已經能遠遠地感覺到那個問題正在朝他逼近了。

「你結婚了嗎？」

「嗯哼。」

「那現在我就不得不問你了：你們求婚後第一次吵架是為了什麼？」

安德魯想了一下。會是什麼呢？他有預感應該會跟佩姬一樣是那種瑣碎的小事。

「我想是輪到誰把垃圾拿出去丟吧，」他說。

「經典。要是所有爭吵都是關於家事就好了，嗯？總之……我得上個洗手間。」

有那麼恐怖的一瞬間，安德魯差點也因為出於禮貌而站起來。他看著佩姬尋找著廁所並消失在轉角時心想，**冷靜點，奈特利先生**。他看看周圍，意外跟坐在吧台的男子對上眼，男子向他點了點頭。那表情似乎在說，一**如往常，我們又在這了，又是獨自一人**。呃，這次我可不是，安德魯心想，感覺到一種反抗的刺激。佩姬回來之後，他頗為沾沾自喜地看了看那個男子。

另一張桌子傳出尖銳的笑聲。無論朋友們是否誠心，新娘很顯然散發出幸福的光芒。

「見鬼了，」佩姬說，「我上一次笑成那樣，是在自己睡衣裡發現一張二十鎊鈔票的時候。我大聲尖叫到小狗嚇得放屁。」

安德魯笑了。或許是因為空腹喝啤酒，也或許是因為不用趕回辦公室再和基斯等人共度又另一個下午，但他突然間感覺到，自己真的開心又放鬆。他在心裡暗想，要努力記住這個不用繃緊肩膀到幾乎要碰到耳朵的感受。

「真不好意思，把你拖到酒館來，」佩姬說。

「不用，沒關係。其實我也挺開心的，」安德魯說，希望自己的語氣聽起來沒那麼驚訝。幸好即使佩姬覺得這麼說很奇怪，她的臉色也沒顯露出來。

「對了，你酒吧猜謎的技術怎麼樣？」她說，有點被坐著電動代步車在酒保指揮下緩緩進門的男子分心了。

「酒吧猜謎？我……我不太清楚，」安德魯說，「我猜普通吧？」

「每個月第三個星期二，我們有群人會一起先請好保姆，然後到南岸的昇陽酒吧玩猜謎。每次我們都墊底，然後史提夫通常會跟主持人吵起來，但總是很好玩。你們也來參加吧。」

安德魯還來不及阻止自己就說出，「我很樂意。」

「好極了，」佩姬打個呵欠，在肩膀上轉了轉脖子。「我討厭說掃興的話，但是快兩點了，我看我們最好回去吧？」

安德魯看看錶，希望時間流動出現了某種故障，讓他們還有幾小時可以喝著冰涼冒泡的啤酒講別人的八卦。可惜，沒這種事。

在他們走近辦公室，正踏上因淋雨濕滑、今天似乎特別想要害他滑倒的戶外階梯時，安德魯發現自己實在忍不住發笑。這樣的上午竟有這麼意外的愉快結果。

「等一下，」他們走出電梯時佩姬說，「提醒我一下：基斯，卡麥隆……梅琳達？」

「梅瑞迪絲，」安德魯說，「我覺得跟基斯在曖昧的那個。」

「喔對。我怎麼會忘了?或許夏天結束前就會結婚?」

「嗯，我想會在春天，」安德魯說，此刻不知何故他感覺非常自然地在拉開門時表演了一下戲劇式鞠躬，並示意佩姬先進去。

卡麥隆、基斯和梅瑞迪絲都坐在會議室的沙發上，並在安德魯和佩姬一走進來以後通通挺直身子。卡麥隆臉色灰白。

糟了，安德魯心想。**我們被識破了。他們發現了去酒館偷懶的事**。或許佩姬只是個間諜，被暫時雇來調查不當行為。去酒館只是個該死的誘餌，他竟然大膽希望假裝自己能夠快樂，真是活該。但他瞄了一下佩姬，發現她跟他一樣困惑。

「安德魯，」卡麥隆說，「我們一直想連絡你。有人打電話給你了嗎？」

安德魯從口袋掏出手機。他在離開艾瑞克・懷特家之後忘記開機了。

「有什麼事嗎？」他說。

基斯和梅瑞迪絲不安地互瞄一眼。

「剛才有人打來，通知一些消息，」卡麥隆說。

「嗯？」

「是關於你姊姊的。」

8

在他們的父親因爲心臟病過世時，安德魯三歲，而莎莉八歲。但這件事倒沒有讓手足間的情感更加凝聚，安德魯對姊姊的早年回憶充斥著她在他面前摔門，大罵他不要管她，還有在他鼓起勇氣反抗她時偶爾會發生的激烈爭吵。他有時會想像如果老爸還活著，他們的關係會有何不同。他們之間會有更多連結嗎？或者他們的老爸必須不時介入來阻止他們吵架，對他們無止盡的爭論生氣，又或許他會用比較溫和的方法——用柔軟的語氣說，他們這樣會讓老媽難過。說到她啊，他們的母親從未出手阻止過他們吵架。「她臥病在床，」安德魯曾偷聽到鄰居這個令他困惑的說法，那時他剛被莎莉痛毆完躺在花園圍籬旁休息，因此鄰居沒發現他。當時的他還無法理解他母親是因為悲傷而行動不便。沒人向他解釋過這回事。他只知道如果她打開了臥室的百葉窗，當天就會是個好日子——在好日子裡，他的晚餐就會有香腸和馬鈴薯泥。偶爾她會讓他爬上床陪她。她會背對著他躺下來，縮起膝蓋貼在胸前。她會哼歌，安德魯會把鼻尖貼在她背後，感受她聲音的顫動。

在莎莉十三歲時，她已經長得比全校最高的男生還高出整整六吋。她的肩膀變寬，雙腿變粗。她大致上似乎很接受自己與眾不同，在走廊上晃蕩，主動尋找恫嚇的目標。回想起來，安德魯知道那顯然是種防禦機制，莎莉搶先擊退所有惡霸，同時也發洩她的哀傷。要不是他實在太常成為她選上的沙包，他或許會更體諒她一些。

放暑假回來之後，某些男生身高暴增，其中最勇敢的人因此有了足夠的信心去調戲莎莉，挑釁她來找他們，在操場上追他們，她閃爍著瘋狂的眼神，向被她逮到的任何人不斷揮拳。

在安德魯滿十一歲之後不久的某天，他等莎莉下樓後溜進她的房間，站在裡面，聞著他姊姊的氣味，焦急地想要施展什麼魔法來改變她，讓她關心他。他閉著眼睛，淚水憋在眼皮裡，同時聽到莎莉匆匆上樓的聲音。或許魔法生效了；或許莎莉感到一股急迫的衝動要找到他，並告訴他一切都不會有問題。但安德魯瞬間發現正向他走來的莎莉是要出拳打他的肚子，而非伸手攬他肩膀。當天稍後他收到了生硬的道歉，不過他不太確定莎莉是出於歉疚，或是因為他們母親罕見的介入。無論如何，安德魯只在下一次的爭執爆發前享受到了幾天的喘息。

但接著山姆・「史派克」・莫里斯突然出現，並改變了一切。史派克在高三才轉來這所學校，但他有股沉默的自信，很快就交到了朋友。他很高，黑色長髮披肩，但最讓那些剛長鬍子的男生同儕嫉妒的是，他有民謠歌手那種一整臉的鬍鬚。風聲幾乎立刻就傳開了，說史派克不知為何激怒了莎莉，要是再遇到她一定會挨揍。

安德魯察覺到某處有人在打架的跡象，因為其他學生——彷彿海嘯來臨前動物會循著本能遷往高地一樣——都正匆忙地湧向飼養爬蟲類的小屋。他及時抵達，看到史派克正在和他姊姊對峙，謹慎地互相繞行。安德魯發現史派克戴著一個反戰標誌的徽章。

「莎莉，」史派克用意外柔和的語氣說，「我不知道妳為什麼對我不滿，但我不會跟妳打架，好嗎？我說過，我是和平主義者。」在他說出「主義者」之前，莎莉已經把他撲倒在地上。這時候安德魯在周圍混亂的學生裡也被撞倒在地，所以有段時間他只聽得到眾人對那看不見的打鬥的喝采。但接著，叫聲突然轉變成嘲笑和狼嚎。等安德魯終於能夠站起來看看怎麼回事的時候，眼前的景象是莎莉和史派克正熱情地相擁，幾乎是狂暴地在接吻。他們短暫分開，史派克咧嘴笑了。莎莉微笑回應，然後迅速猛力地給他一記膝蓋撩陰。她大步走開，勝利地舉起雙手，但當她回頭看向正在地上蠕動的史派克時，安德魯確信她的得意中混雜著擔心。

結果，莎莉顯然對史派克・莫里斯的福祉不只是表面上的擔心，說也奇怪，他們兩個成了一對。如果安德魯因此就感到驚訝，那他絕不可能料到這件事將對莎莉造成的影響。改變就發生在一瞬間。彷彿史派克只是稍微動了動某處的壓力閥，便讓她的所有憤怒都被釋放了。在學校裡他們如膠似漆，牽著手蹦蹦跳跳到處跑，他們的長髮在微風中輕輕飄動，分送著大麻菸給比他們矮得多的其他學生，好像從山上跑下來的善良巨人。莎莉的聲音開始轉變，最後蛻變成一種緩慢、單調的拖長音。在家裡，她不只開始會跟安德魯說話，還會邀他晚上跟她和史派克一起鬼混。她從未承認自己先前的恐怖統治，但是讓他和他們一起相處，看電影聽唱片，似乎就是她設法彌補的方式。

起先，安德魯——就跟學校裡大多數的學生一樣——以為這是某種瘋狂、長期計畫的玩弄策略；莎莉偷帶他進夜店、邀他一起看粗劣恐怖老片的錄影帶，只是要讓事後那些無可避免的毆打更加難以預料，甚至更為粗暴。但並不是。史派克似乎用愛（還有大麻）軟化了她。她偶爾還是會生氣，對象通常是他們的母親，莎莉常把她的遲鈍視為懶惰。但她事後總是會出於自願去道歉。

最意外的是，在安德魯滿十三歲後不久，莎莉竟然幫他找了個女朋友。當時他本來正自得其樂，在打架區爬蟲類小屋旁的老地方讀著《魔戒》，莎莉突然出現在操場另一頭，帶著兩個安德魯沒見過的女孩，一個跟莎莉同齡，一個比較接近他。莎莉大步走過來，把女孩們留在原地。

「欸，甘道夫，」她說。

「哈囉……莎莉。」

「有看到那邊那個女生了嗎？凱西·亞當斯？」

喔對，這時他認出她了。她比他小一個年級。

「有。」

「她喜歡你。」

「什麼？」

「意思是，她想跟你約會。你想要跟她出去玩嗎？」

「我不太確定。或許吧？」

莎莉嘆氣。「你當然想。所以現在你得去跟她姊姊瑪麗談談。看看她是否同意。別擔心，我也會跟凱西談。」說完她豎起拇指向瑪麗示意，並粗魯地從背後推了一下安德魯。他踉蹌向前，同時瑪麗也把凱西推往他的方向。他們在操場中央錯身而過，互相緊張地微笑，好像為了換囚而越過中立區的被俘間諜。

瑪麗迅速審問他，一度還湊近來試探地嗅了一嗅。看來似乎還算滿意，她抓著肩膀把他轉過身來推回原本的方向。莎莉和凱西看起來也是類似的過程，結果安德魯接下來幾個星期的回憶，似乎都是他在下課時間沉默溫馴地牽著凱西的手，讓她帶著他在校內各處散步，她昂首挺胸面對著嘲弄與竊笑。某天晚上，在一場學校的戲劇表演和兩瓶半的啄木鳥蘋果酒之後，凱西把他壓在牆上吻了他，隨後安德魯嘔吐在地上，並開始思考這一切究竟有什麼意義。那是他此生最棒的一個夜晚。

但命運的轉折就是這麼殘酷，在短短兩天後，莎莉叫他坐下並告訴他瑪麗轉達的噩耗，說凱西決定分手。安德魯還來不及消化，莎莉已經用力擁抱他，解釋著一切事情的發生都有理由，且時間將會治癒創傷。安德魯不知道自己究竟對凱西・亞當斯的決定作何感想，但他把頭靠在莎莉肩上，享受著她猛力擁抱他帶來的疼痛，心想無論發生了什麼事，或許都很值得。

接下來的週六，在安德魯做完被指派的爆米花後回到樓上時，從門縫看到莎莉和史派克跪著，額頭貼在一起，正在輕聲耳語。然後莎莉睜開眼睛，溫柔地親吻史派克的額頭。安德魯從不知道他姊姊竟然也有表現溫柔的能力。連他都想親吻這個創造了奇蹟的史派克・莫里斯了。經過這些折騰，他終於有了姊姊。但他並不知道，那一晚將會是他們分隔多年之前的最後一次見面。

他不曉得莎莉和史派克是怎麼各自溜出家門到機場去的，更別說他們怎麼買得起到舊金山的機票（後來他們透露，史派克滿十八歲之後便有權動用他祖父母留給他的一大筆錢）。他在放襪子的抽屜裡發現一張莎莉的字條，解釋說他們要「去美國一陣子。不想造成風波，老弟，」她還寫道，「所以拜託你向親愛的老媽說明這一切，但等到明天再說好嗎？」

安德魯照吩咐做了。他母親在床上對此消息的反應帶著某種做作的恐慌，「喔天啊。我的天，我的天。這真是太難以置信了。我不敢相信。」

接著，是與史派克父母的一場超現實的會面，他們開著瀰漫大麻煙霧的福斯廂型車來到他們家門口。安德魯的母親整個早上都在煩惱她該端出哪種餅乾招待，安德魯猛抓臉頰抓到流血，深怕她已經完全瘋了。

他躺在樓梯平台上透過欄杆俯瞰，偷聽對話。史派克的父親瑞克和母親秀娜都有一頭雜亂的褐色長髮和啤酒肚。原來，嬉皮老了以後不太好看。

「是這樣的，卡珊卓，」瑞克說，「我們大致上覺得，因為他們兩個都是成年人了，也互相都有共識，所以我們不能阻止他們跟隨自己心裡的聲音。況且，我們自己在那個年紀也開始旅行，結果也沒造成什麼傷害。」

秀娜緊抓著瑞克的樣子彷彿他們在坐雲霄飛車，讓安德魯有點懷疑起這個說法。瑞克是美國人，他說「成年人」的發音方式強調著第二音節，對安德魯來說有種不可思議的異國味，他懷疑他搞不好也才剛搭著飛機飄洋過海地搬家過來。

起初，莎莉杳無音訊。但一個月後她寄來一張明信片，紐奧良的郵戳，圖片是墨黑煙霧背景中的一個爵士長號樂手。

「逍遙之城（注：The Big Easy，紐奧良的暱稱）！希望你們沒事，老弟。」

安德魯氣憤地把明信片丟在臥室地板上。但隔天他忍不住誘惑又拿來研究，最後在不知不覺間把它貼在枕頭邊的牆上。隨後他陸續收到來自奧克拉荷馬市、聖塔菲、大峽谷、拉斯維加斯和好萊塢的明信片。安德魯用盡他僅有的零用錢買了一張美國地圖，用馬克筆追蹤著她姊姊的動態，嘗試猜想下次她會從哪裡寄信過來。

那時候他的母親會在兩種情緒之間強烈擺盪，不是怒罵著莎莉為何自認為可以那樣說走就走，就是淚眼汪汪地哀嘆安德魯現在是她唯一的小孩——雙手捧著他的臉，逼他承諾好幾次他絕不會拋棄她。

所以這實在是種悲哀的反諷，五年後，在不知不覺間，安德魯已經坐在他母親所謂的「臨終病床」旁邊，不在乎這說法有多麼令他難過。癌症很嚴重，醫師預測她只剩下幾週壽命了。安德魯應該要在那年九月上大學去讀哲學系的——布里斯托科技大學，但他延期來照顧她。他沒告訴她說他申請到了大學。這樣子比較輕鬆。麻煩的是他一直聯絡不上莎莉，通知她母親快死了。明信片中斷了，最後一張是去年從多倫多寄的，寫著「嘿，老弟，這裡冷死了。我們倆都想擁抱你！」但最近倒是有一通電話。安德魯接到時滿嘴魚柳條差點噎到，莎莉的聲音帶著很大的回音從話筒傳出來。

連線品質很差，他們幾乎無法對話，但安德魯起碼有聽懂她說她會在八月二十日他們抵達紐約之後再打來。

這天來臨時，他坐在電話旁等待，一面希望電話響起，一面又希望她永遠別打來。電話終於響起時，他等鈴聲響了幾次，才有勇氣接起來。

「嘿老弟！是我莎莉。線路還好嗎？聽得清楚嗎？」

「嗯。聽我說，老媽……生病了。其實，很嚴重。」

「什麼意思？生病？呃，有多嚴重？」

「可能永遠不會好了。妳得趕快上飛機，否則就來不及了。醫師們認為可能剩不到一個月。」

「我操。你說真的嗎？」

「我當然是說真的。拜託，盡快回家吧。」

「天啊，老弟。這……這太誇張了。」

¶

莎莉回家時就跟離開的時候一樣隱密。安德魯照常下樓吃早餐時，聽到廚房水龍頭的聲音。他母親已經幾星期沒下床，更別說走下樓了，但他感到了一絲希望：或許醫師們弄錯了。但原來是莎莉站在洗碗槽邊，一束似乎包含著所有彩虹顏色的馬尾一路垂到下背部。她穿著看來像睡袍的衣服。

「靠，老弟！」她說，把安德魯拉過來熊抱他。她身上有黴臭和花香味。「你混得還好吧？」

「我還好，」安德魯說。

「天啊，你大概長高了二十呎。」

「是啊。」

「學校怎麼樣？」

「呃，還好。」

「你考試成績還好嗎？」

「還好。」

「那女生呢？交到新馬子了沒？沒有，我敢說你都忙著在操場上玩吧。欸，你喜歡我的毛衣嗎？這是一種墨西哥帽T。你想要的話我弄一件給你。」

不，我只想要妳回來跟我們臨死的媽媽說說話。

「史派克在哪？」安德魯說。

「他還留在美國。等一切都，你知道……結束之後，我就會回去找他。」

「喔，」安德魯說。那就是答案了。「妳要上去看看老媽嗎？」

「呃，對，要。如果她醒著的話。不想打擾她。」

「她已經不太起得來了，」安德魯走向樓梯說。有一瞬間他以為莎莉沒有要跟上他，但馬上發現她只是在脫鞋子。

「習慣難改，」她羞怯地微笑著說。

安德魯敲了一下、兩下房門。沒反應。他和莎莉互看一眼。

簡直就像是她計畫好要在他們三人團聚之前死去，來讓情況格外痛苦一樣。

「典型的老媽，」事後莎莉在酒館裡說，不過聽她用美國腔說出「老媽」，讓安德魯很想把酒倒在她頭上，突然不再敬畏那個口音了。

他們母親的喪禮有兩個阿姨和幾個不太情願的老同事參加。那個晚上安德魯完全睡不著。他坐在自己的床上讀著尼采談苦難的文章，但根本看不進去，突然發覺門廊上鳥窩裡的歐椋鳥把亮起的夜燈誤認為是日出，嘎嘎叫了起來。他隔著窗簾窺視，看到他姊姊揹著背包離去，猜想這次她是否真的就一去不回了。

結果，在短短三週過後——那段時間安德魯多半躺在沙發上，裹著從老媽床上拿來的鴨絨被看著日間電視——他走下樓梯，發現莎莉又站在洗碗槽邊。她回來找他了。終於，她的腦袋開始想通了。莎莉轉過身來，安德魯看到她雙眼紅腫，這次換成他走過去擁抱她。莎莉說了些什麼，但貼著他肩膀的聲音很模糊。

「怎麼了？」安德魯說。

「他拋棄我了，」莎莉猛吸著鼻涕說。

「誰啊？」

「當然是史派克！只在公寓留了一張紙條。他跟別的野女人跑掉了，我知道。一切都毀了。」

安德魯推開莎莉，後退了一步。

「幹嘛？」莎莉說，用袖口擦擦鼻子。看安德魯不說話，她又更大聲地問了一次。又來了，從前的怒氣在她眼中閃現。但這次安德魯並不害怕。他太生氣了。

「妳想呢？」他怒道。一說完，莎莉馬上把他推到冰箱上，手臂頂著他的喉嚨。

「怎樣，你他媽的很高興？高興他甩掉我了？」

「我一點也不在乎他，」安德魯大聲說。「老媽呢？」他掙扎想把莎莉的手臂從喉嚨上拉開。

「她怎麼了？」莎莉咬牙切齒地說，「她死了，不是嗎？完全死透了。你到底在難過什麼？那個女人全身上下沒有一個母性的細胞。在老爸死後，對她來說一切都結束了。她完全崩潰了。要是我們對她很重要，她會那樣子嗎？」

「她生病了！看妳現在被甩掉以後變成的這副鬼樣子，我不認為妳有權利批評別人崩潰。」

莎莉臉上閃現新的怒火，她放開手臂，朝他揮出一記重拳。安德魯蹣跚後退，雙手遮眼。他撐起身體準備迎接另一波衝擊，但結果卻是莎莉溫柔地擁抱他，反覆地說著「對不起」。最後他們倆癱坐到地上，沒說話，但很冷靜。過了一會兒，莎莉打開冷凍庫，並丟給安德魯幾包冰凍豆子。即便她正是造成他疼痛的原因，但這個單純的動作，其中的善意，已經足夠讓他沒有受傷的那隻眼睛流下了眼淚。

接下來幾星期都是同樣的模式。安德魯從大街上的藥房下班回來後，會用番茄醬汁煮義大利麵，或香腸配馬鈴薯泥，莎莉則會抽大麻看卡通。安德魯看著她吸起麵條，醬汁從她下巴滴落，猜想著未來她會變成怎樣的人。火爆惡霸和嬉皮仍然像變身博士的雙重人格一樣活在她心中。還有，她再過多久又會離開？結果，他並沒有等得太久，但這次他在她偷溜的時候逮到了她。

「拜託告訴我妳不是想去找史派克吧？」他說，在門口因為清晨的寒意而有點發抖。莎莉憂鬱地微笑搖頭。

「不是。我朋友賓西幫我找到了工作。至少他是這樣認為的。在曼徹斯特附近。」

「是喔。」

「我只是需要自己振作起來。我該長大了。在家裡我做不到。他媽的太灰暗了。先是老爸，然後是老媽。我……我原本只想來看看你。道別等等的。我本來不想吵醒你的。」

「唉，」安德魯說。他別開目光，搔搔後頸。回過頭時，他看到莎莉也做了同樣的動作。尷尬的鏡像。至少這把他們倆逗笑了。「呃。妳安頓好以後再通知我吧，」

安德魯說。

「好，」莎莉說，「一定。」她走去關門，但突然停住，轉過身來。「你知道我很以你為榮，老弟。」

聽起來好像莎莉有事先排練過一樣。或許她其實想吵醒他。他不太清楚該作何感想。

「我安頓好之後會盡快打電話給你，我保證，」她說。

結果她當然沒打來。幾個月過後電話才來，這時候安德魯已經安排好了要去布里斯托科技大學就讀，兩人之間感覺出現了無法跨越的鴻溝。

不過，後來他們倒是還一起過了一次聖誕節，安德魯睡在莎莉跟賓西（本名崔斯坦）合租的小公寓裡的沙發，三人喝著賓西自釀的啤酒，那酒烈到安德魯一度以為自己瞎了。莎莉正在跟一個名叫卡爾、削瘦陰沉的人交往，他很執迷於健身與後續的攝食補充。每次安德魯轉身，他似乎都在吃東西：整袋的香蕉，或一大堆的雞肉——他就坐在那兒，穿著健身服裝，好像穿著愛迪達的亨利八世那樣舔著手指上的油。最後莎莉搬去跟他同居，此後安德魯就再也沒見過她了。定期通電話的機制並沒有真正透過什麼口頭協議制定，只是自然而然地形成。這二十年來，每三個月一次。總是莎莉打過來。早年有的時候，他們會談他們的母親——經過了足夠的時間，他們終於能從一種新的視角來發現一些她的怪異之處。但是這麼多年下來，他們的敘舊變得勉強，像是焦慮地在試圖維繫那似乎每次交談都在衰減的連結。最近，對話變得很辛苦，有時候安德魯會懷疑莎莉為何還願意打給他。但也有些時刻——通常是在只有彼此呼吸聲的沉默之中——安德魯仍然能感受到無可否認的感情連結。

9

安德魯在茫然中離開辦公室，婉拒了卡麥隆和佩姬想陪他回家的好意。他需要新鮮空氣，需要獨處。他費盡力氣拿起電話打給卡爾。但卻不是莎莉的丈夫——莎莉的未亡人——接聽的。反而是個自稱是「卡爾最好的朋友瑞秋」的女人——成年人這樣描述自己真奇怪，尤其是在這種情況下。

「我是安德魯。莎莉的弟弟，」他說。

「當然。安德魯。你好嗎？」接著在安德魯還來不及回答之前：「卡爾說，家裡很不巧地沒有房間給你住。所以你得住在路上那家民宿。很靠近教堂……喪禮或什麼的都方便。」

「喔。好。那麼，都已經安排好了嗎？」安德魯說。

一陣沉默。

「你知道我們卡爾。他很有條理的。我相信他不會想要用那堆小細節來讓你擔心。」

稍後，隨著開往紐奎的火車從倫敦出發，水泥房屋逐漸被雜木林取代，安德魯感覺到的不是悲傷或哀愁。而是罪惡感。因為他到現在都還沒哭過。因為他對這場喪禮感到害怕，甚至考慮過乾脆不去了。

車掌出現時，安德魯找不到他的車票。終於在外套內側的口袋找到後，他很誇張地一直為了耽誤時間向車掌道歉，讓車掌不得不伸手放在安德魯肩上，叫他不用擔心。

¶

他在一家潮濕的民宿住了一星期，聽著外面憤怒的海鷗鬼叫，努力克制著跳上火車回倫敦的衝動。喪禮當天的早上，他在民宿的「餐廳」吃了過期麥片當早餐，老闆從頭到尾都雙手抱胸地站在角落旁觀，活像個死刑犯獄卒在觀察他吃最後一餐。

扛著棺材走進火葬場時，他發現除了卡爾以外，他完全不知道其他扛棺的男士們都是誰；詢問的話似乎又不太禮貌。

卡爾——已經五十幾歲了，卻健康時髦到令人噁心，頭髮斑白，帶著價值接近一整座小鎮的手錶——在整個儀式過程都堅忍地抬著頭，淚水持續規律地從臉頰流下。安德魯尷尬地站在他旁邊，緊握雙拳貼在身邊。在棺材通過簾幕的那一刻，卡爾發出一聲哀悼的低吼，完全不像安德魯那樣被自我關注給吞噬折磨。

¶

事後在守靈會上，被素昧平生的人們圍繞，他感到多年以來從未有過的孤單。他們在卡爾家中，在他的新興瑜珈教室「Cynergy」的專用房間裡。房間裡的墊子和瑜珈球暫時被清了出去，為了騰出空間來擺放只能勉強撐住正常守靈桌布的折疊桌。安德魯不禁想起有一次他罕見地看到他母親大笑，為了一句維多莉亞・伍德（注：喜劇演員兼編導創作者）描述英國人聽到別人死訊時的典型反應的台詞：「七十二個小麵包，康妮。你來切，我來塗，」她完美地模仿著說，一面扭著安德魯的耳朵叫他去燒開水。

他咀嚼著濕軟的香腸捲，突然感覺到有人在盯著他。果然，卡爾正在房間對面瞪他。他已經換掉了西裝，穿著寬鬆的白襯衫和米色的亞麻長褲，打著赤腳。安德魯忍不住發現他還戴著那隻昂貴的手錶。他看起來好像要過來了，安德魯趕緊放下紙盤，用最快的速度上樓，躲進謝天謝地沒人在的浴室。在洗手時，他的目光被吸引到了窗台上精緻白碟子裡的刮鬍膏刷上。他拿了起來，用指尖摸過刷毛末端，揚起了一些粉末飛上空中。他拿到鼻子前，聞到了熟悉的濃郁奶油香味。這是他父親的東西。他不記得自己有跟莎莉聊過這個東西，但她會想留著，必定是因為某種情感的依戀。

這時有人敲門，安德魯趕緊把刷子塞進口袋裡。

「馬上好，」他說。他停頓了一下，在臉上擠出歉疚的微笑。走出來時，卡爾雙手抱胸站在外面，二頭肌緊繃著襯衫。近看時，安德魯發現卡爾的眼睛哭紅了。他聞到卡爾的刮鬍水氣味。濃烈到薰死人。

「抱歉，」安德魯說。

「沒關係，」卡爾說，不過並沒有讓開來讓安德魯通過。

「我在想我可能要早點走，」安德魯說，「回程的路很遠，」他補充說，語氣中的防備感比他以為得更重。

「那還用說，」卡爾說。

安德魯選擇不理會這句話。「那就告辭了，」他改說，繞過卡爾走向樓梯。

「畢竟，」卡爾說，「現在莎莉走了，你一定輕鬆多了。」

安德魯停在樓梯口轉過身來。卡爾眼皮眨都不眨地看著他。

「幹嘛？」卡爾說，「你不同意？少來，安德魯，你根本沒有真正支持過她，無論這明顯地讓她有多受傷。」

那不是真的，安德魯想要說，**她才是拋棄我的人**。

「事情很複雜。」

「喔，我全聽說過，相信我，」卡爾說，「其實，每個星期莎莉都會提到這件事——反覆講個沒完，想要搞清楚怎麼跟你溝通，怎麼讓你關心她，或至少不再恨她。」

「恨她？我不恨她——這太荒謬了。」

「哦，是嗎？」卡爾眼中閃過新的怒火並走向安德魯，他忍不住退下兩階階梯。「所以你不是因為怨恨她顯然『拋棄』了你跑去美國，才基本上拒絕再跟她見面？」

「呃，沒有，那不是——」

「即使她最後花了好幾個星期，其實是好幾個月，想要出手幫你整頓你的生活，但就因為你他媽的可悲的固執，你不肯接納她，就算你知道這會傷她傷得有多深。」

卡爾用拳頭蓋住嘴巴，清清喉嚨。

喔天啊，拜託別哭出來，安德魯心想。

「卡爾，那……那很複——」

「你他媽的休想再說事情很複雜，」卡爾說，「因為事實上很簡單。莎莉從來沒有真正快樂過，安德魯。真的沒有。因為你。」

安德魯又退下一階，差點跌倒。他轉過身，順勢走了下去。他得離這一切越遠越好。他用力甩上大門時心想，**他根本不知道自己在說什麼**。但他一離開，心裡就開始懷疑起來，在搭火車回家的途中，懷疑的感覺越來越強烈。卡爾說的話是不是真有點道理？莎莉真的有因為他們關係的隔閡，不知怎地造成了她身體的衰弱嗎？這個念頭實在痛苦到難以想像。

¶

在所有燈都關著的情況下，螢幕的亮光實在很刺眼。看到TinkerAI的論壇化身（一顆笑著跳舞的番茄）通常很令人開心，但今晚看來只像是在幸災樂禍。

安德魯逼自己看著他打出來又刪掉的次數已經多到數不清的文字。

「今天我埋葬了我姊姊」

游標期待地向他閃爍。他把游標移到了「發文」鍵上，但又縮手離開滑鼠，伸手去拿他裝著啤酒的塑膠杯。他喝酒，是為了企圖複製在卡麥隆尷尬地丟出炸彈之前，他跟佩姬在酒館裡感受到的那份溫暖，但目前卻只讓他的眼球後方一直隱隱脹痛。他坐直身子，感受到口袋裡刮鬍刷的刷毛刺著他的腿。現在是半夜三點。卡爾的話仍在他腦中浮沉，衝突場面仍然鮮明得可怕。他現在會願意給身邊所愛的人們什麼呢。溫柔的話語。幾杯茶。一個當家庭不再只是它成員的總和的時刻。

他又看看螢幕。如果他現在重新整理，BamBam、TinkerAl和Jim之間應該已經有幾十則，或許幾百則留言了。談論一些發現了限量版的車廂或月台人行陸橋正在拍賣的消息。他們是最像他朋友的人，但他就是無法向他們透露這件事。這太困難了。

他把手指移到刪除鍵上。

「今天我埋葬了我姊姊」

「今天我埋葬了」

「今天我」

「今」

10

雖然卡麥隆堅持他需要多久就可以休假多久，但安德魯在喪禮隔天就回去上班了。他幾乎沒睡，但他就是無法忍受整天沒事做，沒有事情可以分心——他寧可去面對素昧平生的死人。他已經做好心理準備要面對大量的同情安慰。低著頭。眼神哀戚的微笑。一些根本無法想像他有多難過的人。他必須點頭道謝，在討厭他們說這些話的同時也討厭自己，因為他不配讓他們同情。令他相當困惑的是，當天早上佩姬花了快一個小時在跟他聊紅冠水雞。

「如果要我說的話，那是種被嚴重低估的鳥類。我在史林布里奇濕地中心看過一隻獨腳的。牠在一個小池塘裡，似乎在沿著池塘外圍繞圈游泳，好像某種悲哀版的勝利繞場。我女兒梅西要我去救牠，她才能『發明一條新的腿給牠』。很有企圖心吧？」

「嗯，」安德魯說，趕走停在臉上的一隻蒼蠅。別忘了這只是佩姬的第二次財產調查，但她似乎適應得很好，尤其吉姆・米契爾房子的狀況還比艾瑞克・懷特家更糟糕。

吉姆獨自死在床上，享年六十歲，被自己的嘔吐物噎死。公寓的廚房、臥室和客廳合為一體，有單獨的淋浴室但到處都發黴了，安德魯努力不去猜想地板上大片污漬的來源。

「我的房仲會把這種房間描述成『精簡、時髦的浴室』，」佩姬拉開發黴的浴簾說，「我的媽啊，」她退後驚叫。

安德魯衝過去。整個浴室窗戶布滿了紅色的小甲蟲，好像槍傷噴濺的血跡。直到其中一隻拍動它的小翅膀，安德魯才發現它們是瓢蟲。它們是整個公寓顏色最鮮豔的東西。安德魯決定把窗戶開著，希望能鼓勵它們飛走。

這次他們穿著全套防護裝。這是佩姬因為昨晚看了《雷霆谷》而在門外特地要求的，這樣她就能假裝自己是詹姆士・龐德電影裡的實驗室助手。「以前剛開始交往的時候，我們家史提夫長得有點像皮爾斯・布洛斯南。但那是在他發現豬肉派和偷懶之前了。」她打量著安德魯說，「我想你可以說有點像——《黃金眼》裡面那個壞蛋叫什麼來著？」

「西恩・賓？」安德魯說，一邊走向小廚房。

「對，就是他。我覺得你有點像西恩。」

安德魯在污穢的烤爐門上瞥見自己的倒影——後退的髮線、塊狀鬍渣、深沉眼袋——他猜想西恩・賓當初應該做過很多事，但幾乎可以確定沒有跪在倫敦南區小套房的廚房地板上爬來爬去過，膝蓋上還黏著一張「雞肉先生！」的外帶菜單。

搜索二十分鐘之後他們到戶外透透氣。安德魯累到覺得身體輕飄飄的。上空有架警方直升機飛過，他們都仰頭看著它轉彎並往來時的方向飛去。

「呼，幸好不是來抓我的，」佩姬說。

「嗯，」安德魯咕噥。

「你知道嗎，我從來沒跟警察打過交道。不知為何我感覺好像錯過了什麼，你懂吧？我好想要檢舉一些小罪，或被叫去作證——這種夢想。你曾經做過那類的事情嗎？」

安德魯恍神沒聽見。

「抱歉，妳說什麼？」

「問你有沒有接觸過老比爾（old bill）。那些賊頭（rozzers）。那些……剝皮者（peelers），有這種講法嗎？」（注：上述皆是英國人對警察的俗稱）

安德魯的心思回到了蘇活區那家唱片行。突然發覺喇叭在播的歌是〈藍月〉。他臉色慘白，衝到門口猛力拉開門。老闆的微弱叫聲。「幹！攔住他，他偷了東西！」直接撞上外面的男子然後倒地，躺著喘不過氣。男子俯身看他。「我是休假的警察。」

老闆的憤怒臉孔進入視野。被拉著站起來，雙臂被抓住。「你偷了什麼？」老闆的呼氣有尼古丁口香糖的味道。

「沒有，沒有，」當時他說，「真的，你可以搜我身。」

「那你幹嘛逃跑？」

他能說什麼？聽到那首歌讓他痛苦不堪？即使他氣喘吁吁地躺在人行道上，腦中殘留的微弱音符仍然令他想蜷縮起來？

「我操，」佩姬笑道，「你看起來好像見到鬼了！」

「抱歉，」安德魯說，但他聲音沙啞，只發出半個字。

「先別告訴我——你在伍沃斯超市偷拿自助組合的糖果被抓？」

安德魯的眼皮無法克制地抽動。他急著想要阻止進入他腦中的旋律。

「還是一些有關雙黃線的不安份行為？」

藍月，你曾見我獨自佇立。

「喔，天啊——是亂丟垃圾，對吧？」

她推推他的手臂，安德魯感覺聲音從他體內深處傳出，尖銳又停不住。「別問了，好嗎？」他怒道。

佩姬臉色一沉，發現他不是在開玩笑。

安德魯感到一波強烈的羞恥襲來。「對不起，」他說，「我不是故意發飆的。只是這幾個星期太奇怪了。」

他們默默站了許久，兩人顯然都尷尬得不敢先開口。安德魯幾乎聽得見佩姬在嘗試重整旗鼓、旋轉著齒輪準備轉移話題的聲音。這次他會準備好專心聽。

「我女兒發明了一個遊戲，」

「遊戲？」

「是啊。我不確定該不該擔心她，但是名字叫做世界末日遊戲。」

「嗯，」安德魯說。

「對，設定是這樣的：有個大炸彈爆炸，地球上的人都死光了。看起來你是全國唯一的倖存者。你該怎麼辦？」

「我不確定有沒有聽懂，」安德魯說。

「呃，你要去哪裡？要做什麼？你會找輛車開上高速公路，設法尋找其他人嗎？

或是直接到酒吧去把所有的酒喝光？多久以後你才會開始設法穿越海峽，或乾脆前往美國？如果沒別人在，你會闖入白宮嗎？」

「遊戲就是這樣……？」安德魯說。

「差不多，」佩姬說。然後，停頓了片刻。「呃，我先說我會怎麼做吧。我會開著 **Fiesta** 轎車去銀石賽道飆一圈。接著，不是去國會大廈屋頂上打高爾夫球，就是到薩伏伊飯店給自己做一份英式早餐。我可能遲早會跑去歐陸看看那裡如何——不過我有點擔心最後會被迫淪為某種反抗軍的一員，帶人偷渡過邊界之類的。但要是國內沒有其他人會來看我的臉書更新，我也不確定我有偉大到會去參與那種事。」

「可以理解，」安德魯說。他努力想著他會怎麼做，但腦中一片空白。「我好像什麼都想不到，」安德魯說，「抱歉。」

「沒關係。不是每個人都適合玩，」佩姬說，「對了，如果你想早點離開，我相信我能自己完成。」

「不用，我沒事，」安德魯說，「反正我們兩個聯手比較快。」

「你說得對。喔，我差點忘了說，今天我買了一瓶咖啡。你想來一杯的話跟我說。

我也帶了薄煎餅。」

「謝謝，我先不用，」安德魯說。

「嗯，你改變主意的話再告訴我，」佩姬說，走回屋裡去。安德魯跟著她，還沒跨過門檻就聞到一縷腐臭的空氣。幸好，佩姬很快就找到了一些東西。

「是那種聖誕節『循環傳閱信』的東西，」她語氣緊張地說，因為必須用嘴巴呼吸。她把發現的東西遞給安德魯。紙張感覺很脆弱，彷彿被折起又打開過無數次。在詳述著平淡假期和平凡學校運動會的文件中有張全家福照片，臉孔在相紙折疊的位置有點模糊。

「我懷疑他有很多次差點把這個扔掉，但又下不了手，」佩姬說，「等等，你看，背面這裡有個電話號碼。」

「幹得好。好，我會給他們打個電話，」安德魯說，伸手掏出手機打開。

「你確定你沒問題嗎？」佩姬故意裝出輕鬆語氣問。

「我沒事，謝謝，」他說。他撥了號碼等待接通。「剛才生氣的事，再說一次，我真的很抱歉，」他說。

「別傻了，」佩姬說，「我要出去一下下。」

「好，」安德魯說，「待會兒見。」

第一聲鈴響就有人接了。

「抱歉布萊恩，剛才斷線了，」接聽的人說，「就像我剛剛說的，我們會銘記這次的經驗。」

「不好意思，」安德魯說，「其實我是——」

「不，不，布萊恩，道歉的時機已經過了。這件事我們就把它『空白』掉吧，好嗎？」

「我不是——」

「『我不是』，『我不是』——布萊恩，你不只這點能耐吧？我要掛電話了。明天辦公室見。我不想再聽到這件事，好嗎？對，很好。再見。」

線路掛斷。安德魯嘆氣。這下棘手了。他按下重播鍵走到客廳窗戶旁。起初他以為佩姬是在活動筋骨——她蹲在腳跟上輕微搖晃，彷彿即將跳起來做一個開合跳。但他看到她的臉。她變得很蒼白。她眼中含淚地在深呼吸。這時安德魯發現，當然，她根本還沒適應好待在狀況這麼惡劣的房子裡。然後那些咖啡、煎餅、遊戲和聊天，全都是用來鼓舞他的，卻沒有顯露出一絲哄騙的態度或憐憫地歪頭。從頭到尾她一直感覺很不舒服，卻假裝沒這回事，而他根本沒發現。佩姬的善良，她的無私，讓安德魯感動得有一瞬間差點哭了出來。

剛剛接電話的人這次只讓鈴聲不斷地響——應該是想讓可憐的布萊恩好好反省自己的過錯。安德魯看著佩姬站起來做最後一次深呼吸，然後走向大門。他掛斷電話清清喉嚨，設法去除如鯁在喉的感覺。

「不順利嗎？」佩姬看著他手上的手機說。

「他以為我是因為斷線才回電給他的同事。」

「喔。」

「他還用『空白』當動詞。」

「好雞歪。」

「我也這麼想。我晚點再打去試試看吧。」

他們靜立片刻，看著周圍的混亂。安德魯抓抓後腦。

「呃，我想跟妳說聲謝謝，」他說，「在這裡陪我聊天，還準備了煎餅那些的。我真的很感激。」

佩姬臉頰上恢復了一絲血色，露出微笑。

「不客氣，老兄，」她說，「所以，回辦公室了？」

「妳回去吧，」安德魯說，不希望佩姬無謂地多留一秒鐘。他從背包拿出一捲垃圾袋。

「沒有其他事要做了嗎？」佩姬看著垃圾袋說。

「沒有，只是……狀況這麼惡劣，我喜歡自己收拾最糟糕的垃圾。這樣直接走掉似乎不太對。但就像我剛說的，妳可以回去了。」

安德魯不太確定佩姬的表情是什麼意思，但他覺得自己好像說了什麼令人尷尬的話。

「我想我寧可留下，」佩姬伸出手臂說，「給我個袋子。」

他們清理時，安德魯拼命驅使他的想像力，直到終於有了個主意。

「對了，我會去愛丁堡，」他說。

「愛丁堡？」佩姬表情困惑地說。

「在世界末日之後。呃，我會看我能不能開火車去那裡。然後設法闖進城堡裡。或爬上亞瑟王座山。」

「啊哈，這想法不錯，」佩姬若有所思地敲敲下巴說，「不過我必須說，我還是認為我的薩伏伊早餐或國會高爾夫計畫比較好。只是說說。」

「我不曉得還可以比輸贏，」安德魯折起一個沾滿油膩起司的披薩盒子說。

「恐怕必須要有輸贏。因為我每次都輸給我們家小孩，所以你應該不會介意我贏這一次，你知道，挽回一點自尊心吧？」

「好吧，」安德魯說，「我想跟妳握手祝賀，但是我手上似乎有很多發黴的起司。」

有一瞬間佩姬驚恐地看著他的手，安德魯心想他這句話或許說得實在太詭異了，但接著佩姬大笑一聲說，「天啊，這份工作到底怎麼搞的？」，安德魯在這天第一次感覺精神大振。

¶

在他們逐步清除了大多數的混亂之後，佩姬說，「我想說我很遺憾，你知道，關於你姊姊的事。我只是不知道什麼時候適合開口。」

「沒關係，」安德魯說，「我……這個……我真的不知道……」他陷入沉默，不知該說出他的感受，還是他認為該說的話。

「九年前我的父親過世了，」佩姬說。

安德魯感覺好像有人按了他的暫停鈕。「我很遺憾，」他努力說出這句話，感覺像是過了一世紀。

「謝謝，老兄，」佩姬說，「現在已經隔很久了，我知道，但是……我還記得事後有段時間——尤其上班時——我只想要躲起來，但也有其他時候我就只想聊這件事。那時候我發現大家都在躲我，故意迴避眼神接觸。當然我現在懂了，他們只是很尷尬，不知道要跟我說什麼，但當時感覺好像我應該覺得羞恥，好像我做錯了什麼事，不知怎地造成了大家的不便。雪上加霜的是，我自己的感受本來就很複雜了。」佩姬看了安德魯一眼，好像在懷疑自己該不該繼續說。

「妳的意思是？」他說。

佩姬咬了一下嘴唇。「這麼說吧，慈愛不算有在我爸的DNA裡。一個長期伴隨著我的童年的回憶是我坐在客廳裡，並在聽到車道上傳來他的腳步聲時屏住呼吸。我可以從聲音的差異分辨出他的心情。他從未傷害我們之類的，但有時心情會壞到我或我姊或我媽好像做什麼都不對，他總會讓我們覺得自己讓他很失望。後來有一天他就直接走了。跟某個女同事跑了，我姊姊在事後發現的。不過我媽一直無法接受這件事。那是最辛苦的部分。即使他跟那個女人就住在四條街外，她卻把他講得好像天賜的禮物，某個搭著木筏出海後失去了音訊的戰爭英雄。」

「那一定很辛苦，」安德魯說。

佩姬聳肩。「很複雜。我還是愛他，不過他離開後我就很少看到他了。大家以為傷痛對每個人都一樣，但其實每個案例都不同，對吧？」

安德魯綁緊一個垃圾袋。「真的，」他說，「像是我姊姊，我有點……唉，就像妳說的令尊的例子一樣，很複雜。一想到大家充滿同情地看著我……」他聲音漸漸消失。

佩姬陪他一起用夾子撿拾剩下的垃圾。「嗯，我懂，」她說，「我是說，他們當然是好意，但如果你沒經歷過，那就不可能會懂。我們好像加入了某種俱樂部之類的。」

「俱樂部，」安德魯低聲說。他感到腎上腺素狂湧流過全身。這真是史上最怪的感覺。佩姬看著他微笑。安德魯回想起他在酒館裡試著好好地碰杯卻失敗的畫面，突然發現自己已經把夾子舉在空中，上面還夾著一個零食的空袋子，並開口說「敬俱樂部！」佩姬驚訝地看著他，安德魯的手在發抖，但她也舉起了她的夾子。「敬俱樂部！」她說。

在一段稍微尷尬的停頓後，她們放下夾子繼續清理。「那麼現在，安德魯，」佩姬過了一會兒說，「回到更重要的事情。」

安德魯抬起眉毛。

「該不會跟世界末日遊戲有關吧？」

¶

一小時後，他們就快完成清理了，安德魯因為一邊收拾剩餘的惡臭垃圾一邊玩著世界末日遊戲，感到意外地開心，這時佩姬說，「你如果想挑戰更有結構的腦力考驗，今晚就是我提過的酒吧猜謎。想來的話再跟我說。」

或許，安德魯其實真的想去。畢竟這可以讓他轉移一下注意力，也可以跟佩姬好好彌補剛剛對她發飆的失禮，或許用他糟糕的雜學知識，或許就用健力士啤酒。

「好啊，有何不可，」他說，設法讓語氣聽來好像這是他經常做的事情。

「太好了，」佩姬說，她給他的笑容溫暖真誠到他竟然必須別過頭去。「帶黛安來！我要認識她。」

喔對了。還有那件事。

¶

或許黛安會神奇地出現在浴室鏡子裡，然後幫他找到一件比這隻橘色怪物還好看的襯衫。他是在下班回家途中匆忙買下的，並突然發覺到，他上一次為了要在晚上出去玩而買衣服的時候，大家還在擔心著千禧蟲的問題。他完全不知道最近流行什麼。偶爾他會考慮要替換掉一些特別舊的東西，但他又會看到顯然很時髦的年輕人穿著好像他從九〇年代初期就有的襯衫，所以，到底有什麼意義？

他把臉湊近鏡子。或許他該買些能解決那些暗沉眼袋的東西。但話說回來，他對眼袋真有點奇怪的依戀，或許因為那是他身上最接近特徵的東西了。他其餘的一切都很……普通。他心裡的一部分渴望著能有些「特色」——像那些為了彌補只有一六五公分的身高因此決定拼命健身的人，結果是滿身肌肉，但仍然必須走快一點才能跟上他的朋友們。又或許他會選擇大鼻子，或招風耳——如果長在名人身上，就會讓他們被媒體形容為「有著特殊魅力」的那種特徵。容貌平凡的女性會被戲稱叫「單調珍」，男性似乎沒有對等的說法。安德魯心想，或許他能用自己來取個稱號。「標準安德魯」？「平凡小安」？用來稱呼那些有著標準的淡褐色頭髮和平凡整齊牙齒的男人。這也是留下傳承的一種方式。

他退後，拉平袖子上的一條皺褶。「你知道你長得像什麼嗎？上面畫了張臉的玉米泡芙。」他鼓起臉頰。他到底中了什麼邪才會答應去參加？Sentinel 4wDH 型火車頭正以愉快的步調，催眠似的行駛在他設置的8字形軌道上。他刻意選了艾拉的〈But Not For Me〉——平緩慵懶又好聽——想讓自己冷靜下來，但是沒什麼效果。所以他才不愛社交，因為光是想像就已經讓他快要胃痙攣。危險的是，留下來繼續在網路論壇上聊天的誘惑快要獲勝了。但最後他強迫自己出門。他想好了，黛安晚上必須加班，但他在最後一刻成功找到了保姆。

他出門前上網搜尋過那家酒館，從不祥的門邊黑板照片與積極的口號保證——至少有一半會正確——「啤酒與快樂時光」判斷，安德魯很擔心它可能會對他來說太「酷」了，但在抵達之後發現看起來挺正常的，至少外觀如此，讓他鬆了口氣。然而，他在外面來回路過三次，假裝在講電話，這樣要是佩姬或她朋友從店裡看到他，他就可以假裝要先講完電話再進去。他到場的時機很重要。如果太早到，他就會被迫與人對話。最好是他能及時加入，眾人簡短說聲哈囉以後就能開始猜謎——然後焦點就會被放在那些問題上，沒人會覺得他們必須努力跟他找話聊。

在他又一次經過時，透過櫥窗瞄了一眼，發現遠端角落有一群人。就是他們。佩姬坐在穿皮夾克、留著褐色長髮和山羊鬍的男子旁邊。應該就是史提夫了。他似乎正在講什麼奇聞軼事，手勢越來越誇張，顯然正在鋪陳最後關鍵句。他敲桌子的同時眾人大笑。安德魯看到站在吧台的幾個人回頭看噪音的來源。他發現佩姬是唯一笑得心不在焉的人。

他準備好伸手推門，但又停了下來。

這不像他。這不是他會做的事。萬一他真的不知道題目的正確答案，或被迫在激烈辯論中選邊站呢？萬一他們快要贏了，他卻搞砸而讓大家失望呢？甚至，猜謎看起來不像是連續不斷的——因此會有空檔來讓大家問他生活上的事。談到自己的家庭時，他知道怎麼應付同事。他能預測他們會問他什麼事，對談話的走向感到彆扭時也懂得如何躲避對話。但這是個未知的領域，他會被困住。

有輛車停在他背後，他聽到有人下車並說了句熟悉的「晚安」——這種道別只會代表著一件事。他轉身看到計程車的黃燈，保證庇護的親切燈塔。他衝過去向司機說出他的地址，猛力拉開車門並鑽了進去。他在座位上壓低姿勢，心跳加速，彷彿在搶完銀行之後駕車逃亡。十五分鐘後他回到自家大樓門外，他的夜晚結束了，花了二十鎊，而且一滴酒都沒喝到。

大門裡的踏墊上有個信封。他撿起來，以為只是垃圾郵件，但翻面之後他看到大寫字母寫著他的姓名地址。他迅速把信封塞進口袋後匆匆上樓。在公寓裡，他比平常更急迫地想放音樂，想打開火車在軌道上跑。

他粗魯地把唱針壓到唱機上，調高音量，然後跪下來拉扯鐵軌，把8字形軌道從中央拉開，構成一個完整的、而非兩個隔開的迴圈。他啟動火車，坐在新做的圓圈裡，膝蓋縮到胸前。這時，他平靜了。在這裡，他有控制權。號角大響，鈸聲碰撞，火車咻咻駛過軌道，繞著他轉圈，護衛著他，讓他安全。

過了一會兒，他想起口袋裡的信封。他拿出來打開，拿出裡面的留言。他聞到一絲濃烈的刮鬍水氣味。

你搞消失，所以來不及聽到今天早上莎莉遺囑的宣讀。你這個小混蛋。你早就知道了嗎？因爲我肯定不知道。她的積蓄有兩萬五千鎊——你一定以爲她會跟我說，不是嗎？畢竟，我們都想擴張生意，那是我們的夢想。所以你能想像發現這件事我有多麼震驚，她決定不把這筆錢留給我，而是你。

或許現在你會開始了解她的罪惡感有多重，只因爲無論她多努力幫你，你就是不肯原諒她。你就像綁在她腳踝上的磚塊，拖著她下沉。唉，希望你這下開心了，安德魯。一切都值得了，不是嗎？

安德魯把卡爾的信看了好幾次，但還是覺得不對勁。莎莉把錢留給他一定是某種執行上的失誤吧？勾錯格子？因為那另外一種解釋，說這是她臨死前渴望矯正錯誤的最後一次嘗試，用來化解他可以、也應該要為她化解的長久罪惡感，實在令他絕望到不堪細想。

11

接下來的三個月裡，安德魯每次回家總是戰戰兢兢，深怕又會收到另一封卡爾用潦草字跡寫給他的信。

信件會不定期抵達。有時一星期有兩三封，上面有淚痕和墨漬，也有時候整個月一封也沒有。但卡爾的怒氣從未消退，持續指責安德魯坑騙莎莉的錢。「你可悲、懦弱又一文不值，你不配讓莎莉原諒」，這是他最近一封信的結尾。安德魯懷疑卡爾要是知道他大致同意這個看法的話，會不會感到驚訝。

每當他開門發現有信，他會沉重地上樓並坐在床沿，把手裡的信封翻來翻去。他告訴自己別再拆開了，但他已經被困在一個無情的循環裡：他看得越多，就越有罪惡感，而他越有罪惡感，就越認為自己活該被卡爾怒罵。當卡爾再次指控正是因為安德魯從不連絡莎莉才造成她健康欠佳的時候更是如此，因為他想得越多，就越來越相信這是真的。

¶

這時距離莎莉去世已經夠久了，眾人對待他的方式也恢復了一些正常感。卡麥隆曾經有一陣子在跟他講話時都會把手放在他肩上，皺著眉頭用哀傷的大眼睛歪著頭看他，但謝天謝地那陣子已經過了。更令人解脫的是，短暫自我克制的基斯現在也恢復成了一個大混蛋。

在幾次失敗的嘗試之後，他終於鼓起足夠的勇氣把莎莉的死告訴了次級版的網友。「嗨各位。抱歉我最近有點沉默。有個壞消息。我失去了我姊姊。老實說，我仍然感覺有點麻木。」他一按下「發文」鍵就懷疑自己是否做錯了，但他們都很同情、很妥當地回應，還令人感動地把他們的化身圖示從跳舞番茄和開朗的胖司機改成了配合安德魯的平凡天藍色方塊，作為一種團結的表示。

事態雖然大致恢復了正常，有件事卻被尖銳地帶入焦點中，讓安德魯非常難以忽視。他持續謊稱有妻兒這件事的正當化基礎是那無傷大雅。但在潛意識裡，只要莎莉仍然活著（無論他們的關係有多緊張），就表示他創造的幻想只是真實人生的附屬存在。但現在她走了，他對黛安、史黛芬妮和大衛感到越來越不自在。結果，跟卡麥隆、基斯和梅瑞迪絲談到家庭時，他不再感到以前捏造學校瑣事或週末計畫等世俗細節的微小快感。但在遇到佩姬時更糟——糟糕多了。自從那天他從酒吧猜謎落跑之後，他就一直充滿歉疚感，用過份誠懇的態度道歉，讓佩姬想笑又困惑。又共事了幾週，安德魯發現她不是那種會小題大作的人。她仍然跟著他，所以他們幾乎所有時間都一起工作：進行更多財產調查，還有作死亡登記和收集無人繼承的財產細節送交財政部等等文書工作。

然後還有那場喪禮。

安德魯曾順口向佩姬提過，他會去出席伊恩・貝里的儀式，因為沒找到任何朋友或家屬。他沒料到佩姬會問她可不可以一起去。

「妳不必來，」他說，「這不是強制規定，其實嚴格說來也不在工作範圍內。」

「我知道，但是我想去，」佩姬說，「我只是跟隨你的帶領，真的。如果重點是有人幫忙送最後一程，那我讓人數加倍總是好事，對吧？」

安德魯不得不承認這話有道理。

「不是我倚老賣老，」他說，「但或許值得妳花點時間作準備。我說過了，情況可能挺悽慘的。」

「別擔心，」佩姬說，「我在想我或許可以唱首歌來讓氣氛開朗一點。托托合唱團的〈非洲〉之類的歌？」

安德魯茫然看著她，發現她的笑容消失。天啊，他為什麼就不能對事情做些正常的反應？他強迫自己設法矯正狀況。

「我不確定適不適合那樣做，」他說。頓了一下，又說，「我想，唱〈最終倒數〉（注：**Final Countdown**，歐洲合唱團的搖滾樂曲）或許更合適。」

佩姬輕笑的同時安德魯回去看他的螢幕，一方面自責自己庸俗化了喪禮，同時因為自己終於成功向一個真人說了個真正的即興笑話而慶幸又驕傲。

那個星期四他們站在教堂裡，等待伊恩・貝里抵達。

「真好——呃，不是好，但是你知道的，這是好事，今天我們有兩個人。」安德魯稍微皺眉，自己的說法真是夠笨拙。

「其實是我們三個人，」佩姬往上指著屋樑說，有隻麻雀正好在這時從一根樑飛到了另一根上。他們沉默片刻，看著那隻鳥直到牠從視線中消失。

「你有沒有想像過自己的喪禮？」佩姬問。

安德魯仍然看著屋樑。「恐怕沒有。妳呢？」

佩姬點頭。「有啊。經常。我大概十四歲時很著迷，規畫了整場喪禮，包括朗誦和配樂等等。我記得好像每個人都要穿白衣，才能跟普通喪禮不同，瑪丹娜會來清唱〈宛如禱告〉。很詭異吧？我是指預作規畫，不是瑪丹娜的部分，我知道那也很怪。」

安德魯看著麻雀又飛到另一根樑上。「我不確定，」他說，「我猜算合理吧。我們都會死，那何不想想你希望怎麼辦理？」

「大多數人不想去碰這個，對吧？」佩姬說，「我想那不難理解。但是對某些人而言，死亡一直潛藏在他們腦中。我想這樣才能真正解釋為何有些人會做出那麼愚蠢又衝動的事。」

「像是什麼？」安德魯說，因為脖子痛而放棄，低下頭來。

「像是有人侵吞他們公司的錢，即使明知道遲早會被發現。或新聞裡有個女人因為把貓丟進垃圾箱裡被抓。在那一刻，他們好像在挑釁死神。**你終究會來找我，我知道你會——可是看看這個！**好像某種純粹的生命力爆發，不是嗎？」

安德魯皺眉。「妳是說，把貓丟進垃圾箱，是種純粹的生命力爆發？」

佩姬不禁掩嘴阻止自己大笑，有可怕的一瞬間安德魯以為他們倆要像頑皮的學童一樣竊笑起來了。然後他相當突然地想起一段回憶，他和莎莉在炸魚薯條店裡隔著桌子用薯條在互相丟來丟去，笑得發抖，他們老媽則是忙著跟櫃台的某人講話。

雖然他很努力，但隨著儀式進行，他覺得自己不可能不想起莎莉。一定還有其他像那樣的時刻吧？難道她跑去美國真的是如此全面的一場背叛，讓他的記憶整個偏差了嗎？畢竟，他突然一陣心驚地想起，有個特定的回憶他二十年來一直揮之不去，而莎莉一直盡力想幫他，他卻不肯接受。他想像自己在他的公寓裡，癱在原地，聽到電話鈴響個不停，卻無法接聽。在終於接聽之後，聽到她的聲音，懇求他能跟她說話，讓她幫忙。他讓電話從手中滑落。他告訴自己隔天她打來時他就會接聽，後天也是，下個月的每一天也是，但他從未接聽。

安德魯感到口乾舌燥。他只能隱約聽見牧師柔和的聲音。在莎莉的喪禮上，他很麻木，在卡爾身邊彆扭得受不了。但是現在，他只能想著他為什麼不接那通電話。

他的呼吸變得急促。牧師剛主持完了儀式，向後方點點頭，管風琴大聲響起。當第一個和弦開始在教堂裡迴盪時，佩姬湊近安德魯。「你沒事吧？」她低聲說。

「嗯，我沒事，」他說。但他站在那兒低著頭，聽見音樂變得越來越大聲，教堂地板在他眼前波動，他必須用雙手抓著前面的長椅來防止自己昏倒。他的呼吸變成一陣陣顫抖地噴發，隨著音樂在教堂裡迴響，他發現自己終於開始哀悼他姊姊了，他隱約察覺到佩姬的手在輕輕揉他的背。

等到儀式結束時，他已經振作了起來。在和佩姬走出教堂庭院時，他覺得有必要解釋剛才發生的事。

「剛剛在裡面，」他說，「我有點……沮喪……因為我想到我姊姊。不是說我沒在想伊恩・貝里，只是……」

「沒關係，我懂，」佩姬說。

他們繼續默默走了一會兒。安德魯開始感到喉嚨不再緊繃，肩膀壓力也沒了。他發現佩姬在等他先開口，但他想不出該說什麼。他反而不知不覺地輕輕哼起艾拉的〈活著的理由〉（Something To Live For）。昨晚他一直聽這首歌，《Ella At Duke's Place》專輯的版本。他跟這首歌的關係向來很怪異。他大致喜愛這首歌，但有個特定段落不知何故似乎總是會讓他腹中作痛。

「有個音樂作品，」他說，「是我的最愛之一。但是在快到結尾時有個段落，刺耳又吵鬧，即使我知道它會來，卻還是有點嚇人。所以我聽這首歌時，雖然很喜歡，但知道恐怖的結尾將會來臨總是有點掃興。但是，我無能為力，是吧？所以在某個角度，就像妳先前說過的，有些人坦然接受他們會死的事實：如果我能接受結尾的到來，那我就能更加專心享受歌曲其餘的部分。」

安德魯瞄向佩姬，她似乎在努力憋笑。

「我不敢相信你還暗藏了這種人生智慧，」她說，「你讓我講了一堆有人把貓丟進垃圾箱的傻話。」

¶

從那以後佩姬開始跟他出席所有喪禮。安德魯沒想太多，但還是發現有她在身邊讓他放鬆多了，甚至很高興能有她陪伴。討論著從人生意義到牧師有沒有戴假髮的一切都感覺如此正常，實在是種怪異的感官體驗。他甚至逐漸開始在玩她和她小孩發明的遊戲時感到泰然自若。他最驕傲的時刻發生在他也自己發明了一個遊戲的時候，規則是要幫任意組合的對手辯護：例如紅色對抗提姆・亨曼（注：Tim Henman，英國職業網球員）。有時候晚上在家，他不禁胡思亂想，猜想當下佩姬可能正在做些什麼。

只要行程允許，他們每週五會在酒館吃午餐，檢討他們一星期以來的成果，把財產調查以「悲慘指數」從一到十評分，互相提醒著基斯最新的個人衛生災難或梅瑞迪絲的毒舌言論。有一次在前往這例行午餐的路上，享受著陰鬱多日後終於照在背上的陽光，安德魯忽然間發現了一件事，還因此在街上急停，害背後的人差點閃躲不及。這是真的嗎？他想，一定是。不，這件事沒有第二種解釋：他正危險地接近要交到一個朋友了。這個念頭居然讓他大笑起來。怎麼會發生這種事呢？彷彿他設法瞞著自己做到了。他不禁大搖大擺地繼續走向酒館，誇張到超前了剛才被他意外擋住去路的人。不過在他一坐下來後，因為一直忍不住像白癡似的傻笑，讓佩姬抬起眉毛開玩笑猜他是不是剛去過黛安的辦公室「緊急打了一砲之類的」。

問題就出在這裡：他們越親近，在他必須說謊時感覺就越差。就好像一個正滴答計時的定時炸彈——如果佩姬發現真相，他失去多年來的第一個朋友只是遲早問題。無論如何，他知道一定會出事。結果，很快就發生了。

¶

那一天開始於一場特別棘手的住宅調查，而七月的酷暑也沒幫上什麼忙。泰瑞・希爾在浴缸裡滑倒，死後在那兒躺了七個月。沒人想念他。直到他在海外的房東終於沒再收到房租以後，才發現了他的屍體。電視機還開著。刀叉、餐盤和水杯還在廚房桌上擺著積灰塵。安德魯打開微波爐，發現裡面有東西腐爛了，意外吸入一大口腐臭空氣，又咳又嘔地逃離廚房。在他還沉浸在自己可能因此生病的感覺裡時，佩姬已經趁著等他復原的空檔英勇地處理掉了恐怖微波爐，並轉向他說，「我們還沒商量過今晚的事，對吧？」

「今晚怎麼了？」安德魯說。

「呃，你休假的那個星期，就是在喪禮之前，卡麥隆又開始講起他那個愚蠢的晚餐聚會計畫。他每天都會發電子郵件，或在會議中突然提起。」

「天啊，」安德魯說，「他幹嘛這麼執迷這個點子？」

「呃，我想可能有兩種解釋。」

「請說……」

「好，第一：這是他在上課時學到的招數。一種能顯示出他有在讓團隊培養感情的練習，然後他就能因此成為上司眼中的大紅人。」

「嗯。第二種呢？」

「他沒朋友。」

「喔，」安德魯說。這麼直白讓他有點措手不及，但是想一想，若是如此，卡麥隆平常的言行確實比較解釋得通。

「那很多事就說得通了，」他說。

「我知道，」佩姬說，「總之，他要我們在行事曆挑個日子，我們當然是拼命拖延。他不想在你休假時問你，但總之最後我說我會問問你，大致只是為了讓他暫時別煩我。我還沒找到適當時機跟你說，但基本上在卡麥隆的認知中，你會參加。」

安德魯想要抗議但被佩姬打斷。「聽我說，我知道這檔事很麻煩，但我實在受不了他老是講個不停，每次被我們擱置之後又會失望地皺著一副苦瓜臉。今晚他主辦，我和其他人都會去。他老婆會在，但我們可以選擇要不要帶伴侶。」

呃，至少這樣好一點，安德魯心想。

「我覺得你應該要來，」佩姬說，「或許會辦得不錯啊——好吧，肯定會很糟糕，但是……呃，我想說的是，拜託你來，我們才能一起喝個爛醉不甩其他人。」她伸手放在安德魯的手臂上，滿懷希望地微笑。

安德魯想得出非常多他當晚寧可去做的事——大多數跟他的睾丸、果醬和一些憤怒的黃蜂有關——但他突然感到一股強烈的衝動，不想讓佩姬失望。

¶

當晚，他拿著一瓶剛買的葡萄酒抵達了卡麥隆家，強烈感覺到自己正在遠離舒適圈。

說眞的，到底有誰會喜歡晚餐聚會啊？他心想。只因為某人順利地把一些東西塞進鍋裡，加熱到不會毒死所有人的程度，大家好像就必須大力稱讚。然後還有那些關於書籍和電影的較勁對話：「喔你一定要去看。那是描述三個人跟一隻烏鴉交朋友的葡萄牙藝術電影經典。」真是一堆鬼扯蛋。（安德魯確實偶爾會享受一下討厭他從未真正體驗過的事物的感覺。）

那天下午基斯和梅瑞迪絲特別討人厭，卡麥隆也開啟了大笨蛋模式。安德魯實在無法理解，這個人為何認為讓大家花更多時間在密閉空間裡相處會有幫助。這就像把兩個磁鐵的負極硬湊在一起。

當然，他期待能跟佩姬相處，不過她離開辦公室時似乎異常壓抑，可能跟他偷聽到她在後方樓梯講的電話有關，她在電話中用了好幾次「笨蛋」（wazzock）這個字眼。以她泰恩賽德地區的鼻音說出來，對他猶如天籟。

他按下卡麥隆的門鈴，對天祈禱佩姬已經到了。理想情況是他們可以坐在隔壁，不用其他人，專心爭辯提拉米蘇是否比踢踏舞王麥可・佛萊利更棒。

應門的人看起來像個維多利亞時代的時髦矮子，穿著絲絨外套，搭配背心和領結。安德魯愣了一會兒才發現他其實是個小孩。

「請進。我幫你拿外套吧？」小孩說，用拇指和食指夾著安德魯的外套，彷彿拿到了一袋狗屎。安德魯跟著他進門之後，卡麥隆出現，用有點侵略性的方式朝著他揮舞一些小零嘴。「安德魯！我想你已經見過克里斯了？」

「是克里斯多夫，」男孩從衣帽架前轉身說，挫折地微笑。安德魯已經能感覺到克里斯多夫應該對卡麥隆抱持著某種他很少能夠符合的高標準期待。

「克拉拉？」卡麥隆大聲說。

「又怎麼了？」有人低聲回答。

「親愛的，我們的第一個客人到了！」

「喔，等一下！」這個聲音跟剛才判若兩人。克拉拉穿著圍裙出現，微笑著露出幾千顆潔白的牙齒。她一頭紅褐色短髮，漂亮到安德魯甚至在他們進行了尷尬的握手、擁抱接著親吻兩頰的三合一招呼儀式之前，就已經驚慌失措，只能讓克拉拉把他拉來拉去，彷彿在帶著他跳社交舞。卡麥隆遞給安德魯一碗腰果，問克拉拉開胃菜準備得怎樣了。「呃，」她隱約有點咬牙切齒地說，「要不是有人關掉爐火，我們就可以照計畫準時開動了。」

「喔天啊——是我不對！」卡麥隆用手拍拍頭頂，扮個鬼臉說。安德魯看向克里斯多夫，他翻了翻白眼，彷彿在說「這只是冰山一角」。

梅瑞迪絲和基斯聯袂抵達——安德魯猜想這不是巧合，他們顯然都很醉，證實了他的懷疑。基斯胡亂摸了摸克里斯多夫整齊中分的頭髮，小男孩目露凶光離開現場，回來時手裡拿了一把梳子而不是左輪手槍，讓安德魯頗為失望。

佩姬抵達時，他們已經坐下吃開胃菜了。「抱歉我來晚了，」她說，把外套丟到一張空椅子上。「被困在公車上。交通實在太混蛋了。」她偷瞄克里斯多夫。「喔，抱歉，有小孩子在？我不是故意罵髒話的。」

卡麥隆心虛地笑笑。「我相信你聽我們罵過更難聽的話，不是嗎，克里斯？」

克里斯多夫陰沉地向湯碗咕噥了些什麼。

對話斷斷續續的，放大了每次進食的呼嚕聲和餐具碰撞的聲音。他們都同意湯很好喝，不過梅瑞迪絲又加了句警告說在裡頭放這麼多小茴香是個「大膽的選擇」。基斯聞言傻笑，顯然喜歡這種挖苦的恭維，而安德魯突然驚恐地發覺，有人正在桌面下用腳碰來碰去地調情。他想要提醒佩姬注意，就算只是幫忙分擔這恐怖的負擔也好，但她似乎分心了，緩緩攪拌著碗裡的湯，像一個消極的畫家在調色盤上攪拌顏料。安德魯有股強烈的衝動想把她拉到一旁，問她還好嗎，但還要跟卡麥隆競爭就挺難的。

他顯然預料到對話會有冷場，所以不斷丟出飢不擇食又沒結果的話題，最新一題是各人的音樂品味。

「佩姬？在這方面你喜歡什麼？」他問道。佩姬打個哈欠。「喔，你知道的，迷幻浩室、迴響貝斯、納米比亞大鍵琴之類的。所有經典的東西。」梅瑞迪絲打了個嗝，湯匙失手掉到地上，俯身去撿的過程中差點從椅子上滑落。安德魯向佩姬抬抬眉毛。他從未真正理解在這種社交活動中喝醉的意義。你肯定更可能會說出蠢話然後懊悔一整夜吧？然後你又需要喝一杯來忘掉這回事。

「基本上，」事後，佩姬會跟他說，「那就是喝酒的意義。」

在他們吃完主菜後，克拉拉用誇張的開朗語氣問卡麥隆能否到廚房幫她一下。

「妳確定我不會礙事嗎？」卡麥隆輕笑幾聲問。

「不會，不會。別靠近瓦斯爐就好了，」克拉拉說。

卡麥隆比出一個「妳逮到我了！」的手勢後跟著她走掉。隨後出現一陣猛摔櫥櫃門的交響樂。

「前方可能有麻煩，」佩姬低聲唱著。

這時梅瑞迪絲和基斯決定他們需要同時上洗手間。安德魯和佩姬聽著興奮的腳步聲爬上樓梯。

「那兩個人肯定要去搞了，」佩姬說，「抱歉我又失言了，克里斯多夫，」她補充。安德魯完全忘了這孩子還在場。

「一點也不會，」克里斯多夫說，「我最好去看看廚房裡的狀況。」

佩姬等到廚房門關上，再湊近安德魯。

「至少這可憐孩子遺傳了媽媽的美貌。總之，這太扯了，我要走人。」

「喔，是嗎？妳不覺得應該……等一下？」

「絕對不要，」佩姬說，穿上她的外套走向大門。「我今天的衰事夠多了，不必再多忍受一秒鐘。你要不要走？」

安德魯遲疑著，但佩姬並不打算留下來等他回答。他低聲咒罵著衝向廚房，一打開門，發現克拉拉正在火力全開。

「你明知道週三是讀書社團之夜，但是你照樣該死的毫不考慮我可能——安德魯！一切都還好嗎？」

卡麥隆轉過身來。

「安德魯！安迪老弟。什麼事？」

「佩姬感覺不太舒服，所以我想我最好護送她回家。」

「喔，你確定嗎？有冰淇淋耶！」卡麥隆說，焦急地睜大眼睛。幸好，克拉拉介入，用在安德魯看來過分強勢了一點點的語氣說，「想吃冰淇淋隨時都有，卡麥隆。現在短缺的是紳士精神。」

「呃，我該走了……」安德魯說，一關上大門就聽到激烈的爭吵重新展開。

¶

他慢跑著趕上佩姬。到她身邊時，他喘得說不出話來，佩姬只簡短地說了一聲「還好嗎？」然後就陷入沉默。他們不發一語地繼續走，安德魯的呼吸終於緩和下來，直到他們的步伐逐漸同步。這是種舒適的沉默，但又有種安德魯說不上來的指責感覺。他們在紅綠燈等著過馬路時，佩姬指著人行道上的一灘乾涸血跡。

「這星期我每天都路過類似的血跡，幾乎沒褪色，」她說，「為什麼血跡要過那麼久才會被沖淡？」

「我想是因為它含有很多蛋白質、鐵質等等的，」安德魯說，「而且就是因為很濃稠才會凝結。所以血跡很難去除。」

佩姬哼了一聲。「『血跡很難去除』。好久沒聽到這麼像連續殺人魔的話了。」

「唉。天啊，我沒有……我只是說──」

佩姬大笑著用手肘輕推他。「我只是鬧著玩。」她鼓起臉頰。「天啊，我今晚不該出來的。我真的沒心情。你想有人會注意到嗎？」

「我相信他們沒有，」安德魯說，努力不去想像卡麥隆的可憐表情。「一切還好嗎？」

「喔我沒事，真的。我只是有點不順利。就是跟史提夫啦，其實。」

安德魯不太確定怎麼回應，但佩姬似乎也不需要人鼓勵她。

「你記得我提過我朋友艾嘉莎，顯然不太認同史提夫那個？」

安德魯點頭。「那個抹刀。妳，呃……」

「往他頭上丟的那個？對，唉。最近那不是我唯一想抓來扔他的東西。有時候實在是他媽的太難了。剛被求婚的時候，艾嘉莎告訴我她對他的疑慮，但我根本沒辦法去考慮她說的話。我一向很以我的戀情為傲，以為她只是嫉妒。當然我們偶爾都會小吵，但我們總是能和好。這總比那些從不大聲吵架，只能在半夜氣得磨牙的夫婦好多了。」

「那麼問題可能出在哪裡呢？」安德魯說，聽見自己的語氣活像個在五〇年代駁斥著病人性慾毛病的醫生，讓他不禁皺眉。

「主要是喝酒，」佩姬回答，「我知道他一開始唱歌就代表情況要失控了，昨晚唱的是〈Yes Sir I Can Boogie〉。接著他會變得很狂暴，邀陌生人跳舞，買酒請酒館裡的所有人喝。最終他會喝得太多，然後開始無緣無故與人發生衝突。我真正無法忍受的是為了喝酒說謊，那太冷酷了。昨晚我比他早回家，因為他要『在路上喝一杯』。結果一直到半夜兩點，他才酒氣沖天地回家。通常我都能靠著踹他卵蛋一腳來搞定他，但昨晚他決心要去跟女兒們說晚安。都快天亮了，我不希望他去吵醒女兒，結果就變成了『喔妳不讓我看自己的小孩』。最後他睡在樓梯平台上，蓋著一件《海底總動員》的羽絨被來表達某種抗議。我就讓他睡在那兒打呼。今天早上我的小女兒蘇絲走出來，看到他躺在那兒。她看著我，搖搖頭然後說，『真可悲。』可悲！我真是哭笑不得。」

一輛救護車快速駛過，亮燈但沒開警笛，在讓開的車流中飄了過去。

「今早他應該有向妳道歉吧？」安德魯說，不確定他幹嘛決定扮演魔鬼的代言人。

「不算有。我試著搭話，但他宿醉時總是皺著一張鬼臉，很難跟他認真交談。說真的，很扭曲又坑坑洞洞的，好像一個笨拙的養蜂人。如果我不必參加這狗屁聚會，今晚我們就可以說清楚的。剛才我會留那麼久的唯一理由，是因為你也在場。我是說，那批人真是糟糕透頂，不是嗎？」

「他們確實是，」安德魯說，猜想佩姬是否有發現在他聽到自己顯然是她留下的唯一理由時，笑得有多開心。

「我懷疑梅瑞迪絲和基斯是否還在樓上浴室裡，」佩姬打個冷顫說。「噁，我真的不敢想像。」

「沒錯，沒錯，」安德魯說。

「但現在我忍不住幻想著他們滿身大汗的樣子。」

「喔天啊，滿身大汗？！」

佩姬竊笑，挽著他的手臂。

「抱歉，沒必要說那些，對吧？」

「對，絕對沒必要，」安德魯說。他清清喉嚨。「我必須說，必須自己應付那些白癡，感覺就好像過了一輩子，所以這樣很好……妳知道的，有個朋友能分攤這個負擔真的很好。」

「即使我害你想起他們在嘿咻？」佩姬說。

「好吧，或許不包括那個。」安德魯發覺他的心跳劇烈到幾乎無法控制。他也發覺，他們已經走超過了他可以搭公車的位置至少三站。

佩姬呻吟。「我剛想到，史提夫八成會用他的蠢吉他寫一首道歉歌給我。其實我一想起來就受不了。」

「嗯，那麼，我們還是可以回去卡麥隆家吃甜點？」安德魯說。佩姬又用手肘頂他一下。

他們都沉默了片刻，沉溺在自己的思緒裡。遠處有警笛聲。或許是先前只開燈經過的同一輛救護車，安德魯心想。是救護員在講無線電，等著聽最後是否需要他們嗎？

「你等等進門時，你的家人還會醒著嗎？」佩姬說。

安德魯皺眉。**別提這個。現在不行。**

「黛安，或許吧，」他說，「孩子們應該已經睡了。」

他們逐漸走近安德魯猜想佩姬要搭車的車站。

「有時候，我會有點希望可以逃離一切，」他說，抗拒著腦中在警告他這是個餿主意的聲音，「這是壞事嗎？」

「逃離什麼？」佩姬說。

「你知道的，家庭……和一切。」

佩姬發笑，安德魯立刻退縮。「天啊，抱歉，這太荒謬了，我不是要——」

「不是，你在開玩笑吧？」佩姬說，「我定期都會做這種夢。至高的幸福。你可以真正花時間做你想做的事。我認為若不那樣子幻想的話遲早會瘋掉。我大半輩子都在做白日夢，想著如果沒有卡在現狀的我又會做些什麼……然後這種時候，通常其中一個孩子就會畫個漂亮的東西給我，或表現出好奇、忠誠或某種關愛來打斷我，然後我會感覺自己好愛他們，愛到我的心都快要爆炸了，然後夢想就結束了。很惡夢吧？」

「惡夢，」安德魯說。

他們在站外擁抱道別。在佩姬離去後安德魯又逗留了一會兒，看著人群通過票閘，一張接一張的茫然臉孔。他想起那天早上的財產調查，泰瑞・希爾的刀叉、餐盤和水杯。這時他猛然想到一件事讓他差點喘不過氣：活在這個謊言裡，就意味著他的死亡。

他想著剛才和佩姬擁抱的短暫片刻自己有何感受。這不是被介紹握手那種正式的肢體接觸。也不是理髮師或牙醫或擁擠車廂裡的陌生人那種無法避免的碰觸。那是真正的溫暖表現，在那一秒半之間，他想起了接納別人的感覺。他早已經把自己的命運跟泰瑞・希爾和其餘那些人歸成了同一類。但或許，只是或許，還有別的路走。

12

說到模型火車，安德魯學到的其中一件最令人滿足的簡單事情就是，火車頭越常行駛，就運行得越好。隨著重複使用，火車頭會開始在鐵軌上滑行，性能似乎在每一圈都有所提升。然而說到與人接觸的經驗，相較於平順行駛的火車頭，他更像一台生銹的鐵軌更換車。

在車站和佩姬分開之後他幾乎是飄飄然地回到家，因為突然浮現的可能性而充滿動力。他考慮過原地向後轉追著她的火車跑，臨時想出某種誇張的浪漫舉動——或許用空飲料罐在鐵軌旁拚出「我很怕自己會孤獨死去或許成年人年紀這麼大了還交朋友很奇怪但無論如何我們可以當朋友嗎？」最後，他勉強克制住自己，在剩餘的路程慢跑回家，在路邊商店買了四罐微溫的波蘭淡啤酒並連續快速地喝掉，醒來後宿醉又恐懼。他強迫自己下床煎了些燻肉，同時連聽了五遍〈The Nearness of You〉——一九五六年艾拉和路易・阿姆斯壯合唱版。每次歌聲一進來，他就會再度感受到佩姬挽著他手臂的觸感。如果他眼睛閉得夠緊，就能看到她在他們擁抱分別後對他露出的笑容。他看看錶，判斷還有時間讓唱片再播一次，但在他過去挪回唱針時，〈藍月〉的悲慘聲音突然飄入他腦中，清楚得彷彿是唱機播放的。**不不不。現在不行。這次讓我停在此刻吧**。他慌亂地又播了一次〈The Nearness of You〉，在喇叭旁彎腰，耳朵靠近到發痛，他緊閉眼睛。過了一會兒，出現一個刺耳高音，他睜開眼看到房間煙霧瀰漫，原來是已經燒焦的燻肉觸發了警報。

¶

現在去上班還太早，於是他拿著兩杯茶坐到電腦前想要消解宿醉——輪流啜飲——同時試想該如何和佩姬建立更穩固的友誼，某種可以讓他們的關係從工作夥伴再更上一層的辦法。但光是想像要約她出去喝杯咖啡，或甚至去看場電影，都讓他感覺自己正在劇烈地遠離舒適圈，而天啊，他是真的很愛那個舒適圈的。在那個世界裡，醃洋蔥口味的洋芋片已經是美食實驗的巔峰，玩社交遊戲則可以被判處死刑。

他回想著迄今為止他和佩姬所培養出的情感。呃，有聊到過生與死的意義，還有「俱樂部」的概念。但是他總不能直接跑去約她到奧爾頓塔主題樂園一起刺個互相搭配的垃圾夾子刺青，對吧？不過，在那段對話中存在一個核心事實，就是佩姬一直想要安慰他。她用世界末日遊戲當作好玩的分心誘餌——那是一種真心關懷的表現。現在換佩姬顯然因為史提夫而陷入低潮。如果他能夠反過來安慰她，那一定會成為真實連結的基礎。他能做什麼來設法讓她開心起來呢？

他真正需要的是忠告，而他只能到一個地方去找。點幾下滑鼠之後他登入了網路留言版。唯一的問題是直接求助太尷尬了，他說不出口。他必須臨機應變，看看會如何發展。「弟兄們早安，」他寫道，「我需要一些忠告。最近我碰巧認識了幾個跟賣家有些衝突的人。他們本來說好了要買一組 China Clay 5 平板車三聯裝，但結果賣家說謊，在最後一刻賣給了另一個出價者。他們很難過，所以如果有任何能鼓舞他們的辦法的建議，我會感激不盡！」

TinkerAl 幾秒鐘內就回覆：「嗯。呃，下週末有場 Beckenham& West Wickham 骨董玩具火車展覽。或許可以帶他們去看？」

BamBam67：「他們用同樣價錢可以買到 Dapol B304 Westminster，怎麼可能會想要 China Clay 5 平板車三聯裝？」

嗯。安德魯用手指敲打膝蓋。如果他真的想要有用的忠告，他得妥當地冒險。

他把留言重寫了幾次，最後按下發文：

「好吧，老實說，我指的人目前心情很不好，但她其實不喜歡火車（真可惜啊！）。我只是對這種事有點生疏。任何好玩活動之類的建議會很有幫助。」

BroadGaugeJim：「啊哈！她不是火車迷，是吧？我就在懷疑是不是跟你老婆有關！」

Tracker：「不，不，不是那樣的事啦。」

TinkerAl：「唉，聽起來 Tracker 好像沒那麼想談細節。但是如果你真的想要，我們都會幫你的，老兄！」

安德魯感到介於尷尬和喜愛之間的強烈心情。

「多謝了，TA。我猜坦誠不是我的長處吧。說真的，有一部份的我很不擅長這種事，所以才來尋求建議，因為我不算是很喜歡跟人往來的人。但我對她的感覺有點不一樣。是好的意思。距離我上次生活中有這樣的人已經很久了，感覺很好。但還是有些煩人的猶豫，覺得我或許該按兵不動。」

BamBam67：「這我能理解。」

TinkerAl：「是啊，我也能。」

BroadGaugeJim：「同上。我自己也不是很愛跟人打交道。生活中有時候獨處就是比較輕鬆。沒有狗屁倒灶的戲碼。」

安德魯到廚房去燒開水（這次只泡一杯茶），斟酌著BroadGauge剛說的話。他知道他對這個簡單小生活的控制權能讓自己安心。它穩定又平淡，而他絕對無意要推翻這些狀態。但有些時候——當他看到成群朋友在酒館長椅上坐成整齊對稱的行列，或在街上牽著手的情侶，他會感到一陣尷尬，自己四十二歲了，好幾年來卻連跟熟人喝杯茶、或跟火車上的人互相微笑調個情都很罕見——他會被自己感覺渴望的強烈程度給嚇到，或許實際上，他真的也想要找人親近，想交朋友，甚至找個人來共度餘生。他很擅長盡快掃除那種感覺，告訴自己那只會讓人不快樂。但萬一他順其自然——甚至真正去培養它呢？或許那是前進的唯一方法。過去都過去了，但或許這次，他可以永遠阻止過去繼續主宰他的人生。

他啜一口茶，回答BroadGauge。

「我不知道，BG，或許我以自己的方式受困太深了，但也可能沒有！總之，或許我們該回到火車話題，嗯？不過我很感激大家幫忙。這樣掏心掏肺不太算我的專長。感覺有點不自然，好像穿著外套去大便。」他為了平衡，在發文前決定刪掉最後一行。

TinkerAl：「嗯，有進展再告訴我們，老兄！」

BroadgaugeJim：「一定喔！」

BamBam67：「沒錯！」

¶

雖然他重新下定了決心要離開舒適圈，跟佩姬成為彼此世界的一部分，但安德魯很清楚誠實在友誼中的必要性，而就佩姬目前的認知，他有著幸福婚姻和兩個小孩，生活也相對奢華。他短暫考慮過黛安跟衝浪教練私奔跑去澳洲並帶走了小孩的說法。但即使如此，即使他成功說服了佩姬那一切實在痛苦到無法討論，再過十年他還是拿不出小孩的照片給她看，更別說還得解釋他為何都不用去看看他們。他唯一的選項還是指望他們能夠進展到他可以向她說實話，並且祈禱她居然能夠接受的程度。

但他試著適當地穩固他們友誼的行動可說是出師不利。安德魯挫折地花了整個週四下午，逐一確認他在財產調查時發現的舊諾基亞手機裡的聯絡人。他打去每個號碼都沒人接。在他鼓起勇氣打給一個名字叫做「大巴札」的聯絡人之後，他決定寫一封希望看起來很好笑的電子郵件給佩姬。他塞進一些內幕笑話，大致上設法表現得迷人又無關緊要，在署名時連帶提議他們應該「該死的馬上」逃到酒館去。

安德魯從未體驗過在他一按下送出後馬上感覺到的這種強烈後悔。他猜想著自己還來不來得及去找把鐵鎚來砸爛大樓的供電系統，或砸爛他自己的臉，這時，佩姬傳來了回覆。

「哈，是啊。」

喔。

第二封信傳來。這就是了——她終於看出他多麼聰明又爆笑的時刻。

「對了，我終於追蹤到芬翰街那個死者的遺囑執行人了。你覺得『我不想跟那個混蛋有任何瓜葛』算不算是在『正式撤回責任』？」

看來這會比他想的更困難。他知道自己有點急，但萬一佩姬不知何故突然決定她受夠了，然後辭職搬走呢？雪上加霜的是，隨著每天經過，他越來越感受到佩姬對他有多麼重要，而他越了解這點，行為就變得越荒謬。他會因為擔心自己是否看著她的左眼多過右眼而坐在那裡陷入恐慌，還因為某種模糊的理由而一直跟她談朝鮮薊的事。這樣他是要怎麼成為那種佩姬會想多花時間相處的人呢？

他真正該直接去做的，是若無其事地問佩姬要不要在下班時間見面。如果她不想，那也沒關係。他會收到這只是職場友誼的訊號，那樣也好。所以唯一的辦法就是非常冷靜又自信，很直接地問她，想不想要或許找一天、或在週末晚上出來碰面，當然，不要也無妨。大致來說，他發現Beckenham& West Wickham骨董火車模型展可能是個挺有企圖心的起手式，但是比方說喝杯酒或吃晚餐，那才是他該有的目標。而且為了防止退縮，他決定給自己設定期限——當週的星期四似乎很適合，他最晚必須在那天下班時問她。他只希望她能接受他變得越來越詭異，直到他鼓足勇氣。

他承認，有非常非常微弱的機率是他想太多了。

¶

可想而知，到了週四中午，他還是沒有鼓起勇氣。回想起來，他會覺得或許延遲個一天左右再出招會比較好，因為他們正在死者家裡整理垃圾。但當時真的感覺就像是最後機會了。

德瑞克・艾布萊頓活到了八十四歲，然後心跳猝止。他的公寓就在社區的邊界——過了街他就會被另一個團隊處理了。法醫打電話給安德魯叫他來調查時，聽起來異常暴躁。

「沒有明顯近親。鄰居好幾天沒看到他之後報警。看起來，去查看的警員大概跟烏龜身上的擋泥板一樣沒屁用。最好盡快去處理這個人，安德魯。期中假期快到了，我的文書工作都堆到耳朵高了。」

德瑞克的公寓是那種令人感覺無論怎麼加熱都暖不起來的房子。大致上算整潔，除了撒在廚房油毯上的黯淡白色粉末，粉末上面有腳印，彷彿蓋著一層薄雪的人行道。

「是麵粉，」佩姬說，「不然就是老鼠藥。我說過我廚藝不好嗎？唉，但這又是什麼？」她伸手去拿放在微波爐上的大餅乾桶。她打開蓋子時驚嘆了一聲，示意安德魯過去，讓他看裡面一個仍然嶄新的維多莉亞海綿蛋糕。

「可惜，他顯然費了很多工夫，卻沒吃到，」安德魯說。

「悲劇啊，」佩姬虔敬地蓋上蓋子說，彷彿他們正在埋藏一個時空膠囊。安德魯決定試試倚在廚房流理台上，叉腿把一腳放在後面，抬起一側眉毛，希望看起來會有點像早期羅傑・摩爾版本的詹姆士・龐德。

「所以，妳很喜歡……蛋糕囉？」他說。很不幸地是，或正好相反，幸運地是，佩姬正忙著看她發現的一些文件，沒很注意在聽他說話。

「是啊，當然，誰不喜歡？」她說，「老實說，我不會相信那些說他們不喜歡的人。就像那些說他們不喜歡聖誕節的人。醒醒吧，你當然喜歡。你還有什麼不喜歡的？喝酒和性愛和該死的……保齡球？」

安德魯皺眉。進行得不太順利。起碼，他真的很討厭打保齡球。

「這裡沒東西，沒有電話簿之類的，」佩姬說，像新聞主播似的整理文件。「臥室呢？」

「臥室。當然……你，」安德魯說。他在流理台上敲出一段節奏試著顯示出他有多不在乎——音樂流過他的靈魂——只暫停了一下，因為他得意洋洋地打鼓揚起的麵粉害他一陣狂咳。佩姬懷疑又困惑地看著他，好像一隻貓咪看到鏡中的自己。

臥室的主體是一張意外豪華的雙人床，有著紫色綢緞床單和銅製的床頭板——

跟旁邊破爛的百葉窗、磨損的地毯和床腳的廉價抽屜櫃很不協調。櫃子上放了一台看起來非常老舊的電視和VHS放影機。安德魯和佩姬跪在床的兩側開始檢查床墊底下。

「我剛在想，」安德魯因為佩姬看不到他，稍微大膽一點說，「妳記得妳第一次財產調查之後我們去的那家酒館嗎？」

「嗯哼，」佩姬說。

「那家店不錯，是吧？」

「不確定我會不會這麼說，但是他們有啤酒，對酒館來說永遠是個加分。」

「哈……是啊。」

所以不能去那裡。

「不曉得那邊的餐點怎麼樣，」他說，「妳外食的時候，有沒有，你知道，最喜歡的菜色？」

菜色？

「等等，」佩姬說，「我摸到東西了。」

安德魯慢慢繞到床腳去。

「喔，」佩姬說，「只是張收據。買了些襪子的。」

安德魯開始焦急起來。他現在真的必須說點什麼來收尾。「所以我，你知道……在想妳會不會想要這幾天下班後去吃個晚餐之類的。」在他正想換成另一個輕鬆倚靠的姿勢時，手肘按到了電視上的按鈕，它開始自動開機並發出一連串雜音，似乎完全濃縮了八〇年代的所有聲響。而幾秒鐘後，房間已經充滿了毫無疑問的性愛聲音。安德魯一轉身，看到螢幕上有個中年女子只穿著一雙高跟鞋，而一個只戴著白色棒球帽的男子正在從背後上她。

「我的天啊，」佩姬說。

「我的天啊，」棒球帽男子回答。

「你喜歡這樣，對吧，你這骯髒的混蛋？」女子呻吟說，應該是一種修辭性的說法。安德魯驚恐地退後，還在消化著驚恐的時候，踩到了某個東西。是個錄影帶盒子——封面圖樣正是螢幕上的兩人做到一半的鏡頭。紅色大寫粗體字寫著影片的標題：「極樂正北方！」。

安德魯緩緩地把盒子轉過來讓佩姬看。她已經在無聲竊笑了，但這顯然是最後一根稻草，讓她開心響亮地咯咯大笑起來。過了一會兒，安德魯寸步走向電視，彷彿在走向已經點火的爆竹，重心放在後腳，一手遮臉，隨機伸手亂戳按鈕直到按到暫停，留下噁心的場面在螢幕上顫動。

最後他們勉強鎮定了下來，以必要的嚴肅心情完成其餘的搜索。安德魯在抽屜裡發現了一份破爛文件夾，封蓋上寫著「尚表弟」的電話號碼。

「呃，這次我可不想打給尚表弟，」佩姬說。

「在那個……事件後確實有點尷尬，」安德魯說。

佩姬驚慌地搖搖頭。「我本來想提議我們丟銅板決定，但現在這麼說似乎太不恰當了。」

安德魯哼了一聲。「我不太清楚應該對德瑞克・艾布萊頓作何感想了。」

「嗯，我是覺得顯然這傢伙已經完全看透人生了，」佩姬說。

安德魯抬起眉毛。

「少來，」佩姬說，「如果我活到八十四歲，生活中還能烤出蛋糕和自慰慶祝，我一定開心極了。」

¶

「你們兩個看起來挺開心的哦，」他們回到辦公室時基斯說。

「很麻吉喔，」梅瑞迪絲說，用原子筆在上下牙齒之間輕敲。

「有點像前幾天晚上你們在卡麥隆家那樣，」佩姬冷靜地說，讓他們瞬間閉嘴。

她把外套掛在椅背上，向安德魯眨眨眼，他的肚子裡跳了一下波浪舞。佩姬或許沒時間回答他關於晚餐的問題——被粗魯的德瑞克・艾布萊頓毀了——但走回辦公室的路程開心到讓他並沒有太洩氣。卡麥隆偏偏在此時晃出他的辦公室，用毫無特色的莊嚴語氣，叫大家陪他到休息區一下。自從那場災難般的晚餐聚會之後，他就一直帶著一股讓學生在學期最後一天帶遊戲來玩，他們卻到處噴灑愚蠢的彩帶，還在桌上寫髒話的那種教師的氣息。他們五人坐成半圓形，卡麥隆叉起手指頂住下巴。

「各位，我一直在考慮是否要什麼都不說，但最後還是決定跟大家談談上週在我家發生的事。在我發言之前，你們有人想說點什麼嗎？」飲水機嗡嗡作響。頭頂上有根日光燈管閃爍。外面有輛車子大聲宣示它要倒車。

「好吧，」卡麥隆說，「呃，我想跟你們說的是——相信我，我真的不想這麼說——但我真的相當失望」——他的聲音沙啞，還必須暫停一下整理情緒——「對你們所有人失望。你們有兩人提早跑掉，另外兩人消失到樓上。這應該是個讓大家聯絡感情的愉快夜晚，卻變成相反的結果。我是說，各位，這應該是很簡單的一件事。」他等了一下讓大家吸收。安德魯先前還沒發現他的感受有這麼糟。「然而，」卡麥隆繼續說，「我堅信應該給人第二次機會，所以，我們再試一次看看結果如何。好嗎，大家？梅瑞迪絲好心自願主辦下一場聚會。安德魯，再接著就是你。」

安德魯立刻想到他廚房牆上、破舊沙發上的污漬和他明顯缺席的家人，不禁猛咬自己臉頰。

卡麥隆又留了他們一會兒大談預算和目標，然後決定用一段關於他和克拉拉在超市裡與對方走散、超級無聊的軼事鼓舞他們，最後他們才被釋放回自己的座位。過了不久，佩姬寄給安德魯一封 email。「我不知道你怎麼樣，但開會時我只想著《極樂正北方》不知道有沒有續集。」

「必須看過第一集才能看懂續集嗎？」安德魯回答。

一分鐘後他同時收到兩封信。第一封來自佩姬：「哈！有可能。喔，還有，我忘了說：吃晚餐沒問題。我們要去哪裡？」

第二封則是不明號碼的簡訊：「我得寄給你多少封信你才會有點膽量回覆？還是你忙著在想要怎麼花莎莉的錢？」

13

安德魯試撥了六次卡爾的號碼，才終於忍住不在他接通之前就掛斷。他還沒想好要說什麼。他知道不能再這樣下去了。

「喂，Cynergy，你好？」聲音裡有種空洞的友善感。

「我是安德魯。」

一陣沉默。

「喔。所以，你終於決定打來了。」

「那些信。拜託——拜託別再寄來了，」安德魯說。

「憑什麼？」卡爾說。

「因為……」

「實話很傷人，對吧，」是陳述，不是問題。

「你要我說什麼？」安德魯說。

「道個歉如何？是你害她生病的。是你幹的。」卡爾的聲音已經顫抖起來。「你還不懂嗎？她一輩子都在設法矯正缺憾，而你就是不接受她。你太固執不願意原諒她，她的心因為你而碎得亂七八糟。」

「這不是真的，」安德魯說，說得不太篤定。

「你真可悲，你知道嗎？天啊，我一直在想像莎莉現在會怎麼想，她會對自己所做的事有多麼後悔。我敢說她會——」

「好了，好了——天啊，那些錢都給你吧。我從一開始就沒有要求過那些。我一拿到就匯過去，但是你必須保證……別再來煩我。」

他聽到卡爾吸了吸鼻子，清清喉嚨。「很高興你終於恢復理智了。我會按照你的說法，『別再去煩你』。但在我發現你拿到錢了之後，就會再跟你聯絡，這點絕對可以確定。」

接著線路掛斷。

¶

安德魯做了些吐司夾培根，登入次級版，急著忘掉他跟卡爾的對話。

「各位，我想要個關於餐廳的建議，」他寫道，「高級但別太貴的地方。像是LNER 0-6-0T “585” J50那樣的等級，而不是LNER 0-6-0 “5444” J15那種。」幾分鐘內，次級版上就冒出了好幾項建議。最後，他選了一間夠時髦到沒在菜單上放英鎊符號，但又沒有時髦到用托斯卡尼山區方言來描述餐點的義大利餐廳。

隔天早上他們去財產調查，安德魯提醒了佩姬這個計畫。「當然不用急，但就是——妳有那個心情的時候——或許挑幾個妳可以出來吃晚餐的日期，再通知我一聲，」他盡量故作輕鬆地說，為求保險甚至還假裝打了個呵欠。佩姬從她剛剛在廚房水槽底下發現、裡頭裝著查爾斯·愛德華遺囑的雪糕空盒抬起頭來看向他。

「喔好，我記得。我想下星期吧。我回到家再看看我的行事曆。」

「酷。當然……就像我剛剛說的，不急，」安德魯說，心知他會把當天的其餘時間全部用來更新收件匣，直到可能因為不停重複的動作而受傷為止。

一週後，當他們的晚餐日來臨時，安德魯不知不覺從起床的一刻就開始焦慮。等他到了辦公室，他已經緊張到有一度梅瑞迪絲打噴嚏時他也同時道歉。他努力叫自己冷靜，這麼焦慮實在很可笑。**拜託，只是晚餐而已！**但是完全沒效。佩姬整個上午都在裝了辦公室保險箱的隔壁房間，整理最近財產調查後無人認領的貴重物品準備拍賣，下午則是去上訓練課程。他判斷，這可能正是他這麼緊張的原因。整天無法看到她、跟她交換一些友善的話語，很難不讓安德魯覺得她寧可做任何別的事，也不想跟他吃晚餐。

宛如是在證實著他的憂鬱，他一抵達就發現餐廳是個爛選擇，侍者看向他的眼神彷彿他是隻溜進來找地方等死的流浪狗。

「先生，您的……朋友在路上嗎？」他坐了還不到五分鐘，侍者就過來問。

「對，」安德魯說，「我希望——我確定——她快到了。」

侍者對他露出一種「這我看多了」的假笑，往他的杯子倒了兩吋高的水。二十分鐘過去，這段期間安德魯先是婉拒、然後開始不情願地接受一些硬得不可思議的麵包。

「您確定不要先點些東西，等您的朋友抵達嗎？」侍者說。

「不用，」安德魯說，對侍者感到煩躁的同時也對自己煩躁，竟然如此輕率地跑出他生活的小框架外。

接著，繃緊腳趾肌肉準備站起來盡量保持尊嚴地離開時，他看到門口閃過一個顏色，佩姬穿著一件鮮紅色的外套出現，頭髮全被雨淋濕了。她重重坐到對面椅子上，含糊地打招呼然後把一塊硬麵包塞進嘴裡。

「天啊，」她說，「我吃的是什麼——輪胎嗎？」

「我想是佛卡夏麵包。」

佩姬呻吟了一聲，有點艱難地嚥下去。

「你還記得你娶黛安的時候嗎？」她說，把一塊麵包撕成兩半。

安德魯心情一沉。別提這個。已經夠慘了。

「嗯哼，」他說。

「你是否想過將有這一天，你會望著坐在客廳地板上的她，正把啤酒罐平放在肚子上，像喝醉的的耶穌，然後心想：我們怎麼會淪落到這個地步？」

安德魯尷尬地在座位上換個姿勢。

「沒有，沒有確切這樣想過，」他說。

佩姬緩緩搖頭，茫然望著空中。有一撮被雨淋濕的頭髮垂在她的臉側。安德魯有股強烈的衝動，想要伸手過去把它撥到她耳後。他在電影裡看過這橋段嗎？侍者出現在桌邊，因為佩姬出現，讓他的假笑變成一種有點失望、幾乎是歉疚的微笑。

「先生，要看看酒單嗎？」

「好，麻煩你，」安德魯說。

「不用麻煩問我了，老兄，」佩姬抱怨。

「很抱歉，夫人，」侍者說，誇張地鞠躬然後漫步離開。

「這真的很煩，」佩姬說，「在他看來我應該是個剛下班的侍酒師。真是個笨蛋。」

安德魯一方面迷戀著佩姬的脾氣，另一方面他也擔心，等等他們的寬麵被加尿的機率恐怕大幅提高了。

在一杯酒和開胃菜之後，佩姬似乎放鬆了點，但始終還是有股挫折的暗流潛伏，他們的對話因此進行得並不順利。安德魯開始在他們越來越多沒有交談的冷場之間恐慌起來。會在吃飯時沉默的，是那種正在燈光明亮的旅館裡度假的夫婦，他們之間唯一的共通點只剩下對彼此的憎恨。一切都沒有照著計畫走。他真正需要的，是某種能幫他們脫離現狀的事物。他的願望實現了，但或許不完全是他希望的方式：有個穿黃外套的肥胖男子衝進餐廳裡。他的袖子長到蓋住雙手，兜帽緊緊套在頭上，結果看起來就像個超級巨童正在衝向他們。他沉重地接近，一邊把兜帽從臉上拉開，雨滴灑到了附近食客的身上。很多人轉頭來看。每張臉上的表情，都清楚傳達出當人們在公共場所見到有人言行超出常軌時的特定恐懼，也就是：**即將發生什麼事？如果發生了，我能夠搶先奪門而出嗎？**

「我不太確定，」安德魯努力表現冷靜說，「但是我想妳老公剛走進來了。」

佩姬立刻轉身站了起來。安德魯雙手交握放在大腿上望著他們，面臨著無可避免的衝突，他感覺自己害怕得很可悲。

「現在你開始跟蹤我了？」佩姬雙手叉腰說，「你站在外面多久了？女兒在哪裡？」

「跟鄰居艾蜜莉在一起，」史提夫以低沉到聽起來像慢動作的聲音說。

「好吧，只是確認一下，這不會又是說謊吧？」

「當然不是，」史提夫低吼說，「這個小王八蛋是誰？」

安德魯有點樂觀地指望史提夫說的人不是他。

「不用管他是誰，」佩姬說，「你跑來這裡搞什麼鬼？」

「我要去一下洗手間，」安德魯異常開朗地說，彷彿這樣就能讓他免於挨揍。

侍者退開讓他通過，臉上又恢復了假笑。

安德魯鼓起勇氣回到餐桌時，佩姬和史提夫不見蹤影，佩姬的外套也不見了。有些鄰桌客人在他就座時偷偷抬頭看他。也有人看著窗外，這時安德魯看到了佩姬和史提夫。他們站在外面街上，兜帽都拉了開來，雙方都在憤怒地比手畫腳。

安德魯留在桌邊。他該出去的。他至少應該假裝一下，就算不是為了餐廳裡的其他客人或那個該死的勢利侍者，他也該為了自己假裝一下他有要出去的打算。就在他用手指輕敲著椅背，猶豫不決該怎麼辦的時候，黃衣胖子突然就消失了，彷彿被急流給沖到下游去了，而佩姬則走回餐廳裡。她看起來好像哭過——因為下雨的關係很難確定——睫毛膏扭曲地流下臉頰，形成兩條細線。

「妳還好——」

「我很抱歉，但是我們就繼續吃飯好嗎？」佩姬打斷他，聲音沙啞。

「好啊，」安德魯說，把更多麵包碎塊塞進嘴裡，用起碼他沒被那個泰恩賽德巨人給當眾打臉來安慰著自己。

¶

佩姬正要吃掉盤裡最後一口，但又改變了主意，鏗鏘一聲把刀叉同時放下。

「很抱歉剛才你被罵小王八蛋，」她說。

「不需要道歉，」安德魯說，心想應該是他要為了剛才的懦弱道歉才對。「我想我們就省略甜點了吧？」他說。

佩姬臉上恢復了一絲笑意。「希望你是在開玩笑。如果有需要緊急吃個太妃蛋糕的時機，那就是現在了。」

侍者過來收走他們的盤子。

「我猜菜單上沒有太妃蛋糕吧？」安德魯說，盡力擠出迷人的微笑。

「其實呢，先生，有喔，」侍者說，似乎對此很失望。

「喔，好極了，」佩姬說，雙手向侍者豎起拇指。

¶

他們同時吃完了甜點，又同時把湯匙放回碗裡發出叮的一聲。

「太棒了，」佩姬說，「對了，我臉上沾了多少食物？」

「一點也沒有，」安德魯說，「我呢？」

「沒比平常多。」

「那就好。其實，妳有一點點……」

「什麼？」

「我想是睫毛膏。」

佩姬抓起湯匙看自己的倒影。「天啊，我好像貓熊，你怎麼不早說。」

「抱歉。」

她用餐巾輕拍臉頰。

「妳介意我問一切是否還好嗎？」安德魯說。

佩姬繼續擦臉。「我不介意，」她說，「但是沒什麼好說的，所以……」她在桌上把餐巾撫平。「這或許有點怪，但是我可以請你做一件事嗎？」

「當然，」安德魯說。

「OK，你閉上眼睛。」

「呃，好，」安德魯說，心想以前莎莉經常叫他這樣子，結果總是挨打。

「現在，請你想像一個時刻，你和黛安最快樂的時候，」佩姬說。

安德魯感覺自己臉頰發熱。

「想到了嗎？」

過了一會兒，他點頭。

「描述看看。」

「妳……的意思是？」

「呃，什麼時候？你們在哪裡？你看到什麼，有何感受？」

「喔，好吧。」

安德魯深呼吸一下。他想到的答案不是試算表上的東西，而是內心深處。

「我們大學畢業，剛開始在倫敦同居。我們在布洛克威爾公園裡。那是夏季最熱的一天。草皮乾枯，幾乎被烤焦了。」

「繼續……」

「我們背對背坐在一起。我們發現需要開瓶器來開啤酒。黛安按著我的背想要站起來。她差點跌倒，我們都在竊笑，熱得發暈。她走去找陌生人——一對夫婦——借他們的打火機。她會那個用打火機開瓶的把戲。她走回我身邊，我看得到她，但也看得到那對夫婦。他們都望著她。好像那一刻她讓他們留下了深刻印象，所以他們那一整天都不會忘記她。我發現我自己有多幸運，我希望那一天永遠不要結束。」

安德魯吃了一驚。一方面因為他剛才這番回憶的清晰度，一方面還有他眼中泛出的淚水。當他終於睜開眼睛，發現佩姬在看向別處。過了一會兒，他說，「妳怎麼會問這個？」

佩姬哀愁地微笑。

「因為當我嘗試做同樣的事，我似乎想不出來。這比任何事更讓我覺得自己看不到最後的圓滿結局。事實是我已經向史提夫下了最後通牒：不振作起來就分手。麻煩的地方在於，我不太清楚自己希望事態走向哪一邊。唉，我相信無論如何都會是好事吧。」

安德魯感到怪異的百感交集。憤怒，因為那件飄揚的大衣；痛苦，為了現在他眼前的佩姬，她有點駝背的姿勢，她那被泛淚的雙眼給削弱的反抗氣勢。但還有些別的東西。他忽然間意識到，迄今為止他一直急著想找藉口接近佩姬，但這一切卻都只關乎著他自己，關於他的人生會走向何處的恐懼。他心裡有一部分很想找個理由去介入她的生活、去支持她，但這表示或許他心裡的那一部分並不在乎她是否難過。嗯，如果他真要繼續那麼犬儒又自私，那他根本不配有朋友。如今，在他焦急地想找話跟佩姬說的同時，他發現自己的痛苦隱含著另一個不同的真相。在那一刻，他不在乎自己。他只希望佩姬快樂。痛苦是因為他不知道該怎麼做。

14

接下來的兩個星期幾乎被死亡給佔據。法醫似乎隨時都在講電話，拼命回想她已經跟他們討論過了哪些案子（「我們談過泰倫斯・戴克，對吧？在紐貝里路？被棉花糖噎死的？喔，不對，等等，那是別人。也可能是我夢到的。」）

他們必須執行的財產調查就是這麼多，有時安德魯和佩姬必須很遺憾地為了務實而犧牲尊重，盡快搜索完那些空蕩蕩的、沒有靈魂的混亂房間。房型千變萬化，從有著露出噁心笑容的死老鼠的狹窄小套房，到有著七間臥室、緊鄰公園，內部卻結滿了蜘蛛網，感覺每個房間都暗藏著秘密的大宅都有。

在調查頻率增加前，佩姬就已經工作得很辛苦了。安德魯不確定史提夫有沒有再度搞砸，讓她被迫必須執行她的最後通牒。他第一次在辦公室看到她眼睛紅腫地從廁所回來時，試著問她是否還好，但被她冷靜地打斷，改問他手頭上工作的問題。從那時起，每當他看到她心情低落，或碰巧聽到她在樓梯間生氣地講電話，他就只會給她泡杯茶，或寄些關於基斯最近的噁心習慣等等蠢事的電子郵件來幫她分心。他甚至嘗試要烤些餅乾，但是成果實在太像小孩子可能會拿去當雪人眼睛的東西，所以他便果斷放棄，改去店裡買。但不知道為什麼，感覺似乎都還不夠。

某天下午的短暫休息期間，安德魯正在休息區吃著佩姬所謂的「替代香蕉」（Twix巧克力棒和 **KitKat** 酥脆巧克力）的時候，碰巧提起了艾拉・費茲傑羅。

「她是那個唱爵士的？」佩姬嘴巴塞滿堅果糖說。

「『唱爵士的』？」安德魯說。在他正準備要譴責佩姬的失禮的時候，忽然有了個點子。大家還是會喜歡合輯錄音帶，不是嗎？而還有什麼比艾拉更能鼓舞人？如果她能像對這些年來對他一樣對佩姬有相同效果，這還可能是個啟示，像他很多年前初次聽她唱歌以來對他成為安慰的基礎。於是一連串痛苦的夜晚就此展開，設法挑選出完美濃縮艾拉精髓的歌曲。他想要呈現整個光譜——開朗與陰鬱的旋律，精緻與鬆散——但也像她在現場專輯中那樣愉悅又有感染力的喜感。被淘汰曲和歌曲之間的打趣台詞對他就跟大多數高亢旋律一樣重要。

在第五個夜晚，他開始懷疑這是不是一件不可能的任務。永遠不會有完美的合輯。他只能指望他所選的會有正確的化學作用，在佩姬需要的時候提供給她安慰。他決定再給自己一個晚上來完成，最後一直到超過了午夜許久才終於癱倒在床上，胃腸憤怒地翻攪，這才發現自己太過專心到忘了吃晚餐。

他在辦公室外的樓梯故意擺出冷淡的樣子，努力對抗正在他心裡說著他這麼做實在很怪的煩人聲音，把最終成果交給了佩姬。「對了，我弄了個艾拉・費茲傑羅的合輯給妳。只是選了幾首我認為妳會喜歡的歌。當然，不必有壓力，不必馬上聽，未來幾天、幾週或隨便什麼時候都行。」

「啊，謝謝，兄弟，」佩姬說，「我謹此宣誓會在接下來幾天、幾週，或隨便什麼時候就放來聽。」她轉過 CD 來閱讀背面。安德魯重試了七次才終於用可接受的整齊字跡寫出那些歌名。他發現佩姬眼中閃著光芒看著他。「你花了多少時間才基於興趣『弄出』這個？」她說。

安德魯故作輕鬆地說了個大謊。「我想幾個小時吧。」

佩姬打開包包把 CD 丟進去。

「我毫不懷疑你是個優秀的合輯製作人，安德魯・史密斯。但你實在不太會說謊。」說完她便冷靜地走進辦公室。安德魯微笑著呆站了一會兒，同時有點困惑，不知道為什麼在佩姬離去時，感覺好像也把他的腸胃、心臟和其他幾個重要器官都一起帶走了。

¶

沒什麼比 PowerPoint 簡報更能撲滅快樂的小火苗了，尤其是包括了聲音和視覺特效的。卡麥隆特別喜歡讓字母螺旋狀地飛到螢幕上，搭配打字機喀啦喀啦的音效，活潑地呈現出最近自認寂寞或孤立的老人比例又增加了百分之二十八。最經典的是接著他還在簡報裡插入了一段 YouTube 影片，是一個九〇年代中期的喜劇小品節目，他解釋說，那跟簡報毫無關係，只是「加點樂趣」。他們全都僵硬沉默地坐在那兒，除了卡麥隆之外，他越來越誇張地笑個不停。就在那該死的玩意兒似乎終於要結束時，螢幕右下角出現一則電子郵件的通知：

馬克・費洛斯

Re：可能的裁員

卡麥隆立刻慌忙地關閉視窗。但是已經太遲了。喜劇仍在繼續播，裡頭觀眾的笑聲跟新的現場氣氛形成恐怖的對比。安德魯看不出是否有人會出來說句話。顯然也在想著這件事的卡麥隆，瞬間關掉了他的筆電並匆忙離去，活像一個在法院外講完簡短聲明後試著迅速逃離狗仔隊的人，對想要問他電郵內容是什麼的梅瑞迪絲毫不理會。

「完蛋囉，」基斯說。

¶

當天上午稍後，驚魂未定的佩姬和安德魯來到恩斯沃斯路一百二十二號做財產調查。

「我真的不能失去這個飯碗，」佩姬說。

安德魯決定努力保持冷靜，不要火上加油。

「我相信會沒事的，」他說。

「你的判斷是根據……？」

「嗯……」安德魯剛才的冷靜馬上消失。「盲目的樂觀？」他緊張地笑笑。

「幸好你不是向病人提供壽命估計的醫師，」佩姬說。

他們穿上防護裝備，安德魯看著死者家中結霜的玻璃窗，真心盼望他和佩姬能在除了這裡以外的任何地方。

「沒什麼比搜索死人的東西更能讓我們忘了這回事，是吧？」佩姬把鑰匙插進門鎖說，「準備好了？」

她推開門馬上驚叫了一聲。安德魯繃緊神經準備去看她前方的東西。他的職涯肯定已經執行過一百多次財產調查了，那麼多間房子，無論狀況如何，總會留下點印象，某個小細節會浮現出來：俗麗的裝飾，惱人的污漬，或一封令人心碎的信。氣味對他來說也很難忘。不只是可怕的臭味。也有薰衣草和機油和松葉的味道。日積月累下來，他再也無法把某段記憶和確切的個人或房屋配對起來。但佩姬一讓開讓他看過去的時候，他很確定自己將會永遠記得這位艾倫・卡特，和恩斯沃斯路一百二十二號。

起初，他還不太確定自己到底看見了什麼。地板、暖氣機、桌子、櫥櫃——在每一個可見的表面上——都放滿了某種木製小物體。安德魯蹲下來，從地板上撿起一個。

「是鴨子，」他說，突然感覺大聲說出來有點蠢。

「我想它們全部都是，」佩姬蹲到他身邊說。如果這是一場夢，安德魯實在不太確定他的潛意識到底想幹嘛。

「都是小玩具——他是收藏家之類的嗎？」他說。

「我不……哎呀，你知道嗎，我猜這全部都是他自己雕出來的。這應該有好幾千個。」

有條小徑從雕刻品的中間穿過，應該是最早到場的人清出來的。

「你剛說這個人叫什麼名字？」佩姬說。

安德魯找出他背包裡的文件。

「艾倫・卡特。據法醫說，沒有明顯的近親。天啊，我知道最近很忙，但是她應該要提起這個情況才對。」

佩姬從梳妝台上拿起一隻鴨子，用手指摸過牠的頭頂，再沿著摸脖子的曲線。

「所以除了『搞什麼鬼？』，現在我腦中的問題當然就是……為什麼是鴨子？」

「或許他就只是喜歡……鴨子，」安德魯說。

佩姬笑了。「我也喜歡鴨子。其實幾年前我女兒蘇絲畫過一隻綠頭鴨送我當母親節禮物。但我沒有迷到希望她為我搞出一百萬隻。」

安德魯還來不及深入猜測，突然有人敲了敲門。他過去應門，不知為何短暫地覺得門外會是隻人類體型的鴨子，準備來莊嚴地呱呱叫表示哀悼。不過，門外是個藍色圓眼、留著塔克修士髮型的男子。

「你好，」男子說，「你們是市政府派來的嗎？我有聽說你們今天會過來。我是隔壁的馬丁。艾倫的事是我報警的，可憐的傢伙。我想或許我……」他看到了雕刻，說不下去。

「你先前不知道嗎？」佩姬說。男子搖頭，表情迷惑。

「不知道。我是說，其實，我偶爾會來敲艾倫的門，打招呼，但僅此而已。回想起來，他開門從不露出臉孔以外的部分。好像俗話說的，神秘兮兮。」他指指雕刻。「我可以靠近看看嗎？」

「請便，」安德魯說。他和佩姬交換個眼神。他懷疑她是否開始在想跟他一樣的事，就是即使這些雕刻是如此精緻複雜、工藝高超，他們可能遲早會要搞清楚這些鴨子是否有可辨識的價值，能用來支付艾倫・卡特的喪禮費用。

¶

鄰居馬丁離去後，安德魯和佩姬不情願地繼續他們的工作。一小時之後，他們收拾東西準備離開，在現場進行徹底的文件搜索之後，只發現一個整齊歸檔的水電瓦斯帳單資料夾，和一份好像被捲起來打過蒼蠅的《無線電時報》，沒有任何關於近親的線索。

佩姬突然在大門口停步，安德魯差點直接撞上她，勉強才把足夠的重心移到後腳上，好像剛剛投擲完的標槍選手。

「怎麼了？」他說。

「你知道嗎，在還沒試過所有方法查出他是否有家人之前，我實在不想離開這裡。」

安德魯看看時間。「我想再搜一遍也無妨吧。」

佩姬燦笑起來，彷彿安德魯是批准她可以再去一趟充氣城堡，而不是再搜索一遍死人的遺物。

「分頭搜房間？」他說。

佩姬敬禮，「是，長官！」

在安德魯發現有張紙掉在廚房櫥櫃抽屜後面的時候，還心想可能有發現了，但那只是張老舊的採購清單，因年久而泛黃。看來他們無計可施了，但這時佩姬突然有了突破。安德魯發現她跪在地上，伸手到冰箱旁的縫隙裡。

「我看到裡面好像卡著一些紙張類的東西，」她說。

「等等，」安德魯說。他抓住冰箱，小力地前後搖晃著把它移向一側。

無論那是什麼東西，上面覆蓋著一層薄汙垢。

「是照片，」佩姬說，用袖子擦了擦，露出兩個回頭過來看向鏡頭的人。他們露出有點靦腆的微笑，彷彿他們等著有人能來清掉灰塵讓他們重見天日已經很久了。男士穿著防水油布夾克，腋下夾著棒球帽。他的白髮無能為力地被風吹得亂七八糟。眼睛周圍有明顯的魚尾紋，額頭上有宛如沙丘輪廓的波浪形皺紋。女士是斑白的棕色捲髮，穿著紫紅色羊毛衫和搭配的箍狀耳環，有股算命師的氣息。她看起來五十幾歲，男士或許六十幾歲。照片只拍到他們的上半身，留出了足夠空間給他們頭上的招牌，上面寫著：「綻放著百合之地」。後面還有更多招牌，但是字跡模糊失焦。

「那是艾倫嗎？」安德魯說。

「我猜是吧，」佩姬說，「那個女人呢？」

「他們在照片裡顯然是一對。他老婆？前妻？等等，在她衣服上的是名牌嗎？」

「我想上面只寫著『工作人員』，」佩姬說。她指著招牌。「『綻放著百合之地』。我好像在哪裡看過。」

安德魯判斷這是打破常規的充足理由，便打開了他的手機。

「那出自一首詩，」他捲動著螢幕說，「傑拉德・曼萊・霍普金斯：我早就渴望漫步／在那春色永不逝去之處，／在那沒有冰雹侵襲的原野／綻放著百合之地。」

佩姬用指尖緩緩摸過照片，彷彿希望能憑著觸摸來吸取資訊。

「哦，天啊，」她突然說，「我好像知道這是哪裡。在我姊姊家附近有一間大型二手書店——見鬼了，是叫什麼名字？」她不耐煩地反覆翻弄照片，一面努力回想，突然，他們同時瞥見背面寫了些字，斜體藍色墨水：

「B的生日，一九九二年四月四日。我們午餐後在巴特書店會合，散步到河邊。然後在我們最愛的長椅上吃三明治，餵餵鴨子。」

15

安德魯看著喪禮司儀把簡單的花圈放在無碑的墳墓上，猜想它要多久才會枯萎腐爛到消失。市政府通常會出花圈費用，但最近他申請這項經費時，越來越常只得到冗長又折磨的電郵往返卻毫無進展。至少他還付得出地方報紙的訃聞費用，只要字數盡量簡短就好。在這個特定案例裡，他只能省略掉死者的中間名來達到可接受的字數，導致整則訃聞貧乏到幾乎沒有感傷的空間：「德瑞克・艾布萊頓於六月十四日安詳去世，享年八十四歲」。他猜想字數限制的一個小小優點就是讓他不能忍不住加上「吃完蛋糕後，打手槍途中」等字眼。

他和佩姬在一家可俯瞰鐵軌的咖啡店會合。

「你知道起重機吧？」在安德魯坐下時，她看著窗外說。

「是指工程機械還是長頸鳥類（注：原文 cranes 同時有鶴與起重機之意）？」安德魯說。

「顯然是前者。」

「當然了。」

「當你看到摩天大樓旁的那種大機器，有沒有猜想過他們是否得用另一部起重機去建造那個起重機？或者它是自己爬上去的？我猜這就好像是宇宙如何誕生的隱喻。諸如此類的。」

一輛通勤火車吵鬧地駛過。

「幸好我已經坐下了，」安德魯說，「這種事挺燒腦的。」

佩姬向他吐舌頭。「今天怎麼樣——教堂有親友出現嗎？」她說。

「很遺憾沒有。」

「看吧，我擔心的就是這個，」佩姬說，喝了一口薑汁啤酒。

「什麼意思？」安德魯說，心想或許他也該開始喝薑汁啤酒。

佩姬表情靦腆地伸手到包包裡，拿出那張艾倫・卡特和「B」的照片。

「我忍不住一直想這件事，」她說。

他們去艾倫家已經是兩週前了，安德魯試過說服佩姬他們已經盡力了，如果她無法忘懷會瘋掉，但她顯然沒有放棄。他不情願地接過她手上的照片。「妳確定這是……

妳說哪裡來著?」

「巴特書店。是在諾桑伯蘭的一家二手書店。我google確認過了,肯定是這個地方沒錯。我姊姊幾年前搬到它附近的一個村子,我們去看她的途中常會進去。」

安德魯研究著如今已經看得相當眼熟的艾倫與他微笑的同伴。

「如果外頭還有愛著他而且應該到場——或至少有機會能到場的人,我就無法忍受想到他可能將被孤單地埋葬。」

「但重點就在這裡,不是嗎?」安德魯說,「很不幸,冷酷的現實就是每當我們連絡上這些人,他們通常也都是有個理由才跟死者失去聯絡的。」

「對,但不是全部都這樣,對吧?」佩姬睜大眼睛說,懇求安德魯理解。「其實很少是真的因為某種戲劇性事件而翻臉的。最差也就是為了錢的一些愚蠢爭吵,更多時候只是因為懶惰就失去了聯絡。」

安德魯想講話但佩姬再度插嘴。

「你上星期打去找的那個女人——哥哥去世的那個,又怎麼說?她對他沒有任何怨言——她就只是尷尬,因為她懶得再打電話或探訪他了。」

安德魯立刻想起了莎莉，感覺到他的脖子開始刺痛。

「我是說，社會變成這個狀態實在太悲慘了，」佩姬繼續說，「變得這麼英國，這麼固執又驕傲。我是說……」她住口，似乎從安德魯的肢體語言察覺他對議題的走向不太自在。她趕緊轉移話題，提議要買個「太貴，可能還走味」的餅乾給他。

「我不可能要求妳做這種事，」安德魯說，誠心地舉起雙手。

「喔，但我堅持，」佩姬說。她起身去櫃檯時，安德魯又看著照片。或許他的態度不該這麼抗拒。或許不必投資太多就有辦法再調查一下這件事。他看向佩姬，即使女侍明顯不耐煩，她仍非常嚴肅地挑選著餅乾。照例，安德魯當天早上做了一板一眼的便當，並在佩姬提議一起出去吃午餐的時候假裝自己沒帶。他再看看照片。或許聽佩姬講完也沒什麼不好。

「那，妳想要怎麼辦？」她回來並交出餅乾後，他說。

「我要過去，」她點一下照片說，「到巴特書店。找這個女人——找到『B』。」

「那不是有點……我是說，她還在那邊工作的機率微乎其微，不是嗎？」

佩姬刮了刮桌布上不存在的污漬。安德魯瞇起眼睛。「妳已經聯絡他們了？」

「或許吧，」佩姬說，她努力隱藏笑意時嘴巴不禁抽動。

「然後呢？」安德魯說，佩姬俯身向前講話，速度即使以她來說也快得不尋常：「我打電話找到那邊的一個小姐，跟她談過，我解釋了那張照片、我的工作性質還有我是定期顧客的事。我問店裡是否有任何員工的名字開頭是B，有灰褐色捲髮，現在可能灰白超過褐色了，還有他們以前認不認識名叫艾倫的人。」

她暫停一下喘氣。

「喔。然後呢？」安德魯說。

「然後，呃，她說她不能透露關於員工的特定細節，但是有些人曾經在店裡工作了很久，下次我去探望姊姊的時候歡迎去看看。」佩姬大大張開雙臂，彷彿在說：你看吧。

「所以妳的意思是想要在休假時跑去這家書店，打賭跟艾倫合照的人還在那裡工作？」安德魯說。

佩姬強調地點頭，彷彿她終於打破了跟他之間的語言障礙。

「好吧，」安德魯說，「為了扮演反面意見的代言人——」

「喔，去你個鬼反面該死代言人啦，」佩姬說，往他的方向丟麵包屑。

「就算真的是她，照片中的女人，妳會說什麼？」安德魯把麵包屑丟回去，假裝把球打回她的半場。

佩姬思索片刻。「我想只好當天再想了。臨場發揮。」

安德魯想說話，但佩姬搶先開口。「喔，拜託，有什麼不好？」她說，伸手過去抓他的手，阻止他把餅乾送進嘴裡。「欸，我全都想好了，真的。整個夏天我都還沒休息，而天曉得我有多麼需要休假——孩子們也是，還有，」她放開安德魯的手，餅乾屑掉在桌上。「史提夫最近都住在朋友家……總之，我的計畫是過去探望我姊姊，在停留期間順便走一趟巴特書店。」

安德魯左右歪頭，斟酌著利弊。「好吧，持平地說，如果妳是去看妳姊姊，就不算那麼……瘋狂。」

佩姬把照片放回她的包包裡。

「我想要邀你一起來，但我猜你和家人另有計畫。」

「嗯，這個……」安德魯慌了，努力加速思考。佩姬似乎是誠心邀請，不只是客套話。「我得確認一下，」他說，「不過，其實……黛安打算帶孩子們去看她母親。在伊斯特本。」

「你不一起去嗎？」佩姬說。

「不，應該不會，」安德魯說，催促大腦運轉。「我，呃，跟黛安的父母不是很投緣。說來話長。」

「喔？」佩姬說。顯然她不會讓他這麼輕易閃過，但這件事在安德魯的試算表上沒有準備好的說法。

「那有點複雜，基本上她母親從一開始就不認同我們在一起，因為我總是被認為不太適合。所以我們一直不太能夠正眼看對方，每次我們碰面就只造成緊張。」

佩姬想要說什麼，卻又忍住。

「幹嘛？」安德魯有點辯護地說，擔心這個說法騙不了她。

「喔，沒事。只是。我無法想像有人會認為你不適合，」她說，「你太……善良……又……你知道的……」

安德魯其實並不知道。他利用她難得失言的機會思考著他該怎麼做。最簡單的選項就是留在家裡，迴避對他家庭生活的深入質疑。但是想到有機會跟佩姬相處一整週——而且感覺像一趟冒險之旅，這個展望實在誘人到不容錯過。如果這不叫脫離舒適圈，什麼才是呢？他必須賭一賭。

「總之，」他盡量輕鬆地說，「我會考慮一下諾桑伯蘭。我很可能去得成，而且，呃，這麼做應該也不會感覺很奇怪，是吧？」

他並沒有想清楚最後一句話，結果聽起來像介於正常問題和修辭說法之間。佩姬似乎正要回答，但幸好鄰桌有人打翻了一整壺茶在地上，所以五個員工突然冒出來以一級方程式賽車維修區的效率清理善後，剛才那一刻也就被帶過了。佩姬似乎利用這個事件也自己衡量了一下。「如果你有空那絕對應該來，」維修區技工完成清理之後，她說。安德魯認得這個語氣。當某人和他的交談對象一樣在試圖說服他自己，他提議的是個好主意時，就會這麼說。

他們離開咖啡館，走回辦公室的大半路程都不發一語。安德魯偷瞄佩姬，看到她皺眉，知道她跟他一樣在腦中重播著剛才咖啡館裡的對話。他們過了幾個紅綠燈，分開走過一名推著嬰兒車的婦人兩側。他們會合時手臂撞到，兩人同時道歉，然後發笑，打破了沉默的張力。佩姬向他抬起一側眉毛。對安德魯來說，這似乎是很大膽的表示。好像她即將發現兩人對這趟旅行的共同想法，這比他們雙方顯露出來的重要多了。此外，安德魯突然發現其實這是他看過最完美的抬眉毛表情，他的心跳開始不自在地加速。

「那，巴特書店是什麼樣子？」安德魯說，試著讓對話恢復正常。

「喔，很棒的，」佩姬說。她想要穿上外套但是找不到一邊袖孔。「是個巨大的老房子，整排整排的書，到處有舒適的沙發。」

「聽起來不錯，」安德魯說。不知何故，邁出步伐變成了不可能的任務。這真的是他走路的方式嗎？似乎很不自然。

「是真的，」佩姬說，終於把手臂穿過了外套袖子。「那裡以前是個火車站，他們保留了候車室並改裝成咖啡店。最棒的是書櫃上方會有模型火車在店裡跑來跑去。」

安德魯猛然停步，再匆忙趕上佩姬。

「妳剛說什麼？」

16

在他們連火車票都還沒訂之前，這趟旅程就差點泡湯了，令安德魯很洩氣。

卡麥隆不知何故，開始用吹口哨的方式吸引同仁的注意力。起初是尖銳強烈的嘟嘟聲，而最近隨著他的心情，哨音變得低沉憂鬱，好像農夫在指揮牧羊犬出最後一趟任務，然後就準備要把牠安樂死。

安德魯就是被這樣的哨音叫進卡麥隆辦公室的。到處都是檔案夾和文件，他必須從椅子上搬開一疊才有地方坐。他很痛苦地發現，這間辦公室已經開始像是他通常可能戴著外科手套、拿著垃圾夾搜索的房間了。

「好吧，德魯，」卡麥隆撥開一小撮瀏海說，「關於你預排的假日。未來請跟其他團隊同仁協調好時段，因為佩姬同一時間也不在，那實在不太好。請對狀況敏感一點，好嗎？這種事情很容易溝通的。」

「啊，好，遵命，」安德魯說。他和佩姬沒有故意隱瞞他們要一起出去，但安德魯忍不住暗爽這樣看起來會有多明顯。他發現卡麥隆在期待地看著他。

「下次我會注意，」他趕緊說。

「很好。謝謝，」卡麥隆說。

安德魯原本希望這樣就沒事了，但隔天他在座位上聽到卡麥隆辦公室傳出很大的聲音。「這絕對太過分了，」梅瑞迪絲在說，照例很浮誇。「很抱歉，抱怨絕對是我最不想做的事，但你不能變卦跟我說我不能在想要的時候休假，那違反我的權利。我不懂為什麼安德魯和佩姬可以同時去旅行而我不能。太荒謬了。這太不公平了。」

卡麥隆跟著她出來，用看起來很驚人的力道用力抓著自己的手。

「我跟妳說過了，梅瑞迪絲，」他以不祥的小音量說，「妳可以休假。我只要求妳別排在佩姬和安德魯缺席的那一週。」

「我怎麼可能知道他們何時要休假？我又不是占星師，對吧？」

「妳該看看工作日誌的，」卡麥隆說。

「什麼？」

「日誌！該死的日誌！」

卡麥隆雙手掩嘴，似乎比其他人對自己的爆發更震驚。這時正巧基斯晃進辦公室，一面走音地哼著歌、一面揮舞著一個雙層肥肉漢堡。他輪流看向他們，咬一大口，番茄醬流到了下巴。

「我錯過了什麼？」他說。

安德魯站起來。他必須趕緊行動以免危及行程。「呃，梅瑞迪絲，我想卡麥隆想說的是，我們必須確保自己從現在起都好好填寫這個日誌……之類的東西。這是溝通不良，如此而已。我相信他不是故意大小聲。對吧，卡麥隆？」

卡麥隆看著安德魯彷彿剛發現他也在場。「對，」他說，「說得沒錯。這星期很累。克拉拉和我……不是我喜歡插手那些事但是……對不起。」

安德魯決定忽略關於克拉拉的話，趕緊繼續搞定事情。「這星期我很樂意分攤妳一部份的工作當作補償，梅瑞迪絲。」

佩姬有點好奇地看著他，或許跟他一樣驚訝，他居然會這樣積極主導。感覺有點解脫——有一瞬間他終於體會到了在餐廳把冷掉的菜退貨，或要求別人在地鐵車廂裡讓路的感覺。

「嗯，」梅瑞迪絲說，「這還是沒辦法彌補我不能去度假的事。我非常期待那個瑜珈渡假村。但是，我確實工作太多忙翻了。所以，嗯，謝謝。」

「瑜珈嗎？」佩姬說，一面舔著一個她似乎憑空變出來的優格蓋子。「下犬式等等的鬼扯蛋嗎？」

安德魯向她瞪大眼睛。

「我是說，對老化關節之類的會有幫助，我敢打賭，」她說。

「還有柔軟度，」梅瑞迪絲說，瞄了一下基斯，他假笑一下，又咬了一大口漢堡。

「我知道了，」卡麥隆突然說，驚人地恢復平時的開朗模樣。「我出去買個蛋糕一起吃怎麼樣？」

「蛋……蛋糕？」安德魯說。

「對，安德魯。蛋糕。好吃的大蛋糕。就是現在。你們這些辛苦工作的人就需要這個。」還沒人來得及說話，卡麥隆已經走了出去，即使外面傾盆大雨，也沒停下來拿他的外套。

基斯把手指吸吮乾淨。

「賭五十鎊明天早上他會上報。」

佩姬翻個白眼。「別說這種話，」她說。

「恕我失禮，」基斯盡力用傲慢的語氣說。梅瑞迪絲竊笑。「只不過，」基斯繼續說，「如果他不在了，或許我們都能保住工作。」

似乎沒人對這句話有反應。只有基斯最後一次發出清理手指的聲音。

¶

快點，快點，快點。

安德魯來回踱步——在狹窄的火車車廂連接處裡盡可能地來回踱步。列車預定九點四分從國王十字車站出發，他和佩姬約好八點半在車站大廳會合。回想起來，當她說「大概八點半左右吧」的時候，他就應該要提高警覺的。

今早他傳了三次簡訊給她：

「剛到大廳。妳到的時候通知我。」——八點二十分發送。

「是十一號月台。在那邊會合嗎？」——八點五十分發送。

「妳快到了嗎……？」——八點五十八分發送。

他不能打出他真正想講的話，也就是：「我的老天爺妳究竟在哪裡？」但他希望他簡略的說法能夠傳達出主旨。

他一腳踩在車廂門外，準備好要對抗身上的每根纖維來盡力把門掰開。當然，他可以直接下車，不過他們買的這班是不能退票的對號車票——他倒不是在乎這種小事，那當然。他低聲咒罵著跑到行李架去拿回他的行李。理想上他希望帶著高雅的小行李箱旅行，像 BBC 四號頻道旅遊紀錄片的主持人會穿著白亞麻西裝，拉著走在佛羅倫斯街上那種。但他實際上只有個龐大笨重的鮮紫色背包，人生中有一度他名下的全部家當都裝在裡面。

雖然沒有升級行李箱，或因此買套亞麻西裝，但他已經花了不少錢廣泛地更新他的衣物：四條新褲子，六件新襯衫，幾雙鏤花牛皮鞋，還有最大膽的，炭灰色的運動衣。此外他也完成了每季一次的理髮，選了比平常高級的店，買了一瓶理髮師擅自灑在他臉頰上的刺鼻檸檬味刮鬍水，讓他聞起來像某種高級甜點。當時，看著理髮店鏡中的自己，穿著新衣頂著新髮型，他對自己的模樣意外地滿意。認為自己英俊會太過分嗎？或許甚至——他大膽地說——有點像西恩・賓？他一直很期待能向佩姬炫耀他的新造型，但等他抵達車站時，不熟悉感反而讓他比平常更彆扭。彷彿車站裡的每個人都在批評他。**哎呀呀**，那個上流階級男士嘲笑地打量他的外套，似乎在想，**以顯然還在用綜合沐浴乳和洗髮精的中年男子來說，眞是個大膽的服裝選擇**。

安德魯感覺臀部發癢，尷尬地發現他忘了拆掉襯衫的標籤。他把衣服翻過來開始拉扯標籤，直到它終於脫落。他把標籤塞進口袋裡，再看看錶。

快點，快點，快點。

離預定的發車時間還有兩分鐘。他灰心地把背包甩到背上，中間差點跌倒。他看向月台最後一眼。奇蹟似的，佩姬在兩個女兒的包夾中正向警衛揮舞著車票，匆忙地通過閘門。他們三個人都在笑，互相催促著前進。佩姬也帶了一個笨重可笑的帆布大背包，鬆鬆地背著，在她奔跑時劇烈地左右搖晃。她的目光掃描著車廂直到看見他。「安德魯在那裡，」他聽到她說，「妳們兩個慢郎中，快點——跑去找安德魯！」

這時他們距離安德魯只有幾呎，他突然有股強烈的慾望想要暫停下來，好好保存這一刻。看著佩姬那樣衝向他，感覺到自己被人需要，正在積極參與別人的生活，而不只是正在被緩緩地趕向陽春棺材的一坨碳基生物；純粹到幾乎令人疼痛的幸福感，好像一個熱烈的擁抱那樣擠出他肺裡的空氣，這時，他才忽然理解到：他或許沒辦法知道未來會怎樣——痛苦、寂寞和恐懼仍然可能將他磨碎、輾壓——但光是感覺到現況有著改變的可能，對他來說就是個起步，就像感覺到火種相互摩擦產生的第一絲溫暖，第一縷煙。

17

安德魯把門撐開，引發了月台警衛的憤怒與車門邊乘客的強烈指責。佩姬慌亂地催孩子們上車，然後自己也跳上車，安德魯放開車門。

「呃，這可能是我做過最叛逆的事了，」他說，「我猜跳傘之後的感覺可能也就像是這樣。」

「你真是個闖禍精，」佩姬上氣不接下氣地說。她看著他時似乎大吃了一驚。「哇，你看起來……」

「怎樣？」安德魯說，彆扭地伸手摸過自己頭髮。

「沒什麼，只是……」佩姬摘掉他運動衣上的一顆棉絮。「不一樣，如此而已。」

他們保持眼神接觸一會兒，然後火車開始移動。

「我們該去找座位了，」佩姬說。

「對。好主意。」安德魯說，接著又突發奇想：「帶路吧，麥克……很好……達夫。」（注：模仿已故美國作家夏洛特・阿姆斯壯的懸疑小說《Lay On, Mac Duff!》書名搞笑，麥克・達夫是系列作裡的警探角色）

佩姬回到在她後方耐心等待的女兒身邊，似乎沒聽見，讓安德魯鬆了口氣。他決定改天再大膽說笑。或許等他死了以後。

「孩子們，跟安德魯打招呼。」佩姬說。

安德魯一直擔心見到佩姬的女兒，還曾經到次級版上求助，等待一場激烈但善意的辯論（關於替換驅動輪氣閥齒輪插銷的最佳方式）結束，才順利把話題帶到他對見到佩姬小孩的焦慮上。

「這或許聽起來很怪，」BamBam寫道，「但我能給的最佳建議，就是講話時不要把他們當小孩子。不要用哄騙、放慢速度那一套。他們在一哩外就能感受到這種狗屁。只要拼命發問，基本上把他們當作成人對待就行了。」

所以大致是懷疑和不信任的氣氛，安德魯心想。不過他回答：「謝了，老兄！」

接著擔心了兩個小時，因為自己也成為了會使用「老兄」這個字的人。

結果，佩姬的長女梅西很樂意在整趟路上完全不理他們——只從書本抬起頭來問火車開到哪裡了，或某個單字是什麼意思。另一方面，她妹妹蘇絲的談話則完全透過「你想當什麼」的情境方式，讓情況比安德魯預料的輕鬆多了。她眼中的光芒讓她看來像隨時都想笑，所以安德魯覺得很難嚴肅回答那些顯然正經八百的問題。

最新的謎題是「你想當一匹可以時光旅行的馬，或是會講話的大便？」

「我可以問些延伸問題嗎？」安德魯說，「佩姬——我是指妳媽——跟我通常都會這樣問。」

蘇絲考慮時打了個哈欠。「好啊，可以，」她說，顯然很滿意他這麼公開坦誠。

「來囉，」安德魯說，突然發現佩姬和蘇絲都專心地看著他，努力抑制著尷尬感。

「那匹馬會講話嗎？」

「不會，」蘇絲說，「牠是馬。」

「那倒是沒錯，」安德魯退讓，「但是大便卻會講話。」

「所以呢？」

安德魯不知該如何回答。

「你現在的毛病是，」佩姬說，「你想把邏輯套用到這個問題裡。但是這時候邏輯不適用。」

蘇絲道貌岸然地點頭。她身旁的梅西閉上眼睛深呼吸一下，對不斷的干擾感到很煩躁。安德魯趕緊壓低音量。

「好，那我要選當馬。」

「當然了，」蘇絲說，顯然不解安德魯為何拖這麼久才作出決定。她撕開一包檸檬雪酪，想了一下之後，把整包遞給安德魯。

火車蜿蜒駛入紐卡索，泰恩河大橋在陽光下閃亮，佩姬拿出艾倫和「B」的照片。

「孩子們，你們認為呢。我們會找到這個女士嗎？」

梅西和蘇絲同時聳聳肩。

「我想也是，」安德魯說。

「喂，」佩姬輕踢他的小腿說，「你到底站在哪一邊？」

¶

佩姬的姊姊伊茉根，照她自己的說法，「喜歡擁抱」，安德魯別無選擇，只能讓豐滿的她正面熊抱。她開著一輛靠著嚇人的大量膠帶來維持完整的破車接他們回家，安德魯跟女孩們坐在後座，感覺有點像個尷尬的大哥。

當天上午伊茉根顯然很忙，因為廚房放了很多蛋糕、餅乾和布丁，其中有許多種安德魯連怎麼稱呼它們都不知道。

「妳這是在外燴全村的慶典吧，」佩姬說。

「喔，才不是，你們都需要吃胖一點，」伊茉根說。安德魯很慶幸雖然擁抱是強迫的，戳肚子的動作顯然只限親屬。

當晚稍後，孩子們就寢了，伊茉根、佩姬和安德魯在客廳休息，漫不經心地看一齣浪漫喜劇，幸好伊茉根打斷一個關於體液的低級場景，問起了艾倫和鴨子的事。

「我對天發誓，妳一定沒看過類似的事，」佩姬說。

「呃，你們願意做這些事真是好心，」伊茉根說，把另一根木柴丟進火爐裡，在沙發上換個姿勢。「我是說，顯然你們都瘋了……」

佩姬重申起她的論點。她雙腿縮在一側坐著，寬鬆上衣從肩上滑落。安德魯感覺腹中某處在隱隱作痛。這時他瞄了一眼，發現伊茉根在看著他。更精確地說，她在看他看著佩姬。他移開目光看向電視，慶幸光線夠昏暗，可以掩飾他的臉紅。他的印象是伊茉根不是個能輕易唬過的人，就在他動念時，她打斷佩姬對主角愛爾蘭腔的質疑。

「安德魯，你老婆覺得你找到這個人的機會有多少？」她說。

呃，她會怎麼想？

「老實說，她沒表示太多意見，」他說。

「真有意思，」伊茉根說。

安德魯希望就此打住，但伊茉根又開口了。

「不過她一定很好奇吧？」

「伊茉根……」佩姬說。

「幹嘛？」伊茉根說。

「說真的，我平常不太談工作上的事，」安德魯說，他想著，嚴格說來這也是實話。

「你們在一起多久了？」伊茉根說。

安德魯的目光盯著螢幕。

「喔，很久了，」他說。

「你們是怎麼在一起的？」

安德魯抓抓後腦。他真的沒心情談這個。

「我們在大學認識的，」他說，「我們當了一陣子朋友——主要的連結是基於對班上那些白癡的共同厭惡，或至少是那些改戴貝雷帽的人。」他啜飲一口葡萄酒。他不確定是為了什麼，但他感覺自己必須繼續說。「她從眼鏡上方看我的方式很特別。總是讓我有點頭暈。我從來沒遇過感覺那麼容易交談的人。總之，我們在一場派對上，她牽著我的手帶我離開吵鬧的人群，呃，就這樣了。」安德魯看著他的手。真奇怪。他幾乎感覺得到她緊緊握著他的手，自信地把他拉出現場的觸覺。

「啊，真甜蜜，」伊茉根說，「她卻沒有特別好奇你……跟佩姬這麼大老遠跑來，」她尖銳地補充。

「伊茉根！」佩姬怒道，「別這麼失禮。妳剛認識他而已。」

「不會，不會，沒關係，」安德魯說，不希望演變成爭吵。謝天謝地，他忽然想到了一個好對策。

「其實呢，現在我最好打個電話給黛安，恕我失陪。」他的左腿因為坐姿麻掉了，所以他必須踮著腳盡快到客房，活像一個從無人的戰場撤退的傷兵。房間裡很冷，窗戶的栓子開著。他猜想是否該假裝打通電話，以防有人聽得到他——就講些平凡的事情像是旅途經過，晚餐吃了什麼——他想像現實生活中大多數人會說的那種事。

現實生活中。他會因此被該死地抓進精神病院。他癱倒在床上。突如其來地，旋律又傳進他的腦中——**藍月，你曾見我孤單佇立**——然後是像海浪拍打岩石般的反應與雜訊。他想甩掉它，急著讓它結束，不知不覺間俯趴在床上，用拳頭敲打著床墊，向著枕頭喊叫。

最後，混亂退去。他靜靜躺在後續的寂靜中，雙拳緊握，氣喘吁吁，祈禱沒人聽到他的喊叫。他看著梳妝台鏡中自己蒼白又疲倦的倒影，突然很想回到前廳去拿著一杯酒，背景播放著垃圾節目，有人陪伴——即使有半數的人似乎有點對他起疑。

他不確定是因為什麼，但他在不知不覺間停在客廳門外，門打開的寬度剛好夠讓他聽到伊茉根和佩姬正在低聲交談。

「妳真的以為他老婆對這件事沒意見？」

「她有什麼好反對的？別忘了她自己也不在家，跟她父母在一起。他們顯然跟安德魯合不來。」

「我不是那個意思，妳很清楚。」

「那又是什麼意思？」佩姬嘶聲說。

「別裝蒜，妳真的認為他對妳沒興趣？」

「我拒絕回答。」

「好吧，呃，那妳對他有興趣嗎？」

「……這我也拒絕回答。」

「其實我也不需要你告訴我。」

「拜託，我們可以換個話題——」

「我知道妳跟史提夫很糟糕，但這樣不是辦法。」

「妳不曉得跟史提夫相處是怎樣。」

「我是妳姊姊，我當然知道。他顯然又在玩老把戲。妳越早脫身越好。這就像老爸一樣——不斷乞求原諒，說不會再發生了。我不敢相信妳這麼天真。」

「夠了。別說了，好嗎？」

一陣停頓，然後佩姬又開口。

「看。待在這裡好舒服。妳知道女孩們多麼愛妳，多麼……」——她的聲音稍微哽咽——「……我也愛妳。我只想是要放鬆幾天，重新振作起來。如果情況有在照我認為的方向走——關於史提夫，和工作——我必須調整好心態來面對這些事。」

又一陣停頓。

「唉，親愛的，我很抱歉，」伊茉根說，「我只是擔心妳。」

「我知道，我知道，」佩姬說，安德魯猜想這時聲音模糊是因為又被伊茉根熊抱。

「佩佩？」

「嗯？」

「把餅乾遞過來。」

「妳怎麼不拿過來，距離是一樣的。」

「妳亂講，」伊茉根說，佩姬發出一聲輕微的帶淚竊笑。

安德魯退後幾步，想讓狂跳的心臟平靜下來，也讓他的入場自然一點。

「哈囉，哈囉，」他說。佩姬坐在沙發上他剛才的位子，以便查看她放在附近充電中的手機，意思是他必須選擇坐在她或伊茉根旁邊。他靠近時佩姬向他微笑，電視機的光線照出了她眼眶濕潤。

「妳……沒事吧？」他說。

「喔，是啊，」伊茉根說，拍拍她旁邊的空位。「給我坐這兒。」

安德魯很慶幸有人替他作了決定，即使要錯失一次靠近佩姬的機會。

「我們來把這些玩意吃完吧，」伊茉根說，分配著剩下的餅乾。

「你有打通嗎？」佩姬說。

「什麼?喔，有。謝謝。」

「很好，」伊茉根說，「房子那一邊的訊號可能挺爛的。」

「一定是我運氣好，」安德魯說。

這時他的手機——從他下午剛抵達開始，就一直放在壁爐架上——突然響了起來。

18

所以，對啊，我有兩支手機。一個是我很久以前工作用的。我不確定卡麥隆知不知道，所以你懂的，最好保密！

安德魯不停在腦中重播他剛才胡言亂語的解釋。佩姬和伊茉根似乎都不太確定他到底在說什麼，結果害他講個不停，挖出越來越大的洞。幸好，她們都只是茫然地看著他，好像兩個無聊的海關官員，無視著外國旅客焦急地拼命解釋他們的困境，而浪漫喜劇的高潮也正好提供了足夠的干擾，讓對話可以進行下去。

安德魯原先以為他們明天早上就會去巴特書店，但佩姬和伊茉根另有打算。接下來幾天他們搭船去法恩群島，安德魯被一隻無禮的海鷗拉屎在身上（讓蘇絲大樂），在狂風中的海濱散步，不時停下來喝茶吃蛋糕（讓伊茉根大樂），然後回伊茉根家吃美味的晚餐，其中佩姬兩次在安德魯肩上睡著（讓安德魯大樂）。

獨自在客房裡，他的思緒轉向了他偷聽到的對話。

——好吧，呃，那妳對他有興趣嗎？

——……這我也拒絕回答。

「對他有興趣」。除了感情的興趣還會有其他意思嗎？或許是從純粹人類學的觀點——佩姬打算做科學領域的筆記：**矮胖樣本一人，經常被觀察到出醜丟臉**。無論如何，佩姬拒絕回答那個問題，安德魯看過很多集《新聞之夜》，知道這表示她在迴避說實話。他只希望伊茉根像記者一樣對她逼問到底就好了。

¶

終於，翌日早上他們前往巴特書店。安德魯覺得，佩姬延後這個行程不是因為她莫名地失去了興趣，而是太害怕結果會失敗。

孩子們跟伊茉根留在家裡，她答應要做個巧克力多到會讓布魯斯·波格托特（注：Bruce Bogtrotter，兒童文學《瑪蒂達》裡的貪吃胖男孩角色）也陷入糖尿病昏迷的蛋糕。佩姬借開伊茉根的 Astra 汽車，伊茉根解釋過車子的各項毛病與對應方法，其中許多涉及搥打和咒罵。

「混蛋，」佩姬咕噥，猛力把排檔桿來回拉扯，說了個關於她第一個男朋友流淚的笑話，讓安德魯不禁搖下車窗片刻。

他們經過一個路標，上面寫著距離安尼克十五哩。

「我有點緊張，」安德魯說，「妳呢？」

「不確定。嗯。有吧，」佩姬說，但他們正在匯入雙向車道，因此她的注意力全在照後鏡上。

他們開得越遠，安德魯越覺得擔憂，因為他們越接近書店，也就越接近他們歷險的終點。他們很可能只會失敗洩氣地回家，而艾倫下葬時也將只會有他們和一個漠不關心的牧師陪伴。然後，又會回復到無趣的日常生活。

他們經過了另一個前往安尼克的路標。現在剩五哩。有人相當缺乏想像力地用憤怒的紅色把「狗屁」這個字塗鴉在路標上。安德魯想起他從前一趟難得的校外教學，當他從牛津的艾許莫林博物館回來時看到的一件事。他記得那天傍晚天空被染成粉紅色，他的目光正跟隨著像空白五線譜一樣映在天空上的電線輪廓移動，發現遠方的圍籬上漆著白色的粗體字：「我為什麼每天都在做這件事？」即使當時他不懂這只是個引誘通勤族的廣告，這段記憶仍殘留在腦中。彷彿他的潛意識在跟他說，**當時這對你沒什麼意義是因爲你太年輕，只關心賈斯汀・史坦摩會不會再亂扭你的手臂霸凌你，但是再過三十年左右，你就會懂它的意思。**

他往前挪了一下。

或許他乾脆向佩姬招供好了。就在此時此地。雙向車道上引擎過熱的 Vauxhall Astra 汽車裡。

他在座位上換姿勢，對這個可能性半喜半懼。一切都可能被攤開來。不只是他對她的情感，還有那個大謊言。佩姬會討厭他，或許再也不跟他說話，但是會結束掉……現狀。仍然死抱著某種幾乎無法再提供給他任何安慰的東西，這種無情的折磨。這個頓悟正像無線電訊號一樣，設法穿過雜訊進入他的腦中：謊言只能作為事實的反面存在，而事實是唯一能解除他痛苦的東西。

「你幹嘛一直扭來扭去的？」佩姬說，「你好像我家的老狗在地上拖著屁股走。」

「抱歉，」安德魯說，「只是……」

「什麼？」

「……沒事。」

¶

他們一走進書店，安德魯幾乎立刻就跟丟了佩姬，他的焦點馬上被頭頂上五呎的東西吸引。一台美麗的深綠色火車頭，如果他沒認錯的話，是Accucraft Victorian NA Class，正輕鬆滑過設置在書堆上的軌道。前方的各個走道則都用寫著詩句的招牌連接。最靠近的一塊寫著：

那升起的明月又來尋訪我們——

今後她將有多少次圓了又缺。

火車再度快速駛過，掀動了一絲微風。

「我上天堂了，」安德魯喃喃自語。如果有什麼東西能在剛才車上差點發生的事情之後讓他的脈搏恢復正常，就是這個了。他發覺有人站在他旁邊。他瞄向側面看到一名穿灰色羊毛衫的高大男子，雙手交握在背後，也抬頭看著火車。他和安德魯互相頷首。

「你喜歡嗎？」男子說。安德魯只在古裝劇裡看強悍的妓院老鴇講過這句台詞，但即使聽起來很突兀，他確實很喜歡現在的景象。

「很迷人，」他說。男子點點頭，閉了一下眼睛，彷彿在說：「歡迎回家，老朋友」。

安德魯深呼吸一下，感覺冷靜下來了，才緩緩原地轉身以便觀察整家店。他肯定不是那種會用「氣場」這個字眼的人，但如果他是，借用莎莉的口頭禪來說，巴特書店的氣場是他會很「有感」的。好寧靜，好安詳。客人抱著敬意瀏覽書架，壓低音量講話。當有人從書架取書，他們像考古學家從土壤中挖出古代陶器一樣慎重。安德魯讀過這家店出名在於它是原版「保持冷靜，繼續生活」（注：Keep Calm and Carry On，一九三九年二次大戰開始時英國政府製作的宣傳品）海報被發掘出土的地方。雖然它衍生出成千上萬的惱人版本——梅瑞迪絲在辦公室有個馬克杯上印的標語是「保持冷靜，繼續瑜珈」，可能是瓷器上出現過最無趣的句子——在這裡感覺還是像個完美的徽章。

但他們不是來享受氣氛的。安德魯發現佩姬正壓低身子坐在看起來舒適到幾乎違法的椅子上，雙手握在腦後，面露滿足的微笑。

「呃啊，」她在安德魯走近時呻吟，「我猜我們最好幹正事了，是嗎？」

「我想最好是，」安德魯說。

佩姬堅決地看著他，伸出雙手。起先安德魯不解地看著她的手，然後才趕緊行動拉著佩姬站起來。他們並肩站著，雙肩相連，面向收銀機旁的禮貌排隊客人。

「來吧，」安德魯說，搓搓雙手提升士氣。「我們要直接過去問他們有沒有一位『B』在這裡工作嗎？」

「除非你有更好的主意？」佩姬說。

安德魯搖搖頭。「妳想要負責交涉嗎？」

「不要，」佩姬說，「你呢？」

「如果要我說實話，不太想。」

佩姬嘟起嘴唇。「剪刀石頭布？」

安德魯轉身面對她。「有何不可。」

「一，二，三。」

布對布。

「一，二，三。」

石頭對石頭。

他們再來一遍。安德魯想要出剪刀，但在最後一刻改成石頭。這次，佩姬出布。她用手蓋在他手上。

「布包石頭，」她低聲說。

他們緊貼站立，此時雙手還連著。有一瞬間感覺好像所有的雜音都消失了，所有眼睛都看著他們，連架上的書本都屏住了呼吸。然後佩姬突然放開手。「哦，天啊，」她耳語說，「你看。」

安德魯強迫自己轉身，他們再度肩併肩。就在收銀機的位置，一名綠眼睛、灰白捲髮的女人手拿一杯茶，脖子上掛著眼鏡項鍊。佩姬拖著安德魯的手臂走到候車室咖啡店裡。

「那肯定是她，對吧？」她說。

安德魯聳肩，不想讓佩姬期望太高。「可能是，」他說。

佩姬又粗魯地拉他，這次是因為他擋到了一對老夫婦，他們端著裝司康麵包和茶杯的托盤正緩緩走向桌子。坐定之後，男士用顫抖的手準備把奶油抹到他的麵包上。他老婆斜眼瞪他。

「幹嘛？」男士說。

「先奶油後果醬？你老番癲了。」

「本來就該這樣。」

「見鬼了。應該反過來。」

「胡說。」

「才不是胡說！」

「明明就是。」

佩姬翻個白眼，輕推安德魯上前。「快點，」她說，「我們已經鬼混太久了。」

他們走向櫃台時，安德魯感覺自己心跳越來越快。等他們來到女子面前，她從填字遊戲抬起頭看，安德魯才發現佩姬牽著他的手。女子放下她的筆，用老菸槍那種輕柔但稍微沙啞的聲音問他們有什麼事。

「這個問題聽起來會有點怪，」佩姬說。

「別擔心，親愛的。相信我，我在這裡被問過一些很怪的問題。幾個月前有個比利時小夥子問我們有沒有賣人獸交的書。所以，直說吧。」

佩姬和安德魯有點機械式地笑笑。

「那，」佩姬說，「我們只是想問，呃，您的名字是不是『B』開頭的？」

女子困惑地微笑。

「這是陷阱題嗎？」她說。

安德魯感覺佩姬抓緊他的手。

「不是，」她說。

「那麼，沒錯，」女子說，「我是貝若。我賣了某人不該看的書還是怎麼了？」

「不，不是那種事，」佩姬瞄向安德魯說。

這是在提示他把照片從口袋拿出來遞過去。女子接過去，眼中閃現出認得什麼的光芒。

「哎呀，」她輪流看著他們說，「我想這事需要再來杯茶。」

19

貝若對艾倫死訊的回應是一聲哀傷的輕嘆，宛如放了一星期的生日氣球終於洩掉了最後一口氣。

安德魯只有打過電話，從未當面向親屬告知過噩耗。親眼看到貝若的反應是很不舒服的體驗。她問了他預料中的問題——艾倫怎麼死的，誰發現他的，喪禮預定的時間地點——但他覺得她還隱瞞了什麼。而且當然，還有另一件事……

「鴨子？」

「好幾千隻，」安德魯說，往杯子裡倒茶。他差點說出「我來扮演東家吧」（注：I'll be mother，英國人與親友喝茶時的常用台詞），但勉強及時忍住。

佩姬給貝若看照片背面，艾倫關於餵鴨子的註記。「我們猜這跟這張照片有關。」

貝若微笑，但眼睛也開始泛淚，她伸手到袖子裡拿出手帕來擦乾。

「我記得那一天。天氣爛透了。我們走到常坐的長椅時看到一輛冰淇淋攤車停在路邊。車上的人看起來很沮喪，我們就過去買了每球九十九先令的，只是想鼓舞那個可憐的傢伙。我們先吃了冰淇淋才吃三明治——感覺好墮落！」

她雙手舉起杯子到唇邊，眼鏡暫時蒙上了水氣。

「妳還記得拍過這張照片嗎？」佩姬問。

「喔，記得，」貝若用手帕擦拭眼鏡說，「我們原本想在店裡合照，因為那是我們認識的地方。你知道嗎，艾倫來了大概十次才鼓起勇氣跟我搭話。我從未看過有人花這麼久的時間假裝在看十八世紀約克郡農場機械的書。起初我以為他可能只是真的喜歡農業，或約克郡——或都喜歡——但後來我發現他站在那兒是因為那是一直偷瞄我的最佳方式。有一次我看到他把關於播種機的書上下拿反了。就在那天，他終於鼓起勇氣來打招呼。」

「你們就這樣開始交往嗎？」佩姬說。

「喔不，要到很久以後，」貝若說，「時機很不巧。我剛跟前夫離婚，那過程可不輕鬆。如今回想起來，我不知道我為何那麼在乎等一等。感覺好像我應該暫停，等塵埃落定。艾倫說他理解我需要時間，但接下來的六個星期他還是進來假裝仍然在乎那該死的農業，在顧客之間有空檔時溜過來打招呼。」

「六個星期？」佩姬說。

「天天都來，」貝若說，「即使我因為扁桃腺炎請假五天，即使老闆告訴他我當週都不會上班，他還是會來。終於，我們第一次約會。就在這家咖啡店喝茶、吃糖霜麵包。」

他們被鄰桌大聲收拾杯子的一名店員打斷。她和貝若互相有點冷淡地微笑。「她是最糟糕的，」在女店員走出聽力範圍後貝若說，沒有進一步解釋。

「但是之後妳跟艾倫就正常地在一起了？」佩姬探問。

「對，其實我們如膠似漆，」貝若說，「艾倫是——喔，我猜我應該用過去式了——當過木匠。他的工作室就在同一條路上的他家裡，靠近一座小墓園。我在聖誕節之後搬過去。當時我五十二歲。他六十歲，但你一定看不出來。他算是看起來年輕得多的人。他的腿又粗又壯，好像樹幹。」

安德魯和佩姬互看一眼。在最後，貝若發現了沒說出口的問題是什麼。

「我猜妳在懷疑我們為什麼後來分開了。」

「不想說的話請不用勉強，」安德魯說。

「不會，不會——沒關係。」

貝若整理情緒，再擦了擦她的眼鏡。

「一切全是因為我跟前夫的關係。我們是二十一歲那年結婚的。其實還是小孩。我想就在我們新婚之夜一回家，只互相在臉頰輕啄了一下的時候，雙方就應該都知道我們並不真正愛對方了。我們撐了幾年，但最後我再也無法忍受，決定結束。當時我就下定了決心」——她用指節敲桌面表示強調——「如果我要找別人共度餘生，必須純粹只是為了愛情。我不會妥協於符合規範，或只為了找個老伴。一有跡象感覺我們在敷衍，我們沒有在相愛，那就完了。一轉眼間，我就會跑了。」

「跟艾倫的發展就是這樣嗎？」佩姬說。

貝若再啜了一口茶，小心地把杯子放回碟子上。

「我們一開始非常相愛，」她說。她調皮地打量安德魯。「這一段你或許不會想聽，但我們前幾年幾乎是在床上度過的。靠雙手工作的人就有這個優點。很有技巧，你懂吧？總之，不只那方面的事情，我們幸福了很長一段時間。即使他的家人很早以前就走了，我的家人也從沒認同離婚的事，但那都不重要。感覺好像我跟他在對抗全世界，你懂嗎？但後來，過了一陣子，艾倫開始變了。起初很輕微。他會說他太累無法工作，或連續幾天不刮鬍子或不換掉睡衣。偶爾我會發現他……」她聲音漸弱然後清清喉嚨。

佩姬俯身越過桌面伸手放在貝若手上。「沒關係，」她說，「妳不必……」但是貝若搖頭拍拍佩姬的手，表示她還可以繼續說。

「偶爾，我會發現他盤腿坐在客廳的地上，背靠著沙發，眺望著落地窗外面的花園。沒有讀書。沒有聽收音機。就只是坐在那兒。」

安德魯想起他母親在她黑暗的臥室裡。不動。躲起來。無法面對世界。

「他是個驕傲的老混蛋，」貝若說，「絕對不肯向我承認他正在跟不知什麼東西搏鬥。我一直找不到適當的話語，或適當的時機，跟他問清楚。然後他開始駝背了。我不知道是精神官能症還是什麼的，但他得分房睡，不然他起床會吵到我——他是這麼說的。後來某天晚上我們在喝茶，看電視的垃圾節目，他突然轉向我說：『你記得我們認識之後妳跟我說的，如果妳不再愛妳身邊的人會怎麼做嗎？』

「『記得，』我說。

「『妳仍然這麼想嗎？』他說。

「『對，沒變，』我說。我真的是這麼想的。當然我該說些安慰的話，但我預設他知道我仍然很愛他。我問他有什麼問題，但他只親吻我的頭頂，然後去洗碗。我擔心，但是猜想他只是遇到難過的日子。隔天早上我照常去上班，但我回家時他就不在了。留了一封信。我還記得拿著那張紙，雙手狂抖。他寫說他知道我不愛他了。他不想讓我痛苦。他就那樣走掉了。沒留地址，沒留電話號碼，什麼也沒有。當然，我試過找他。但妳也知道沒有親戚可以聯絡，就我所知他也沒朋友。我真的考慮過找個那種叫什麼來著，私家偵探，但我一直有個念頭，或許他只是說謊，他跟別的女人跑了。不過看到這個，」──她拿起照片──「聽到鴨子的事情……唉，妳說呢，」──說完她發出一聲啜泣，雙手合握在胸前──「或許我當初應該找得再更努力一些。」

¶

在他們確定貝若沒事之後，安德魯和佩姬承諾近期會再聯絡，然後像離開電影院一樣走出書店：對著陽光眨眼，思緒被剛剛聽到的故事給佔滿。

他們站在停車場查看他們的手機。其實安德魯只是上下捲動著極少數現存的簡訊——他從未光顧過的披薩公司優惠訊息、安裝付費軟體的詐騙訊息、一些工作上的狗屁。他無法擺脫貝若的故事帶來的絕望哀愁。

佩姬望著空中。有根睫毛掉在她臉頰上，看起來像瓷器上的微小裂痕。附近某處，有個汽車喇叭聲與尖銳的爆炸聲，安德魯伸手牽著佩姬的手。她驚訝地看著他。

「我們去散步吧，」安德魯說。

他們離開停車場，手牽手走向市中心。安德魯本來沒打算往這邊走，但是感覺很對，彷彿他們正被無形力量牽著走。他們沿著大街，鑽過推嬰兒車的父母和彷彿電池耗盡停在半路上的觀光團，走到了安尼克古堡，紅黃色的諾桑伯蘭郡旗幟在微風中飄揚。他們不發一語繞過古堡到了周圍的原野，剛割過的草屑沾到了他們的鞋子上。繼續走，經過一群投擲著破爛網球的小孩，與坐在野餐桌休息，看著天上烏雲逼近太陽的退休老人。再繼續走，沿著一條被腳步踩出來的小徑，直到他們終於來到河邊，發現一張半覆蓋著青苔的孤伶伶長椅。他們坐下，聆聽水聲，看著蘆葦在水流中拼命站直。佩姬坐直身子，雙手放在腿上，雙腿交叉。他們都靜止不動，與水流相反，好像安德魯在自家客廳地上布置的模型人偶。但即使在靜止中，還是有動靜。佩姬的腳正以幾乎看不出來的微幅在輕輕攪動，像個節拍器。安德魯發現，那不是因為緊張的壓力，純粹因為她的心臟脈動。突然間，他又想起那個可能性：人只要還有活動力，就有能力去愛別人。這時他的心也越跳越快，彷彿河流的力量正把血液推過他的血管，催促他行動。他感到佩姬在動。

「欸，」她說，聲音略帶顫抖。「快問快答。你吃司康麵包會先塗果醬還是奶油？」

安德魯想了一下。

「我不確定那重不重要，」他說，「對萬物的自然運作來說。」接著他湊過去，雙手捧著佩姬的臉，吻了她。

他敢發誓，他聽到不知何處傳來了一聲鴨叫。

20

平心而論，如果你真的認真鑽研一下資料，然後根據資料來下結論的話，安德魯很明顯已經喝醉了。他正在伊茉根的客廳裡跟開心竊笑的蘇絲跳舞，吵鬧地唱著艾拉的〈Happy Talk〉。現在他們已經變成死黨了。

安德魯還是不太相信今天稍早發生的事。從他牽著佩姬的手出發不知道要去哪裡的那一刻，感覺就像一趟靈魂出竅的體驗。那段記憶不知怎地既鮮明又模糊。他們在長椅上坐了很久，額頭輕觸，閉著眼睛，直到佩姬打破沉默。「這個嘛。我不太確定我有預料到這個。」

他們走回去取車時，安德魯感覺像被下藥了。回程途中他努力讓自己不持續傻笑。他看著原野掠過，偶爾瞥見大海，陽光在海面上閃爍。英格蘭的八月大晴天，太完美了。

「唉，今天真精彩，」在他們回到伊茉根家時佩姬說，彷彿他們剛出去散步，巧遇地上有個稀有鳥類的鳥巢。

「喔，我不確定。對我來說都是些挺平淡無奇的事啦，」安德魯說。他湊過去吻她但她笑著輕輕推開她。「住手，有人看見怎麼辦？在你講話之前，剛剛只需要擔心長椅上的退休老人，不像現在是……」沒說出口的顧慮是，**伊茉根或孩子們**。魔咒或許還沒完全解除，但肯定已經開始受損了。安德魯正要下車時，佩姬誇張地作勢左顧右盼，然後湊過來在他臉頰啄了一下，再迅速照鏡子補妝。安德魯只能像老諧星搭檔一樣，避免破壞節奏。

只好改用艾拉的歌在客廳裡跳舞了。直到現在都只顧著看小說，大致無視他們的梅西，等到歌曲結束才問了主唱是誰。安德魯雙手合十彷彿在莊嚴地禱告。「小朋友，那是艾拉・費茲傑羅。史上最偉大的歌手。」

梅西稍微點個頭認同。「我喜歡她，」她說，口氣像個為了解決一場激烈的辯論而冷靜地提供意見的人，然後又回去看書。

安德魯想要找一首新歌（根據心情，他接下來想聽〈Too Darn Hot〉），還有更重要的，從伊茉根的車庫儲酒冰箱再弄瓶淡啤酒來，這時佩姬出現在客廳門口，叫女兒們去幫忙擺設餐桌。

安德魯拿到了啤酒，跌坐到沙發上，讓自己觀察周圍一會兒。他讓音樂流過全身，聽著活潑的聲音傳到走廊，呼吸廚房飄來的美妙烹飪香味。一切都令人迷醉。他判斷這應該被列入某種政府計畫：每個人都該有這項法定權利，每年至少有一晚讓他們坐到舒適的沙發椅墊上，飢腸轆轆地期待著義式餃子和紅酒，聽另一個房間傳來的聊天聲，在極短暫的一刻感覺到他們對某人來說很重要。到這時他才真正了解到，他以為自己創造的幻想可以勝過真貨的最微弱複製，真是大錯特錯。

聽完〈Too Darn Hot〉之後，他走到廚房去問有沒有什麼能幫忙的。

「你可以去幫女孩們，」佩姬說。

安德魯敬個禮，但佩姬轉身沒看到。她和伊茉根必須近距離切菜、剝皮和攪拌，但是彷彿精心編排過，她們居然不會干擾到對方。另一方面，安德魯這時已經喝醉了，很快就變得越來越像在幫倒忙。在別人家廚房的壞處就是他想找的所有東西似乎都在完全不合邏輯的地方。當他自信地打開餐具抽屜，裡面只有一張三明治烘烤爐的保證書，而應該放杯子的櫥櫃裡只有一個空心豬形狀的新奇蛋杯，和一些生日蛋糕用的蠟燭。

「安德魯，安德魯，」他想要拉開她身邊的一個假抽屜時，伊茉根努力掩飾著語氣中的挫折說，「杯子在左上方，刀叉在這裡，水瓶在那邊，鹽和胡椒在這邊。」她好像邊線的橄欖球教練，指點著防守球員該針對誰，指出每樣東西的位置，安德魯稱呼她為「工頭」，一個他根本不知道存在自己腦中字庫的字眼，這也讓伊茉根很傻眼，一時間連削皮也忘了。

餐桌擺好後，安德魯拿著一杯啤酒和蘇絲給他的品客洋芋片坐下（她自己嘴裡啣著兩片，假裝是鴨子的喙），享受著這個氣氛。廚房就如同房子的其他部分，維護得很好但很有個性——窗台上的花瓶裡有束水仙，牆上掛著烹飪中的婦女啜飲杯子的照片，說明文字是「我喜歡和葡萄酒一起做菜——有時候還會加進食物裡。」起霧的窗戶上浮現出手印和畫得歪歪扭扭的心形。

「我一直不知道是否該吃掉甜椒頂端的梗，」佩姬沒對特定對象說，「不想讓人噁心，但也不想浪費。結果我會走到垃圾桶邊，慢慢啃咬直到剩下梗，然後吐出剩下的部分。」

我的天啊，安德魯心想，忍不住打了個嗝。**我想我戀愛了。**

¶

有句關於喝酒的古諺：先啤酒後葡萄酒，你就不會有事；六杯啤酒再喝半瓶葡萄酒，你會醉到相信你想講的故事比其他任何事情都重要得多。

「是啊，所以，是啊，」安德魯口齒不清說，「……是啊。」

「你們在廚房裡？」伊茉根提示他。

「對，伊茉根，我們在！但我們又想檢查臥室，因為如果他們有錢通常就會藏在那裡——你知道的，現金，捲起來放襪子裡，或特易購袋子裡，塞在床墊下。所以總之，總之，我們進去裡面——對吧，佩姬？」

「嗯。」

「我們直到當時的印象還是那個人相當安靜，相當正常……」

「安德魯，我不確定這樣好不好……有小孩在……？」

「喔沒關係啦！」

佩姬在桌面下牽他的手緊捏一下。直到許久之後，他才發現那不是示愛，而是想要叫他別說了。

「所以，臥室裡只有一台電視，我意外把它打開發出聲音，仔細一看——」

「安德魯，我們聊點別的吧？」

「——他原本竟然在看一齣叫做《極樂正北方》的A片！」

佩姬跟他同時說話，淡化關鍵句的衝擊力。

「來吧孩子們，我們來玩牌好不好？」伊茉根說，「梅西，妳可以幫忙教蘇絲。」

梅西去拿牌時，安德魯——如同所有醉漢一樣——突然決定他必須盡量幫忙，同時要夠浮誇來引人稱讚。

「我去洗碗，」他堅決地宣布，彷彿自願回到燃燒中的大樓裡去拯救小孩子。過了一會兒，在他掙扎著想戴上清潔手套時，佩姬來到水槽邊找他。

「喂，你，輕量級選手，」她低聲說。她在微笑，但語氣中的堅定多少讓安德魯清醒了一點。

「抱歉，」他說，「有點失態了。只是……妳知道的。我覺得很……開心。」

佩姬想說什麼但是又忍住了。她改捏捏他的肩膀。「你去客廳放鬆一下吧？你是客人，不該做洗碗這種事。」

安德魯想要反駁，但這時佩姬站得更近了，她的手放在他手臂上，用拇指輕輕撫摸，這時，她要求什麼他都樂意照做。

女兒們和伊茉根短暫地丟下撲克牌，正在嘗試看他們玩唱童謠、拍手作手勢的遊戲速度可以有多快，她們的手變成一片模糊，在最後失去協調時一起竊笑起來。安德魯離開時聽到了她們對話的結尾。

「我們剛才吃的義大利麵，」梅西說。

「是，小寶貝，」伊茉根說。

「是有麵心的嗎？」

「我想是傑米・奧立佛牌的，親愛的，」伊茉根說，對她自己的笑話發笑。安德魯心想，**所以，至少我不是唯一喝醉的人**。他癱坐到沙發上，突然感到精疲力盡。這麼強烈的幸福感很累人，但他還是盼望這天永遠不要結束。他只是需要讓眼睛休息一下。

¶

在夢中，他在一棟陌生房子裡，穿著平常的防護裝進行著財產搜查，只是全身逐漸感覺緊得令人窒息。他想不起他應該尋找什麼；他感覺應該跟某些文件有關。「佩姬，妳說我們在找什麼？」他大喊。但她的回答很模糊，雖然他找遍每個房間，卻似乎找不到她。然後他迷路了——越來越多房間一直出現，所以每次他跨過門檻就進入了不認識的空間，他喊著佩姬的名字求救，他的防護裝開始收縮到快要令他昏迷的程度。有音樂聲——刺耳地走音，低沉到讓他全身顫動。是艾拉的歌，但她的聲音聽起來像減半速度在播放。**藍～月～你曾見我孤單佇～立～**。安德魯想要叫人來關掉它，放點別的東西——除了這首什麼都好，但是嘴巴又發不出聲音。接著，他突然身在自己的公寓裡，佩姬在角落背對著他，但當他走近大叫她的名字，音樂越來越響，他發現那根本不是佩姬，而是褐色捲髮，手拿著一副橘框眼鏡放在身邊的人，然後眼鏡從她手指間滑落，以慢動作掉向地面——

「安德魯，你還好吧？」

安德魯睜開眼睛。他在沙發上，佩姬俯身看著他，一手摸著他的側臉。

這是真的嗎？

「抱歉——我不知道該不該叫醒你，但你看起來好像作惡夢了，」佩姬說。

安德魯眨眨眼然後閉上。

「妳不用說抱歉，」他咕噥說，「……永遠……不用說抱歉。妳是拯救我的人。」

21

「相信我，會有幫助的。」

安德魯用顫抖的手從佩姬那裡接過一罐 Iron Bru，試探地啜了一口。

「謝謝，」他嘶啞地說。

「沒什麼比搭乘瀰漫著尿味的火車四個半小時更能治療宿醉了，」佩姬說。

蘇絲推推梅西，示意她摘下耳機。「媽媽剛說『尿尿』，」她說。梅西翻個白眼，回去繼續看書。

安德魯再也不喝酒了，這點他很確定。他的頭在脹痛，每次火車轉彎他就感到一陣恐怖的作嘔。但更糟糕的是昨夜的不完整記憶。他說了什麼？他做了什麼？他記得佩姬和伊茉根有點不悅的表情。那是發生在他因為覺得大家似乎都沒專心在聽，所以越來越大聲且急迫地試著展開一個句子三次（「我在……呃，總之，我在……我在」）的時候嗎？至少他成功爬上了床，而不是睡在沙發上，但是——**該死**——現在他突然想起來，佩姬幾乎是硬拖著他回房的。幸好，她沒有逗留太久看他繼續丟人現眼。理想上，他們現在應該在回想著剛在這趟旅程中經歷到的興奮與冒險精神，但安德魯不得不把注意力全部集中在別把內臟全部嘔出來。雪上加霜的是，坐在他後方的小孩最愛的殺時間方式，似乎就是狂踢安德魯的椅背，同時問他父親一連串越來越複雜的問題：

「爸，爸？」

「嗯？」

「天空為什麼是藍色？」

「呃……因為有大氣層。」

「什麼是大氣層？」

「就是那些防止我們被太陽燒死的空氣和氣體。」

「那太陽是用什麼做的？」

「我……呃……查理，不如我們去買隻玩具熊吧？比利熊到哪去了，嗯？」

希望比利熊是某種強力鎮靜劑的綽號，安德魯心想。他用意志力強迫自己昏迷，但是沒用。他發現佩姬正雙手抱胸看著他，表情難以解讀。他趕緊閉上眼睛，佩姬表情的印象緩緩消退。他陷入了一種不斷睡著但又會立刻驚醒的超痛苦循環。最後他勉強打了個盹，醒來時，本來預期至少已經到伯明罕南邊了，結果他們居然還卡在路上，因為火車還沒到約克就發生了故障。

「造成延遲非常抱歉，」司機說，「我們似乎遭遇了某種，呃，技術性延誤。」司機顯然沒發覺他忘了關掉播音系統，接著又從魔術師簾幕後偷瞄了乘客們一眼：「約翰？是啊，我們掛掉了。即使我們能撐到約克，還是必須讓大家在那兒下車轉乘。」

終於撐到轉乘站之後，安德魯和佩姬連同其他幾百個同樣處在「嘀咕」狀態的乘客連袂拖著行李下車，而當他們聽說要等四十分鐘才會有替代列車抵達時，又都同時升高到了「咒罵」的狀態。

剛才的小睡讓安德魯恢復了不少，已經可以有意識地帶著可怕的清晰思考他究竟搞砸到了什麼程度。他才剛在想著要如何謹慎地向佩姬提出他們或許可以，**你知道的，聊一下所有事情的可能性**，佩姬正好帶著女兒的洋芋片、蘋果，還有她和安德魯的咖啡從咖啡店回來，並說，「好啦，我們得談一下。」

她彎腰親吻蘇絲的頭頂。

「馬上就好，親愛的。我們只是去伸伸腿，但不會走遠。」

她和安德魯沿著月台走了一段路。

「所以說，」佩姬說。

「我先說，」安德魯趕緊說，咒罵自己插嘴但也急著盡快道歉。「昨晚的事我很抱歉——如妳所說我顯然是個羽量級。同時我也很清楚，在這種時候重蹈史提夫的覆轍實在太愚蠢了，現在我用性命向妳保證——不會再發生了。」

佩姬把手上的咖啡換到另一手。

「首先，」她說，「喝幾杯啤酒茫掉變得有點混蛋不會讓你變成史提夫。只會讓你有點混蛋。史提夫有真正的大問題。」她吹涼咖啡。「我沒告訴過你，但原來他是因為上班喝酒才丟掉工作的。他在抽屜裡放了一瓶伏特加，白癡。」

「天啊，真糟糕，」安德魯說。

「他會尋求專業協助，他是這麼說的。」

安德魯咬咬嘴唇。「妳相信他嗎？」

「我不太確定。其實，老實說，以目前的狀況看來，我唯一能確定的是，所有事情都一團混亂，絕對不可能有人能不受傷的。」廣播之前輕快的音樂鈴聲響起，月台上每個人都豎起耳朵，但那只是警告他們有一班火車不會停靠了。

「我知道事情很複雜，」安德魯說，因為這就像是大家在這種對話中會講的話。

「確實是，」佩姬說，「你或許看得出來最近我腦袋有點混亂。或許我講話顛三倒四，而且還有點，呃……魯莽。」

安德魯猛嚥一下口水。

「妳是說我們的事？」

佩姬把頭髮拉緊到腦後，然後放手。

「聽好，我不是在說我對昨天發生的事感到後悔，一秒也沒有，我是說真的。」後面一定還有「但是」。安德魯感覺得到它正在比駛近的火車更快速襲來。

「但是……情況是……」佩姬尋思著接下來該說什麼時，進站的火車發出熟悉的雙音符警笛，警告大家退後。「我只是在想，」佩姬走近安德魯說，嘴巴湊近他耳邊以便讓他在衝向他們的火車噪音中也聽得清楚，「我不希望你被誤導，這應該是一件美好的事。一件僅此一次的事。因為能認識你，能和你成為朋友是件很美好、很出乎意料的事……但我們也只能當朋友。」

火車隆隆通過，消失在隧道裡。安德魯非常希望自己身在那班車上。

「這樣合理嗎？」佩姬退後一步說。

「是啊，當然，」安德魯說，用他希望能輕鬆帶過的手勢揮揮手。佩姬抓住他的手。

「安德魯，請不要難過。」

「我沒有難過。真的。一點也沒有。」

他從佩姬看他的樣子能看得出來，這樣假裝實在沒意義。他的肩膀垮了下來。

「只是……我真的覺得我們有點感覺。我們不應該至少給它個機會嗎？」

「但是沒那麼簡單，不是嗎？」佩姬說。安德魯從未感覺過如此可悲的絕望。但他必須繼續，必須繼續嘗試。

「是，妳說得對。但不是不可能。我們可以離婚，不是嗎？那是個選項。有小孩等等的要顧慮，顯然會很困難，不過我們可以克服。找到辦法來組成家庭。」

佩姬舉起手掩嘴，張開手指蓋在唇上。「你怎麼會這麼天真？」她說，「在哪個宇宙會這麼順利、這麼快速，所有事情都安排得好好的，又不會有該死的痛苦？我們不是青少年了，安德魯。會有後果的。」

「我知道我操之過急了。但昨天一定有點意義，對吧？」

「當然有，可是……」佩姬咬咬嘴唇，花了一會兒鎮定情緒。「我必須為女兒設想，意思是，盡量確保我在最佳的心智狀態，才能隨時照顧她們。」

安德魯想說話，但佩姬搶先開口。

「而且，在此刻，根據我跟史提夫相處的經驗，即使這話不好聽，但我真正需要的是善心體諒、能夠支持我的朋友。我能夠信賴的誠實的人。」

¶

他們得到的承諾是替代列車，但實際上的意思只是，他們被迫擠上已經客滿的下一班車。這是弱肉強食的事情，但安德魯成功擠到了門邊的位子，讓佩姬和女兒們先上車，接著有些投機者搶在他之前溜了上去。結果，會合無望，他被迫很不舒服地待在車廂連接道，坐在他的紫色蠢背包上。對面的廁所門故障了，不斷滑開又關上，散發出混合了尿味和化學成分怪味的詭異氣息。在他旁邊，兩個拿 iPad 的青少年在看一部由男人噁心地化妝扮演著老女人放屁掉進蛋糕堆裡的電影，他們毫無一絲情緒地看著。

在他們終於抵達國王十字車站並狼狽地下車時，安德魯發現他的車票掉了。他根本懶得辯解，直接拿出他其實負擔不起的更多錢來補票，他們才讓他出站。在柵欄的另一側，蘇絲可想而知露出了小孩在長途旅行後一貫的暴躁苦瓜臉，但令安德魯驚訝的是，她在看到他之後，跑過來向上伸出手臂跟他擁抱告別。梅西則選擇比較正式但親切的握手。女孩們在爭吵著誰該吃剩下的草莓巧克力時，佩姬謹慎地走近安德魯，彷彿在看他是否想要繼續先前的對話。安德魯察覺到了這點，擠出安撫的微笑，佩姬放鬆地湊過來擁抱他。安德魯正要放開的時候佩姬抓住他的雙手。「我們可不能忘記，在這團混亂中，我們真的找到貝若了！」她說，「畢竟這是這趟旅行真正的理由。」

「當然，」安德魯說。這麼親密，實在太痛苦了。他決定假裝他的手機在響，道歉著退開並用一根手指壓在空閒的耳朵，彷彿要阻擋車站的噪音。他像柱子不動，仍然拿著手機貼在耳邊無聲地假裝交談，同時看著佩姬和女兒們離去，直到她們消失在人潮中。

¶

稍後，他站在這個星期內似乎老化了十年的自家破舊大樓外，考慮找個咖啡店之類的溫暖場地讓他能坐下來，至少再假裝個幾小時再回家。他回想起他離家時多麼無謂地匆忙，因為生活慣例的改變而感覺煩躁，但又因為能跟佩姬相處這麼久而興奮得暈眩。因為被背包拖累，他衝下樓梯跑出大樓之前差點沒時間關掉電腦。

最後他投降並進入室內，進入充滿著鄰居熟悉的香水味、牆上的磨損痕跡和閃爍燈光的公共走廊。

他正要開大門的鎖時，忽然發覺從裡面顯然正傳出一些怪聲。天啊，該不會是小偷吧？他咬緊牙根，把背包放到身前充當臨時盾牌，打開門鎖，猛力開門。

他站在昏暗中，心臟狂跳，發現聲音來自遠處角落的唱機。一定是他匆忙出門時忘了好好關機，所以唱針在跳，同樣的音符形成迴圈，正在反覆重播。

22

他名叫華倫，五十七歲，經過十一個月又二十三天才有人發現他死了。他活著的最後紀錄是到銀行去存入支票，隨後他回家，死掉，可憐兮兮地在蓋著蜂鳥圖案布套的沙發上腐爛。

那棟建築裡的其他一間公寓沒人住，說明了為何目前這股讓安德魯在踏入公寓之前就開始作嘔的臭味未能警告別人華倫死了。其實，他的屍體沒有拖到更久才被發現的唯一理由是，他直接扣款的房租和水電帳單在那個時候被拒絕了。有個倒楣的催收員——他顯然像個反恐探員般急迫地趕到這棟樓——透過大樓的信箱窺探才發現了那一大群蒼蠅。

佩姬在周日晚上通知他，也就是他們從諾桑伯蘭回來的隔天，說她患了「討厭的感冒」，因此明天沒辦法上班。其實，安德魯相當慶幸她沒陪他來。他不確定在發生那些事之後，在她身邊他是否還能夠表現正常。於是，他進行了幾個月來第一次的單獨財產調查，臉上戴著沾滿刮鬍水的口罩，作好了心理準備才進去。雖然他盡力作了準備，還是忍不住乾嘔起來。他把袋子放到地上，趕走被驚動而興奮起來的蒼蠅。他盡力加快工作，區分裝著雜亂腐爛的食物和髒衣服的垃圾袋，一面尋找著近親的跡象。他找了將近兩小時卻毫無收穫。找過尋常的地方之後，他還強迫自己檢查積了一層凝結脂肪的烤爐裡面，和只放著一瓶 Petit Filous 優格的空冰箱。最後，沒發現華倫有任何家人或藏匿現金的證據跡象的他，在離開後先回到自己的公寓，而非辦公室。他一進門就馬上剝掉衣服洗澡，把熱水開到他能忍受的極限拼命刷洗他的皮膚，用掉了一整瓶沐浴乳。同時掙扎著不去想到華倫。他活在那麼骯髒的環境，死前最後幾週的生活會是什麼情況？他向來認為自己在這些案例中偏好混亂而非整潔，但在純粹感官的層面上，實在很難接受怎麼有人能夠那樣生活。他的心智一定是糊塗到不知道那有多糟糕。這讓安德魯想起被煮死的青蛙，無法察覺水溫越來越熱。

稍後，他帶著渾身美體小鋪加上嘔吐物的氣味回到辦公室，抵達時，發現卡麥隆正坐在梅瑞迪絲的瑜珈球上，閉著眼睛沉思，身旁的馬克杯裡有看似沼澤水的東西在冒著蒸氣。

「哈囉，卡麥隆，」安德魯說。

卡麥隆繼續閉著眼，讓安德魯看他的手掌，活像一個夢遊的交通警察在攔停想像中的車輛。空間不夠讓安德魯擠過瑜珈球到他的座位上，所以他必須等待卡麥隆完成他在做的不知什麼鬼玩意。最後，卡麥隆用力吐出悠長的一口氣，安德魯還以為是瑜伽球被刺破了。

「午安，安德魯，」卡麥隆說，爬下過大的塑膠罣丸並起身，同時盡力保持著尊嚴。「財產調查怎麼樣了？」

「說真的，可能是我做過最惡劣的案例了，」安德魯說。

「我懂了。那麼你有什麼感受？」

安德魯懷疑這是不是陷阱題。

「呃……難過。」

「很遺憾聽你這麼說，」卡麥隆說，捲起袖子到手肘，然後改變主意又放下來。「今天沒有佩姬，真可憐。」

「是啊，」安德魯說，癱坐到他的椅子上。

「梅瑞迪絲和基斯請了兩天假，」卡麥隆說，用手指摸過安德魯的螢幕頂上。

「嗯哼。」

「意思就是只有我們兩個了……捍衛老堡壘。」

「是，」安德魯說，不確定他想說什麼，懷疑自己該不該建議卡麥隆，邁向啟蒙的下一步最好是強制閉嘴一段時間。不過情況清楚得可怕，卡麥隆有某種企圖。安德魯看著他作勢走開然後誇張地表演改變主意，彈一下手指後轉過身來。

「其實呢，你介意我們聊一下嗎？你想要的話，我可以幫你泡杯藥草茶。」

安德魯不知道哪個比較糟，是跟這個蠢蛋不知道要聊多久，還是他剛把那個字發音成了「妖草」。

他不在的期間休息區有了進化。沙發上有藍色和紫色的靠枕，有一本關於超驗冥想的休閒書，被精心放置在原本咖啡桌位置的一個懶骨頭上。安德魯只慶幸沒有明顯用來掛風鈴的鉤子。

「你期待週四晚上嗎？」卡麥隆問。

安德魯茫然望著他。

「輪到梅瑞迪絲主辦晚餐聚會了，」卡麥隆說，顯然很失望安德魯忘了。

「喔，是，當然。應該會……很好玩。」

「你真的這樣覺得嗎？呃，我知道克拉拉跟我主辦的那次有點好笑……」

安德魯不確定是否該表示同意所以保持沉默。「但我相信這次會辦得比較平順，」卡麥隆說。

他們喝著茶，安德魯冒險看了一下手錶。

「其實我很高興只有我們在，」卡麥隆說，「讓我有機會跟你交流交流。」

「好，」安德魯說，抗拒慘叫出聲的衝動：**如果你的意思是「談話」，就直說「談話」就好。你這令人抓狂的小混蛋！**

「你應該還記得前陣子我在簡報的時候，螢幕上出現了一個通知。」

裁員。最近發生的事情太多，安德魯幾乎沒空想這回事。

「老實說，」卡麥隆繼續說，「我真的不知道是我們部門剩下的人必須分攤更多工作了，還是另一個部門。」

安德魯在座位上坐立不安。「卡麥隆，你為什麼跟我說這些？」

卡麥隆向他露出特別絕望的苦笑，牙齒全露出來了。

「因為，安德魯，我腦中一直想著這件事，讓我無法專心，我感覺必須在這裡找個人說句話，也因為……我們是朋友，對吧？」

「當然，」安德魯說，歉疚地迴避卡麥隆的目光。既然卡麥隆告訴他這些話，是否表示他是安全的？當他發現意思是佩姬可能會被裁掉時，他的樂觀迅速消失。

「謝謝，老兄，」卡麥隆說，「我覺得說出來之後如釋重負。」

「很好，很好，」安德魯說，猜想或許這時他該試著幫佩姬說些好話。

「那麼，你家人們都還好嗎？」卡麥隆說。

這個問題讓安德魯措手不及。麻煩的是，安德魯愣了一會兒才發現卡麥隆是在指黛安和孩子們。他想回答，但是腦中一片空白，沒有假故事或新聞照例浮現。**快點，動腦！像平常一樣亂掰點東西**。

「呃……」他說，然後，害怕卡麥隆把他的遲疑當作是發生了什麼壞事，趕緊接著說，「他們很好。都很好，真的。是說……」他站起來。「……我真的有很多事要做，所以我最好回去幹活了。抱歉。」

「喔，如果你——」

「抱歉，」安德魯又說，匆忙走開時差點被地上亂放的抱枕絆倒，突然感覺喘不過氣，及時趕到廁所把膽汁咳進洗手槽裡。

¶

這天晚上，他和 Bambam、TinkerAl 和 BroadGaugeJim 聊天，努力不去想跟卡麥隆的對話。像那樣突然當機太恐怖了。或許他只是因為在追求佩姬而變得生疏了。他忽略了他的「家庭」，他仰賴支持的人，他有股深刻又逼真的罪惡感。這個感覺的力量麻煩到可怕。**這，樣，不，正，常**，他告訴自己，用指甲挖自己的大腿。

他很不好意思地打斷次級版目前的對話（「哪種橡膠處理的馬毛最適合用來做灌木叢景觀？」），但他沒有別的地方可去了。

「各位，不想打壞你們興致，但是還記得我跟你們說過最近跟我很合得來的那個人嗎？原來有不只是友誼的東西，但現在我搞砸了。」

BroadGaugeJim：「很遺憾聽到這些，T。怎麼回事？」

Tracker：「這有點複雜。她生活中還有別人。但這還不是主要問題。基本上，我一直對她隱瞞了某些事，但我知道如果我坦白，她可能就再也不會跟我說話了。」

BamBam67：「哎呀，聽起來真的很嚴重。」

TinkerAl：「棘手問題，老兄。我會這麼說——你對她誠實以告不是比較好嗎？或許你說得對——她可能不會再跟你說話，但即使只有微小機會她能接受，那不就值得爭取嗎？這次你們在一起待了整個星期耶！我知道有點老套，但是愛過又失去不是比較好嗎？」

不協調的〈藍月〉歌聲瞬間響起，尖銳刺耳的反應和他太陽穴的刺痛嚴重到讓他不禁滑到地上，雙手抱頭，雙膝縮在胸前，等著痛苦退去。

¶

那一夜他睡得不好。他耳朵痛又喉嚨乾癢，全身也開始作痛。他清醒地躺在清晨中，聽著雨滴敲擊窗戶，想起佩姬，想著他是不是被她，或只是其他一個陌生人，給傳染了感冒。

23

隔天佩姬仍然請病假。安德魯傳過簡訊問她有沒有好一點了，但沒有回音。他患的感冒演變成某種剝奪著他的精力，且讓他難過得睡不著的東西。他只能坐在被子下顫抖或冒汗，心不在焉地看動作片，每部片的主旨似乎都是如果你開車開得夠快，就會有女士願意為你脫衣服。

隔天早上他在上班途中，感覺好像在黏稠爛泥裡跋涉，突然想起這天是艾倫・卡特的喪禮。他強迫自己掉頭攔了一輛計程車。

牧師是個眼神慵懶的矮胖子，在教堂門口迎接他。

「親屬嗎？」

「不，是市政府，」安德魯說，從牧師說話的無禮程度慶幸自己不是親屬。

「唉，當然了，」牧師說，「呃，裡面有個女士。但看起來不會有別人來了，所以我們最好開始吧。」他舉起拳頭到嘴邊遮掩打嗝，臉頰像青蛙脖子般鼓起。

貝若坐在空蕩蕩教堂裡的前排。安德魯把襯衫塞進去撫平頭髮同時走過走道。「哈囉，親愛的，」他走到她身邊時貝若說，「天啊，你還好嗎？你看起來好憔悴。」她用手背摸摸他的額頭。

「我沒事，」安德魯說，「只是有點累而已。妳好嗎？」

「還不錯，親愛的，」貝若說，「我必須說，我很久沒進教堂了。」她壓低聲量到耳語。「我不太算是樓上那個鬍鬚哥的信徒。老實說，艾倫也不是。我相信他會覺得這一大堆廢話很好笑，真的。你知道佩姬會不會來嗎？」

「我看恐怕不會，」安德魯說，回頭看向門口，以防萬一。「很不巧，她身體不適。但她問候妳。」

「喔好吧，別擔心，」貝若說，「我們可以分到更多。」

安德魯不太確定貝若的意思，直到低頭看到她拿著一個裝滿了杯子蛋糕的塑膠盒。猶豫片刻之後，他拿了一個。

牧師現身，又忍住另一次打嗝，安德魯開始害怕佈道會發生惡劣的狀況，但幸好牧師講得也算夠誠懇。儀式的唯一差錯是有個戴棒球帽、穿防水褲的男子——安德魯猜是園丁——推開了教堂大門，用大家都聽得見的音量小聲說「喔，糟糕」，然後又溜了出去。

即使有這個干擾，貝若也一直維持鎮定。或許因為安德魯的個人投入多過平常，他專心聆聽著牧師的話，不知不覺差點落淚，令他很尷尬。他感到一陣羞恥——他跟這人素昧平生；他沒立場哭。但是罪惡感只讓情況更糟，最後他忍不住掉了一滴眼淚流過臉頰。幸好，他在貝若看到之前就擦掉了。如果她問他怎麼眼睛浮腫，他準備推託說是因為感冒。

牧師叫他們跟著朗誦主禱詞的時候，安德魯突然發現他並不是為了艾倫，也不是為了貝若而哭的——他其實是為了自己的未來，死後在空蕩教堂裡無人哀悼的儀式，只有牆壁聆聽牧師的敷衍話語。

¶

他們禮貌但僵硬地向牧師道別（貝若說，「我不太相信握手那麼用力的人，你會覺得他們是在過度補償什麼。」），然後挽著手臂走過教堂庭院小路，安德魯問貝若她是否需要人陪她回車站。「別擔心，親愛的。其實我還要去拜訪兩個老朋友。關鍵字是老：我想最近他們大概只剩七顆牙了，雪拉和喬治。」

他們走到了小路終點。大風吹過豎立在教堂圍牆內的雄偉紫杉樹枝。時節剛進入九月，但是諾桑伯蘭那個莊嚴的八月天已經像是很久以前了。

「我走之前你有空喝杯茶嗎？」貝若說。

安德魯抓抓後腦。「很遺憾地可能沒有。」

「時光不等人，嗯？但是，加油。」貝若在她手提包裡翻找出紙筆。「我還會再待幾天。你把電話號碼給我。我有大到像磚頭的老太婆特製手機，或許我們可以過幾天再碰面什麼的。」

「那就太好了，」安德魯說。

又一陣強風襲來，這次更猛了。貝若調正她的帽子，牽著安德魯的手。

「你是個好人，安德魯，今天還跑來。我知道我們艾倫會很感激的。請保重。」

她走掉，在風中顯得好脆弱，但走了幾步她又停下走回來。

「拿去，」她從提包裡挖出那盒蛋糕說，「拿去分給佩姬，好嗎？」

24

安德魯彎腰去確認，但是沒有別的可能了：他看到一隻死老鼠。

他剛本來是在找水桶，因為後方樓梯間的天花板上有個無法辨認的小孔在漏水。卡麥隆打過電話給維修人員，但被他們隨意敷衍掉了。他的反應是緊閉著雙眼，低聲反覆默唸某種經文。

「馬上回來，」安德魯說，緩緩退開。

他一打開廚房水槽底下的櫥櫃，就聞到了熟悉的死亡惡臭，果然，有隻老鼠仰躺在漂白水瓶和一件螢光外套之間。這不算是安德魯的職務範圍，但他不能放著不管，於是他戴上洗碗手套抓著尾巴把牠撿了起來。他瞥見咖啡機的光滑表面上自己的扭曲倒影，也看到老鼠正來回晃動，他彷彿在表演某種可怕的催眠術。他不想打擾卡麥隆正在進行的正念儀式，唯一的選擇就是穿過辦公室走出大門，再找個地方把死老鼠給丟了。可怕又湊巧地是，他很勉強地一路走到大門口都沒遇到任何人，卻看到佩姬迎面走來。她正忙著收傘，安德魯瞬間決定打開他的外套口袋，把老鼠塞了進去。收好傘之後，佩姬拍拍安德魯然後走了過去。

「哈囉，」她說，「還好嗎？」

除了有隻死老鼠在我口袋裡嗎？

「是，還好。沒什麼新鮮事，真的。妳好點了嗎？」

他是真心想問這個問題，但在慌亂中聽起來好像在諷刺。幸好，佩姬似乎沒這麼想。

「對，好多了，」她說，「今天情況怎麼樣？」

「喔，就跟平常一樣。」

我口袋有老鼠，我口袋有老鼠，我口袋有老鼠。

「基斯和梅瑞迪絲呢？」

「還沒進來。」

「感謝上帝的小慈悲。我們還沒被革職吧？」

「就我所知沒有。」

「嗯，太好了。」

安德魯認識佩姬以來頭一次，發生了尷尬的冷場。

「呃，我該進去了，」佩姬說，「一起來嗎？」

「好啊，」安德魯說，「我得去……待會裡面見。」

他把老鼠丟在停車場角落的草叢裡。他回到室內後往窗外看，看到基斯正騎著小機車抵達老鼠墓地旁邊。他的體型和車子形成的強烈對比，令安德魯想起小丑騎著那種腳踝高度的迷你腳踏車。短短半分鐘後，梅瑞迪絲也開著她的芥末黃色掀背車來停車，安德魯看著她跟基斯害羞地看看周圍然後親了親嘴，基斯雙手抱著梅瑞迪絲，同時也吻得越來越激情，看起來她宛如掉進了流沙裡。

¶

安德魯想要幫華倫寫篇訃聞，但一直分心偷瞄著佩姬，雖然她先前保證她感覺好些了，看起來還是很蒼白又疲倦。不過這或許跟被迫必須聽梅瑞迪絲吹噓她剛去過的某種「迷你度假村」有關。他考慮過要去拯救佩姬，但現在情況感覺很不一樣。他無法忍受想到他走近時她又會謹慎地微笑，擔心他可能想要提起諾桑伯蘭發生的事。他改拖著沉重腳步到廚房去泡茶。有人把牛奶用光了，還把空紙盒放回冰箱裡。安德魯衷心希望無論那是誰——老實說吧，一定就是基斯——很快就會赤腳踩到朝上的插頭。從廚房門口他看得到卡麥隆的辦公室裡。卡麥隆正坐在他的電腦前，高舉雙臂，猛捏兩手握著的壓力球。他看到安德魯，愁眉苦臉轉變成了某種苦笑，跟嬰兒在尿布排泄時的表情變化很類似。至少今天不可能更糟了，安德魯心想，卡麥隆彷彿看穿了他的心思，在椅子上轉過身來結束這一刻。

「別忘了，各位，今晚是第二次晚餐聚會。」

25

安德魯正躲在梅瑞迪絲家對街的路樹後面一面往外窺探，一面摳掉他在街角商店找到的最便宜葡萄酒瓶上的價格標籤。他不是專家，但他相當確定拉脫維亞不是以它的玫瑰酒聞名。

他調適著焦慮，準備進去。卡麥隆自從那段關於裁員的對話以來一直安靜得可疑，雖然他們應該是「朋友」，但安德魯絕對不會再假設自己是安全的了。今晚他必須有最好的表現。卡麥隆繼續不成比例地在長篇大論這些愚蠢的晚餐聚會，所以如果假裝成喜歡談論學校接送區的人，會比說出餡餅似乎烘烤不足讓他站在更有利的地位，那就這麼辦吧。

在他正要過馬路時，有輛汽車駛來停在門外，他縮回去，看到佩姬爬出前座，向後座的梅西和蘇絲揮手道別。車窗降下來，安德魯聽到史提夫粗魯的聲音。佩姬轉身探進車窗裡，拿出史提夫遞過來的包包，車裡的光線只夠讓安德魯看到他們親吻。在佩姬進門之後，他看著史提夫捏爆他的指關節，然後從置物箱裡拿出無疑是個隨身小酒壺的東西喝了一大口，之後駕車離去，輪胎在柏油路上晃動。

¶

梅瑞迪絲來開門，親吻安德魯的兩頰，他對這種迎接很無感，彷彿他是某個她為了求幸運而親吻的雕像。梅瑞迪絲開心地告訴他，透過隱藏式喇叭在整個家裡播放的音樂，是個名叫「麥可・布雷」的人的作品。

「是爵士樂！」她接過他的葡萄酒時說。

「是嗎？」安德魯說，四處尋找尖硬的東西想要撞牆。

這房子看起來好像是由某個可能會用納粹支持者來命名馬匹的人所設計的裝潢。其餘同事都到了。基斯穿著灰色西裝配紫色領帶，大半個領帶結都被他脖子的皺褶給遮住了，讓安德魯挺驚訝的。他看起來開心得令人煩躁。卡麥隆已經坐在餐桌邊喝著一大杯葡萄酒，穿著解開了三顆鈕扣的白襯衫，露出斑白的胸毛，手腕上還戴著木製念珠手環。

安德魯遇到剛從洗手間回來的佩姬，他們都想讓路給對方通過，上演了沒完沒了的尷尬換位。

「這樣吧，我就站著不動、閉上眼睛，直到你找到路過去，」佩姬說。

「好主意，」安德魯說。他經過她時好像聞到了新的香味——溫和又清新。不知何故這比目睹接吻更令他深受打擊。他感覺腸胃好沉重。

「我想我們先來玩個小遊戲，放鬆一下吧。」大家在餐廳到齊之後，梅瑞迪絲說。

喔太棒了，安德魯心想。

「我們所有人輪流，各說一個字，直到構成一個故事。任何主題都行。第一個接不下去或笑場的人就算輸。安德魯，不如由你開始吧。」

喔天啊。

安德魯：「好吧，嗯：我們」

佩姬：「都」

卡麥隆：「去」

梅瑞迪絲：「了」

基斯：「梅瑞迪絲」

安德魯：「家」

佩姬：「而且」

卡麥隆：「我們」

梅瑞迪絲：「都」

基斯：「覺得」

安德魯：「很煩」

安德魯看向佩姬。她幹嘛這樣瞪著他？意思是她輸了嗎？然後他才驚覺自己剛才說了什麼。

謝天謝地，佩姬出手解救，機械式地大笑起來好讓遊戲結束。晚餐本身平安無事地結束。梅瑞迪絲上了幾道菜，全都好像以修剪過的樹枝為主題的各種衍生版，讓安德魯餓得要命。他慢慢喝掉了他的大半瓶拉脫維亞葡萄酒，意外地好喝（所以他不但小氣還種族歧視），用手指敲打桌面，同時聽其他人談論著他沒看過的北歐犯罪套裝影集。梅瑞迪絲在發表想法之前先說「這不是爆雷」，然後透露了一個主角之死，兩個劇情轉折，還有全劇最後一幕的對話。於是，他決定這齣劇他應該不必看了。

卡麥隆還是像平常一樣活潑，逐漸往光譜的輕浮那端移動。安德魯原本不覺得他的行為特別異常，但這時卡麥隆站起來去廁所，腳步虛浮，抓著櫥櫃支撐，然後不穩定地歪扭著走出餐廳。

「他早到了一小時，」梅瑞迪絲開心地耳語，「你們一定不會相信他竟然迷上了馬爾貝克葡萄酒。我猜是在天堂住家裡跟克拉拉出了什麼麻煩。」

「今晚妳男朋友怎麼不在？」佩姬問，這時基斯正好伸手想撥掉梅瑞迪絲袖子上的麵包屑。他用力縮手，但被梅瑞迪絲一把抓住，像動物園裡被餵了一塊肉的獅子，把它拍到桌下，跟他手指相扣。

「呃，其實，」她說，「我——我們——原本想等到吃完自製泡芙之後的，但我們有話要告訴你們。」

「你們上床了？」佩姬忍住打呵欠說。

「呃，沒必要講得這麼粗魯，」梅瑞迪絲說，臉上擠出微笑。「不過，對，基斯跟我成為正式夥伴了。也就是情人，」她補充，以防有人以為他們打算成立一家公司之類的。

餐廳門打開撞到牆壁，卡麥隆蹣跚地走回他的座位。「我錯過了什麼嗎？」他說。

「看來他們兩個成為『情人』了，」佩姬說。安德魯想幫她倒酒，但她伸手遮住杯口搖搖頭。

「呃，這……我是說，好……祝福你們，」卡麥隆說，「這就是我說的團隊情感啊！」他對自己的笑話沙啞地笑了起來。

「基斯，你介意到廚房幫我一下嗎？」梅瑞迪絲說。

「喔，好啊，」基斯說，表情恢復熟悉的斜視。

「我要去透透氣，」佩姬說。她看著安德魯抬起眉毛。

「我也想去，」安德魯說。

「好一個驚喜，」基斯低聲說。

「什麼？」佩姬說。

「沒事，沒事，」基斯說，辯護地舉起雙手。

他們四人站起來，卡麥隆困惑地抬頭看著他們，像迷失在人潮中的小男孩。

到了戶外，佩姬拿出一根菸，也給了安德魯一根，他沒打算抽但還是接受了。

他放下手臂，讓菸燃燒，看著佩姬深吸一口。

「基斯真是個厚臉皮的白癡，」佩姬說，仰起頭吐煙。安德魯又聞到一絲她的新香水味，感覺自己好像也站不太穩了。他不確定為何會受到這樣的影響。因為沉默難以忍受，他亂哼著一些音符。

「幹嘛？」佩姬說，似乎以為這是表示他不同意她對基斯的評論。

「沒事，」安德魯說，「如妳所說，他是個白癡。」

佩姬又吐煙。「你沒有……跟他說過什麼吧？」

「不，當然沒有，」安德魯戰戰兢兢地說。

「嗯。很好。」

這太慘了。聽到佩姬在懷疑他們的秘密曝光時語氣中的擔心，心知她的主要顧慮是這會危害到她和史提夫的協議，真是折磨。他該告訴她他看到史提夫開車離去時在喝酒嗎？無論他們之間發生了什麼事，她肯定有權知道史提夫有沒有騙她，尤其他是否會危害到女兒們。佩姬懷疑地打量他。

「先把話說清楚，你不會做什麼傻事吧？不會被裡面那兩個白癡刺激到去做一些瘋狂的宣示吧？因為相信我，行不通的。」

這次，安德魯感到的是憤怒。他可沒有要求要來這裡站在寒風中，被這樣子羞辱。

「喔，別擔心，」他說，「我作夢也沒想過要破壞妳的好事。」

佩姬抽完最後一口菸，把菸蒂丟到地上，用靴跟踩扁，向安德魯露出堅決的表情。

「告訴你吧，」她說，語氣嚴厲到讓安德魯退了一步，「這個星期對我來說很不好過。其實挺累人的，主要因為我花了很多時間在對我的婚姻做卡麥隆那白癡無疑會稱作一種「徹底檢討」的事情。但是幸好，在一番痛苦之後，結果是史提夫振作了起來，決定再度當個丈夫和爸爸。對我來說非這樣不可。沒有其他選擇。我沒立場這麼說，但你如果對黛安不滿，或許你也必須跟她誠實地對話。」

安德魯原想讓她回屋裡去，但最後一句話傷他太深，讓他忍不住了。

「剛才我看到史提夫送妳過來，」他脫口而出，「跟女兒們在車上。」

「然後呢？」佩姬的手放在門把上說。

「妳進去之後他拿出一個隨身酒壺。」

佩姬低下頭。

「對不起，」安德魯說，「我只是認為妳應該知道。」

「喔，安德魯，」佩姬說，「我們以前談過那麼多事——關於當朋友，互相支持……對你沒有任何意義嗎？」

「什麼?當然有。」

她哀傷地搖頭。

「但你認為騙我也沒關係？」

「不，我……」

但佩姬沒留下來聽他說完，走進屋裡用力關上門。

安德魯站著聆聽裡面傳出來的模糊音樂片段和講話聲。他看著佩姬的菸在地上悶燒，發現他自己的菸還拿在手上。他看準了把他的菸丟到她的上面，再用腳跟一起踩熄。

¶

當晚剩下的時間他陷入自閉，想像著把他所有的艾拉唱片和他擁有的那些模型火車零件通通整齊地排在地上，掙扎他可以忍受賣掉哪些。或許是《Souvenir》專輯吧。那可能是他最少聽的唱片。那輛 DB Schenker Class 67 狀態也不太好，他猜想。看起來還是很雄偉，但無論他怎麼維修，總要至少憂鬱地減速暫停個一兩次，才能跑完一圈軌道。

佩姬悶悶不樂地靜坐，卡麥隆、基斯和梅瑞迪絲進入把較量優越感偽裝成打趣的酒醉階段。大家吹噓著酒量，還有見到過名人的陳年傻事，還有最詭異的，大談性經驗。

「快講，快講，」基斯抬高音量壓倒眾人說。先前梅瑞迪絲公開他們的關係之前，他似乎異常尷尬，但這時他放鬆恢復本性，拉出襯衫下擺、解開領帶，好像週五便服日的蟾蜍先生。「這裡有誰在公共場所做過？」他說。

迄今安德魯一直悶聲吃飯，逃避著加入，偶爾微笑或點頭，製造他有在參與對話的印象。但現在大家餐盤都空了，他無處可躲。基斯對上他的眼神，安德魯馬上知道他不會放過糗他的機會。

「來吧，安迪小子。你和你老婆在一起多久了？」

安德魯啜一口開水。「很久了。」

「那說說看，你們有沒有……？」

「我們有沒有什麼？」

「在公共場所做那檔事！」

「啊。呃。沒有。就我所知沒有。」

梅瑞迪絲對著她的酒杯竊笑。卡麥隆也笑了，但他迷濛的眼神暗示他早已經醉到根本不知道發生了什麼事。

「就你所知沒有？」基斯說，「安德魯，你不知道性愛是怎麼回事嗎？那可不是能瞞著自己做的事。」

「呃……要看你的彈性而定，」梅瑞迪絲說。她對自己的笑話傻笑時，安德魯告退去上廁所。「別以為我們會忘了你，」基斯在他背後喊。

安德魯不急著回到那已經變成學校操場的餐廳，但梅瑞迪絲的浴室有點令人不安——他是指那些她和她現在應該已經算是前男友的照片。拍得很專業——許多蓬鬆的白色長絨地毯和不自然的肢體語言。安德魯看著雄赳赳地向鏡頭微笑的男子，猜想當下他在哪裡。或許他出去跟朋友們借酒澆愁了，面露同樣的僵硬笑容，告訴大家說不對，真的，老實說，這是我碰過最好的事情了。

回到餐廳，狀況沒有要冷靜下來的跡象，不過卡麥隆好像是醉倒了。基斯站在他旁邊拿著馬克筆，顯然準備在他臉上畫東西。梅瑞迪絲在他旁邊，像剛學會獨自站立的幼兒一樣蹦蹦跳跳，又興奮地揮舞她的手臂。安德魯走近餐桌，看到佩姬顯然失去了耐性，正大步走向基斯，準備搶下他手上的筆。

「喂！」基斯抽開他的手說，「別這樣，只是開個玩笑。」

「你還可以再幼稚一點嗎？」佩姬說。她過去再次嘗試搶筆，但這次梅瑞迪絲擋住她，眼神嚴厲地捍衛基斯。「我不知道妳有什麼毛病，緊張太太，」她低聲說。

「喔，我不曉得，」佩姬說，「或許就像妳先前很有良心提到的一樣，他真的是跟他老婆不太和。只因為你們倆看來很幸福，不表示妳有權羞辱他。」

梅瑞迪絲把頭歪向一側挺出臀部。「嗯哼，妳聽起來壓力很大。妳知道妳需要什麼嗎？一堂好瑜珈課。我知道一個好地方——Synergy——我上週剛剛去過，能讓妳消除所有的挫折感，怎麼樣？」

「Synergy」？**爲什麼聽起來那麼耳熟**？安德魯心想，一邊慢慢繞過餐桌站到佩姬旁邊。他打算嘗試緩和局面，但佩姬另有想法。

「你知道嗎？」她說，「這幾個月每當我必須和你們共處一室，唯一能帶給我愉悅的事情，就是試著猜想你們倆看起來像什麼東西。」

「佩姬——」安德魯說，但她舉手制止。不容輕視的手勢。「我可以非常樂意地說，我終於有了結論，因為現在很清楚了，基斯，你看起來就像香菸盒上的健康警示。」

梅瑞迪絲發出怪異的咕嚕聲。

「至於妳呢，嗯，妳看起來像小狗被要求畫一匹馬的結果。」

安德魯雖然欣賞基斯和梅瑞迪絲的表情，但他知道這段沉默是他阻止情勢失控的最後機會。

「聽我說，」他說，音量大到自己也嚇了一跳。「還記得我們在卡麥隆的簡報上看到的裁員那件事嗎？如果他要作決定，你們真的以為這種行為會讓你們有好結果嗎？我知道他有時是個白癡，但他仍然是在場最重要的人。」

在這瞬間，卡麥隆開始打呼。

「哈，是啊，現在他看起來真的很重要，」基斯嘲弄地說，「你只是照例在他媽的害怕罷了。而我呢，已經厭倦要努力假裝他不只是一泡黃菊茶變成的尿了。讓他開除我吧，看我在不在乎。」

他用牙齒咬下筆蓋，吐到地上，更加虛張聲勢。梅瑞迪絲第一次顯得不安，安德魯關於裁員的話顯然至少有讓她聽進去了。安德魯和佩姬互看一眼。他想跟她說他們最好一走了之，讓這兩個白癡自尋死路。但他來不及說話，佩姬已經衝向基斯把筆搶走。

「賤人，」基斯罵道，想抓佩姬但是被她閃過。

「喂！」安德魯大喊著衝過去，過程中臀部撞到了桌子。佩姬避向一側，然後回來爬到椅子上把筆高舉，基斯和梅瑞迪絲伸長了手想搶。如果這時有陌生人走進來，或許會以為他們正嘗試在跳什麼怪異憤怒的土風舞。安德魯加入混戰時，佩姬用腳推開基斯讓他踉蹌後退。安德魯看見基斯眼中的怒火，他回來撲向佩姬時，安德魯本能地伸手用全力把他推開。基斯失去平衡，往後撞到牆壁發出可怕的兩下撞擊聲，接著他的頭撞上門框。

在這瞬間，同時發生了幾件事。

卡麥隆驚醒了。

基斯伸手摸摸後腦，看看他指尖上的血，接著立刻咚的一聲癱倒在地。梅瑞迪絲尖叫。

還有，安德魯終於頓悟了——她說的是 Cynergy 瑜珈教室，不是 Synergy——他感到手機在震動，從口袋掏出來。是卡爾。

26

安德魯不確定他在浴缸裡待了多久（還有一開始他為何決定要放熱水），但他小心翼翼泡進去時感覺熱得發燙，不過現在已經只剩微溫了。他在客廳放了艾拉的歌，但浴室門關著，所以他只能勉強聽到音樂。他考慮過要去把門打開，但是像這樣體驗音樂又有所不同，他必須專注訓練自己的耳朵才能聽見每個音符變化，歌聲變調的每個微弱轉折，彷彿第一次聽一樣。他徹底拜倒在艾拉經過這麼多年還能令他驚喜興奮的能耐下，但現在唱片播完了，每當他改變姿勢，就感到水的寒冷滲入他的肌膚。

他不太記得當晚稍早是怎麼離開梅瑞迪絲家的。他蹣跚走出來，手機鈴還在響，隱約聽到梅瑞迪絲在尖叫「他殺人了！他殺人了！」同時佩姬努力冷靜地向救護人員說明著狀況。他記得的下一件事就是磨損的痕跡、日光燈管和他鄰居的香水味。或許他太震撼了。

他終於鼓起勇氣爬出浴缸，全身裹著浴巾顫抖著坐到他的床上，看著他剛才棄置在角落地上的手機。卡爾打來第三次之後他就把手機關了，但他知道不理他也無法拖太久。卡爾和梅瑞迪絲。梅瑞迪絲和卡爾。卡爾現在打給他不可能只是巧合。然後還有基斯。或許他該先打給佩姬，看看事態如何。他絕不可能把他傷得那麼重吧？

他拿著手機走進客廳坐下，在兩個號碼之間切換，猶豫不決。終於，他按了撥號鍵。他用指甲掐著手臂，等待卡爾接聽，恐怖的絕對寂靜。他突然很想要打破靜止，衝到他的唱機前笨拙地放下唱針，讓艾拉的聲音瀰漫室內。那是他能得到最接近支援的東西了。他繞著8字形的火車軌道走，鈴聲還在響。

「哈囉，安德魯。」

「哈囉。」

一陣沉默。

「怎樣？」安德魯說。

「什麼怎樣？」

「我回電了，卡爾。你想做什麼？」

安德魯聽到卡爾的吞嚥聲。無疑是噁心的蛋白質奶昔。

「上週我遇到你的一個同事，」卡爾說，「梅瑞迪絲。」

安德魯的頭發暈，緩緩地跪倒在地。

「她來上我的瑜珈課。生意不太好，所以只有她和其餘幾個人。當然，我們一直沒錢好好打廣告。」

「是喔，」安德魯說，懷抱微弱的希望卡爾不會正在打著他猜想的那個主意。

「我們在課後聊了一下，」卡爾說，「其實有點尷尬。她突然開始大談她正在進行中的悲慘外遇。我不知道她怎麼會以為我有興趣。我急著想擺脫她，但是接著，突如其來，她提到了她的職場。真想不到，就是你那邊。世界真小，不是嗎？」

安德魯考慮掛斷。他可以從手機裡拔出 SIM 卡沖下馬桶，然後就再也不用跟卡爾講話了。

「安德魯，你還在嗎？」

「在，」安德魯咬牙切齒地說。

「很好，」卡爾說，「我以為有人讓你分心了。或許是黛安。也可能是孩子們。」

安德魯空閒的手握成拳頭，然後猛咬它直到他感覺到了血腥味。

「我們記憶扭曲的方式還真奇妙，」卡爾說，「因為我敢發誓你獨居在老肯特路上的小套房裡，你已經……呃……很久沒交女朋友了。但是據這位梅瑞迪絲說，你幸福已婚，有兩個小孩，還住在高級街屋裡。」卡爾顫抖壓抑著憤怒的聲音。「這只有兩種解釋。要不是梅瑞迪絲嚴重搞錯了，不然就是你一直在騙她，還有天曉得其他的誰，說自己有老婆小孩——天啊，我真希望是前一種，因為若是後者，那我想這或許是我聽過最可悲、最糟糕的故事了。我只能想像你的上司要是發現了會怎麼想。你經常跟脆弱的人一起工作，也為市政府工作。我無法想像揭穿這種事會有什麼好結果，你呢？」

安德魯把手從嘴上移開，發現皮膚上有著卡通式的咬痕。他腦中浮現莎莉為了抗議他們的母親斥責她，而把吃了一半的蘋果丟過樹籬的回憶。

「你想幹什麼？」他低聲說。起初沒有回應。只有兩人的呼吸聲。然後卡爾開口。

「你毀了一切。莎莉原本可以復原的，我知道她可以，只要你做對的事情就好了。但她已經走了。你猜怎樣？今天我跟她的律師談過了，她說那筆錢——安德魯，我提醒你，那是莎莉的畢生積蓄——近期內就會付給你。天啊，要是她能知道你的真面目就好了。你真的認為她還會這麼做嗎？」

「我沒有……那不是……」

「閉嘴聽好，」卡爾說，「現在我知道你是怎樣的騙子了，如果你決定違反把我的東西還給我的承諾，讓我說清楚會發生什麼事。我等等會馬上把我的銀行資料用簡訊傳給你。如果你收到了錢不匯過來，那麼只需要打一通電話給梅瑞迪絲，你就完蛋了。完蛋。懂嗎？很好。」

說完他就掛斷了。

安德魯把手機從耳邊拿開，腦子逐漸轉回到艾拉的歌聲：**如果你相信我，這就不會只是一場幻想**。他立刻用手機登入網路銀行。當螢幕顯示出他的帳戶，他楞了一會兒，這才發現他看到的是錢已經匯進來了。他的手機震動，是卡爾的帳號簡訊。安德魯開啟轉帳視窗，輸入卡爾的帳戶資料，他心跳加速。再按一個鍵，錢就會轉走，這件事就結束了。雖然這很違反直覺，但他就是無法下手。卡爾提到莎莉會對他的謊言作何感想，但她對卡爾現在做的事真的會有比較好的觀感嗎？這筆錢是他和莎莉之間最後的連結。這是他姊姊給他的最後一份禮物。他們情感的最後象徵。

他還來不及阻止自己，就已經按下取消鍵，把手機丟在地毯上，雙手抱頭，為了鎮定情緒而深呼吸。

¶

他一直坐在地上，思緒介於疲倦挫敗和強烈恐慌之間，這時他的手機又響了。他有點覺得那會是卡爾——不知何故他知道安德魯已經收到錢了——但結果是佩姬。

「喂？」背景噪音很混亂，有人在互相吼叫，試著讓自己的聲音被聽見。

「喂？」他又說。

「是安德魯嗎？」

「是，您哪位？」

「是梅西。等等。媽？媽？我打通了。」

安德魯聽到異口同聲的「哇！」然後是汽車喇叭的巨響，然後手指刮手機的聲音模糊了一切。

「安德魯？」

「佩姬？妳還好吧？基斯有沒有——」

「史提夫的事情你說對了。一回家他就對女兒們吼叫，醉得頭腦不清，天曉得他還嗑了什麼東西。我再也受不了了，我沒辦法。我盡量多帶了些行李，把女兒們塞進車裡。史提夫原本忙著砸東西要阻止我離開，但現在他跳上摩托車來追我了。」

「幹，妳沒事吧？」

又一聲喇叭。

「是，也不是，不算是。我很抱歉，安德魯，之前我應該相信你的。」

「那不重要，我不介意——我只想確保妳的安全。」

「嗯，我們沒事。我想我擺脫他了。但問題是，呃，我知道很晚了，但是我找過了每個人……通常我不會這樣要求，但是……我們可以過去你家，待一個鐘頭左右，等我想清楚怎麼辦嗎？」

「好，當然，」安德魯說。

「你真是救命恩人。我保證我們不會製造麻煩。嗯，你的地址是哪裡？梅西，拿著筆，親愛的，幫我寫下安德魯的地址。」

安德魯突然驚覺他剛才答應了什麼，感覺腸胃在翻筋斗。

「安德魯？」

「是，我在，我在。」

「謝天謝地。你的地址是哪裡？」

他能怎麼辦？他別無選擇，只能告訴她。幾乎話剛出口線路就斷了。

「沒關係，」他大聲說，聲音被他無趣冷漠的公寓吞沒，構成客廳、廚房兼臥室的四面牆似乎更緊縮了。

好吧，用邏輯來檢視，他心想。或許可以說這是他的第二個家？他用來獨處的小地方，來讓自己保有一些……梅瑞迪絲前幾天說的那個可怕片語是什麼？「自我時間」，沒錯。他緩緩原地轉身，觀察這個地方，試著想像這是他第一次看到這裡。不太妙。太有生活感，只有可能是他真正的家。

我全部告訴她好了。

這個念頭讓他措手不及。片刻過後，傳來車子停在外面的聲音。他看看周圍。或許他最好盡量整理——不過實在沒什麼混亂的地方。照例，只有一個盤子，一副刀叉，一個杯子，和晾乾板上的一個小平底鍋。沒有其他突兀的東西。天啊，有什麼用？

他最後檢查一遍，然後抓起鑰匙走向門口。下樓梯。經過了牆上的磨損痕跡。

穿過隱約的香水迷霧。越往下走氣溫越冷，他感覺自己的信心也開始隨之流失。

不行，你必須這麼做，他督促自己。**加油。現在不能回頭**。

他在走廊裡，只有一道門隔開他和佩姬與女兒，她們的輪廓透過結霜的玻璃變模糊了。

加油。不能回頭。

他的手放在門把上。他雙腿抖得好像快站不穩了。**事情總是會否極泰來。加油，你這該死的懦夫——快點**。

佩姬用雙手擁抱他，他感到她的淚水沾到他臉頰上。他也緊緊擁抱回應，感覺到她驚訝地放開手。

「好了，喂，」她低聲說，聲音輕柔得讓他也眼眶泛淚。他看到蘇絲正奮力從車上同時拿出三件不同的行李，掙扎著保持平衡。梅西在她身邊，臉色蒼白，雙臂緊緊抱胸。佩姬雙手放在安德魯胸口。「我們進去吧？」她說。安德魯看著她觀察他的眼神，憂慮開始浮現。

「安德魯……？」

27

安德魯坐在死者的床上，懷疑他的腳是不是骨折了。它從昨晚就腫得很噁心，海綿感的肌膚下有液體在蔓延，現在感覺脹痛又發燒，彷彿感染正在惡化。早上他根本無法穿鞋——只能套上在櫥櫃底下找到的老舊拖鞋。疼痛非常煎熬，但遠遠比不過他閉上眼睛再度回想佩姬臉上浮現的失望表情。

發生的事宛如一團模糊——他語無倫次地向她和女兒們道歉（不，抱歉，他們不能進來，他很抱歉，他改天再解釋，但今晚還是無法收留）——接著佩姬臉上的困惑、受傷，最後是失望。他逃回屋裡，不忍心看著佩姬把困惑的女兒們趕回車上，用手指摀住耳朵，避免聽到她們問為什麼得走了的聲音。他回到走廊上，經過磨損痕跡、穿過香水氣味，爬上樓梯，進門，然後無助地聽著車子開走，等再也聽不到引擎聲之後他低下頭，看到昂貴的火車組精心準確地排列在地上，他又踢又踩，軌道和景觀的碎片四處飛砸到牆上，直到剩下寂靜中的一片狼藉。起初他毫無感覺，但接著腎上腺素消退，一波隱約作嘔的疼痛感逐漸襲來。他爬到廚房，找到一些冷凍豆子，然後搜索身邊的櫥櫃，樂觀地希望能找到急救箱。但只找到積了一層厚厚灰塵的兩瓶烹飪用葡萄酒。他一口氣喝掉半瓶，直到喉嚨刺痛，酒從嘴巴溢出來沿著脖子流下。他換了個姿勢倚著冰箱坐下，這時他終於陷入了斷斷續續的睡眠，直到三點過後醒來，才爬到床上。他躺著，眼淚沿著臉頰流，想起佩姬在半夜開著車，蒼白又恐懼的臉孔被路燈一陣一陣地照亮。

他的手機早就關掉丟進廚房抽屜裡了。他無法再忍受聽到任何人講任何事。他仍然不知道基斯怎麼樣了。或許他已經因為重傷同僚而被革職了。

天亮之後，除了進行預定的財產調查之外，他實在想不出該做什麼。他跟尖峰時段的通勤族們一起坐在地鐵車廂，此時腳上的疼痛嚴重到帶給了他某種奇怪的勇氣，讓他輪流盯著每個人看，同時覺得滿心盼望會有人問他是否還好的自己實在很可憐。

財產調查的地址似曾相識，但直到他跛著腳到達社區以後，才認出這就是他和佩姬在她第一天上班時來過的地方（死者的名字叫艾瑞克吧？）。在準備進入死者崔佛・安德遜家中時，他看向因雨而濕滑、隱約可見跳房子遊戲痕跡的水泥平地，看到一名男子拿著兩大袋外賣酒類，正掙扎著要打開艾瑞克住過的那戶大門。安德魯猜想那個人是否知道先前屋裡發生過什麼事。事實上，有多少人在這一刻可能正要把鑰匙插進某個還不熟悉的門鎖，而房裡的上個住戶曾經在其中腐爛死去卻沒人發現。

¶

據法醫說，崔佛・安德遜因為滑倒時頭撞到浴室地面而去世，還用一種評論令人失望的美食酒館牛排的無聊語氣補充說，屋裡的狀況「相當惡劣」。安德魯穿上他的防護裝，強迫自己忽視腳上的新一波疼痛，進行著他的例行儀式，在進去之前提醒自己為何在這裡，應該有何表現。

可以很明顯感覺到崔佛的生命末期活得很艱難。客廳角落堆著垃圾——牆上特定位置的密集污漬暗示了曾有各種東西被丟到這裡，再滑下去成為一堆。客廳裡有許多不同尺寸、裝滿了尿液的瓶瓶罐罐，圍繞著一張離電視只有幾呎的小木凳呈光環狀散布擺放，因此有股很嗆的尿臭味。唯一算是財產的東西只有一堆衣物，還有個腳踏車輪子倚著帶有燒焦痕跡的米色暖氣管。安德魯搜索著垃圾堆，但是心裡有數應該不會發現什麼東西。他站起來脫掉手套。在房間裡作為廚房使用的那一側，烤爐門開著，宛如正在無聲地吶喊。冷凍庫嗡嗡作響片刻，然後又停了。

他一跛一跛地走進原本跟客廳隔著一扇門，但現在只用膠帶黏了一張薄床單的臥室。被套和枕頭套都有亞斯頓維拉足球隊的標誌。床邊有一面鏡子，上面有刮鬍膏的斑點，跟四個鞋盒拼湊成的床頭小桌一起靠著牆壁。

腳突然痛到安德魯被迫跳著過去坐在床上。鞋盒上有一本書，是他從未聽說過的高爾夫球員傳記，封面上瀟灑的微笑和寬鬆的西裝顯示出照片攝於八〇年代。他隨意把書翻開，讀了一段關於鳳凰城公開賽中一次特別辛苦的障礙球經驗。再過幾頁，是在慈善賽事中喝了太多西班牙氣泡酒的輕鬆軼事。他繼續翻閱時，有個東西掉出來到他腿上。是一張十二年前的火車票：從尤斯頓車站回譚沃斯。背面有撒瑪利亞會的廣告。「我們不只是聽你說話，我們傾聽」。在下方的一小片空白裡，有人用綠色原子筆畫了個東西。

安德魯花了很多時間研究崔佛的圖畫。他知道是他畫的，因為圖案由三個簡單的橢圓構成，裡面各有姓名和日期：

威利・韓福瑞・安德遜：1938——1980

波西亞・瑪麗亞・安德遜：1936——1989

崔佛・韓福瑞・安德遜：1964——？？？？

唯一其他的文字：**格拉斯科特墓園——譚沃斯**。

安德魯有好多疑問。這張圖是打算給特定的人看到，或只是給第一個發現的人？這個人畫出他希望的埋葬地之後又等死等了多少年？

安德魯想要相信崔佛・安德遜過著享樂主義者的充實人生。這一張小紙條只是他無憂無慮的享樂生活之中罕見的務實規畫時刻。但環顧這個骯髒的公寓，安德魯很確定這是個過度樂觀的想法。現實八成是這幾年來崔佛每天早上都睜開眼睛，確認自己還沒死，然後起床。直到有一天他沒再醒過來。

最糟糕的部分在於等待——當日子只用來吃飯、喝足夠的水以維持自己活著。維持。就這樣而已。安德魯突然想起基斯倒地之前的呆滯眼神。天啊，他做了什麼？他遲早必須面對後果。然後還有卡爾。他要怎麼應付那件事？他可以直接放棄，就把錢匯過去。但事情真的會結束嗎？卡爾似乎非常憤恨。有什麼能阻止他隨時反悔，拿起電話打給梅瑞迪絲？等待會很折磨。有這個陰影懸在頭上，他永遠無法真正得到快樂。那佩姬呢？他想起在諾桑伯蘭的那個下午。當時他感覺生活充滿了可能性，相信一切都會改變。他真是錯得離譜。他不能指望佩姬會理解他的謊言，而在他竟然在她最需要幫助時拒絕了她之後，又更不可能了。

當然，有個很簡單的辦法可以矯正一切。那是很久以前他碰巧想過的念頭，還有現在。那時也不是什麼危機時刻，只是作為一種可能性考慮過。當時他正在某處排隊等待。或許是超市結帳，也可能是銀行。他一冒出這個念頭，就永遠忘不掉了。就像石頭擊中擋風玻璃，留下一個小裂痕。永遠提醒著他，整片玻璃隨時都可能粉碎。而現在他發現那很有道理。他不只有辦法脫身，而且生平罕見地會擁有完全的控制權。

他看著鏡中的自己，部分臉孔被一片污垢遮住。他小心地把車票放在書上，緩緩站起來，靜止片刻，聆聽整個社區的溫和雜音——隔壁電視機的罐頭笑聲，樓下傳來的福音音樂。他感覺到肩膀逐漸放鬆。幾十年來的緊張開始解除。一切都會沒事的。艾拉的〈Isn't This A Lovely Day?〉開頭音符在腦中響起。他腳上又閃過一下新的疼痛。但這次他幾乎沒感覺。那不太重要。現在不重要。沒什麼是重要的。

廚房裡，冷凍庫突然活了過來，嗡嗡作響了一陣子，顫抖，然後又停掉。

他最後巡視一遍崔佛的公寓，把報告書用電子郵件寄到了辦公室去。希望他提供的資訊已經足夠讓某人去安排一場喪禮了。

他搭公車回家，像火鶴般抬起一腳站著，因為絲毫不在乎大家看他的眼光而感覺解脫。他一到家就直奔浴室放洗澡水。等待裝滿浴缸的空檔，他跛行到廚房，彷彿想要自我蒙蔽一般，看也不看地伸手到抽屜裡，直到他摸到了想拿的東西。他用手指摸過傷痕累累的麵包刀塑膠握柄，怪異地因為熟悉而感到安慰。他用自來水沖洗，猜想它應該乾淨了，不過其實也不重要。他走向廚房，但又停步折返。他告訴自己，這不會改變任何事，但是他又感覺應該檢查一下以防萬一。他打開抽屜，拿出他的手機。開機似乎要花上幾百年。它震動時，安德魯驚訝得差點脫手掉落。這時他看到卡爾傳來的簡訊。「收到錢了嗎？你最好別變卦。」他緩緩搖頭。佩姬當然沒發簡訊給他了。他對她而言已經死了。他把手機丟到流理台上。

他翻找艾拉的唱片堆，思考著他要播什麼。通常，是靠直覺。但這次，他感覺很想找出能濃縮進她所有優點的專輯。最後他選定了《Live in Berlin》。他放下唱針，聆聽群眾的聲量逐漸響起，他們興奮的鼓掌聽起來像是雨水在敲打窗板。他原地脫下衣服，心不在焉地折好，把它丟在椅子扶手上。他想，或許應該寫點東西，但也只是因為大家都這麼做。如果你沒有話想對任何人說，這又有什麼意義？只會是等著被清潔工撿走的另一張廢紙罷了。

等他泡進浴缸，因為熱水刺痛了腳傷而大叫時，〈That Old Black Magic〉結束的掌聲再度響起，〈Our Love Is Here To Stay〉溫和的雙貝斯和鋼琴聲瀰漫在空中。

他原本打算喝掉剩下的葡萄酒，但忘了從廚房把瓶子拿來。他判斷這樣應該比較好。完全神智清醒。有控制權。

低音鼓的隆隆聲和鋼琴的急促結尾意謂曲子結束了，艾拉向群眾致謝。安德魯總認為她致謝的時候聽起來好真誠；從不勉強，或虛偽。

他開始感覺昏沉。他很久沒吃東西，而且蒸氣讓室內和他的感官都模糊了。他用手指敲打著水下的大腿，感受來來回回的漣漪。他閉上眼睛，想像他正漂浮在地球遠端某條緩慢的河流上。

更多掌聲，這時他們繼續演奏〈Mack The Knife〉。這一首艾拉會忘詞。**或許這次會不同**，安德魯心想，摸過浴缸側邊直到找到塑膠握柄，緊緊抓住。但是一樣，她遲疑，然後屏息，厚顏地唱壞她自己的歌，這時，大膽的即興發揮開始了，她轉變成路易・阿姆斯壯的沙啞嗓音，群眾的吼聲。他們支持她，鼓勵她唱下去。

他把手放進水裡。用力握緊。幾乎沒時間暫停喘息就進入了〈How High The Moon〉的急促鼓聲，艾拉開始了她那無意義的亂唱。音樂追逐著她的歌詞，但她總是太快，總是太快。他扭過手臂握緊拳頭。他感覺到金屬的鋒利，皮膚的緊繃，即將裂開。但這時，有另一個雜音穿過了音樂，吸引著他的注意。他發現是他的手機鈴聲，他睜開眼睛，手指從刀柄上放開。

28

是佩姬。

「你沒來上班麻煩大了。卡麥隆很明顯在生氣，還遷怒到我們身上。你死到哪裡去了？」

她聽起來很生氣。或許她很慶幸有藉口能打給他發飆，不用明確提到是因為那一晚的事。

他勉強爬到臥室，這時裸體坐在地上，精疲力盡。感覺好像他剛從一場驚險的夢中醒來。他突然看到清澈的洗澡水裡有幾叢暗紅色的混濁，讓他必須抓緊膝蓋來阻止某種下墜的感覺。他還在家嗎？他還是真實的嗎？

「我在家，」他說，聲音含糊又陌生。

「你請病假？」

「沒有，」他說，「不是那樣。」

「是喔。呃，那是怎麼回事？」

「嗯，呃，我想我好像差點自殺了。」

一陣沉默。

「你說什麼？」

¶

安德魯拒絕了佩姬好幾次要送他去醫院的請求之後，他們約在酒館碰面。下班後的週五夜晚酒客很快就會出現，但這裡暫時沒人，只有一個坐在吧台的男子，正在跟禮貌但顯然感到厭煩的女侍搭訕。

安德魯找了一張桌子，緩緩地坐到椅子上，雙手抱胸。他突然感覺到無比脆弱，好像他的骨頭是用朽木做的。過了一會兒佩姬用肩膀頂開門，匆忙走到他面前，給了他一個窒息式擁抱，他接受了，但是無法回應，因為他開始無法抑制地顫抖。

「在這等著，我知道能讓你清醒一點的東西，」佩姬說。

她從吧台拿回一杯看似牛奶的東西。「他們沒有蜂蜜，所以只能這樣湊和。不算是正統的熱托迪（hot toddy），但是還行。我媽常讓我跟伊茉根在感冒時喝這個。當時我覺得挺好用的，但回想起來，她顯然只想讓我們醉倒，她才能清淨一點。」

「謝謝，」安德魯說，試啜了一口，感到還算愉快的威士忌刺激。佩姬看著他喝。她表情焦慮，不安地玩弄雙手，摸她的耳環——看似淚滴形的精緻藍色飾釘。安德魯呆滯地坐在她對面。他感覺好疏離。

「所以，」佩姬說，「嗯，你在電話中說的那個，你知道……」

「自殺？」安德魯說。

「對。就是。你——我想這是個蠢問題，但是——你還好吧？」

安德魯想了一下。「嗯，」他說，「呃，我猜我感覺有點……好像我可能真的已經死了。」

佩姬低頭看著安德魯的飲料。「好吧，我真的認為必須送你去醫院，」她說，伸手過來拉他的手。

「不要，」他堅定地說，佩姬的觸摸讓他脫離了暈眩。「真的沒必要。我沒有傷到自己，現在感覺好些了。這個有幫助。」他啜了一口威士忌然後咳嗽，雙手合握設法阻止顫抖，直到關節發白。

「好吧，」佩姬表情懷疑地說，「呃，等著瞧你喝了之後的感覺。」

這時酒館的門打開，四個很吵鬧的西裝領帶人士走了進來，自行坐到吧台前。老常客喝完他的啤酒，把報紙夾在腋下離開。

佩姬等到安德魯喝完他的飲料，然後似乎突然想起自己也點了啤酒，喝了兩大口。她往前坐，輕聲地說。「發生什麼事了？」

安德魯顫抖著，佩姬伸手過來雙手覆蓋他的手。「沒關係，你不必告訴我細節，我只是想了解你為什麼……想要做那種事。當時黛安和孩子們在哪裡？」

安德魯的神經元突觸立刻啟動，開始尋找著解釋。但什麼也想不出來。這次沒有。他哀傷地微笑，這時他突然頓悟了。這一次，這一次，他要說實話。他深呼吸一下，設法鎮定，壓抑他心中迫切想阻止自己這麼做的部分。

「什麼？發生什麼事了？」佩姬說，表情更加擔憂。「他們沒事嗎？」

安德魯遲疑地想要說話，每幾秒就得停頓：「妳……妳有沒有說過什麼大到感覺無法脫身的謊……所以妳……妳必須繼續假裝？」

佩姬平靜地看著他。「有一次我跟我婆婆說我在菜心上劃了十字，但其實沒有。那個聖誕節挺驚險的……但你不是那個意思，對吧？」

安德魯緩緩搖頭，這次他還來不及阻止自己就脫口而出了。

「黛安、史黛芬妮和大衛都不存在，」他說，「那是一場誤會，但我繼續說謊，拖得越久我就越難坦白。」

佩姬看來好像同時在思考與感受一百件不同的事。

「我不認為我真的聽懂了，」她說。

安德魯咬咬嘴唇。他有個奇怪的感覺，自己好像快笑出來了。

「我只是想要體會正常的感覺，」他說，「一開始是小事，但後來」——他發出一個怪異的高音笑聲——「變得有點失控了。」

佩姬露出驚訝的表情。她不斷玩弄著一邊耳環，直到它脫落在手中，又彈跳落在桌上，宛如一個在墜落中凍結的藍色小淚滴。

安德魯盯著它，接著腦中響起了旋律。不過這次，是他自己的意志。**藍月，你曾見我孤單佇立**。他開始出聲哼歌。他察覺得到佩姬開始有點恐慌了。**問我。拜託**，他無聲地乞求。

「那，我想問清楚，」她說，「黛安她……根本不存在？是你捏造的。」

安德魯抓起杯子，把剩下的液體倒進嘴裡。

「呃，不完全是，」他說。

佩姬用手掌揉揉眼睛，然後伸手進包包拿手機。

「妳——妳要打給誰？」安德魯說，想要站起來，但忘了腳上的瘀青而痛得大叫。

佩姬向他招手，叫他坐下。

「嗨，露西，」她向手機說，「我只是想問妳能不能幫忙再照顧女兒們幾個小時。

謝謝，親愛的。」

安德魯準備講話，但被佩姬舉手制止。「在深入談論之前，我得先換個機油，」她說，把她剩下的酒喝掉，然後抓起他們的空杯子走向吧台。安德魯雙手緊緊合握。手還是冰冷到他幾乎沒有感覺。佩姬拿著飲料回來時似乎有了新的決心，剛強的眼神似乎在說她已經準備好了，就算聽見最糟糕的事也不會顯露震驚。他發現，這正是黛安以前看向他的眼神。

29

安德魯在他母親死後的那個夏天前往布里斯托科技大學就讀。在莎莉跟她的新男友跑去了曼徹斯特的情況下，他的這個決定與其說是為了接受高等教育，還更像是想找些人講話。他沒做什麼仔細研究，就決定安頓在一個名叫伊斯頓的區域裡。那棟房子的旁邊有片草地，取了個樂觀的田園風格名稱叫福斯公園，其實只是隔開住宅街道與高速公路的一小塊綠地。安德魯用笨重的紫色帆布袋拖著行李抵達房子門外時，看到公園裡有個男子身上穿著垃圾袋在踢一隻鴿子。一名女士從樹叢中出現，把他從鴿子旁拖走，但令安德魯驚恐的是她只是為了自己能繼續對鴿子進行攻擊。他被房東帶進住所時，還因為剛目睹了這場悲慘的搭檔演出而驚魂未定。他的房東布里格斯太太染著誇張的藍頭髮，咳嗽起來像模糊的雷聲，但安德魯很快就發現她在嚴厲的外表下其實心地善良。她似乎永遠都在做菜，每當電表故障時（經常如此）就倚靠燭光。她有個煩人的習慣是在不相干的句子裡插入批評：「別擔心那些人和鴿子，親愛的，那個小子有點搞笑——天啊，你需要理髮了，小夥子——老實說，我認為他腦子不太正常。」這在對話中等同於隱藏壞消息。

安德魯很快就開始喜歡布里格斯太太了，這樣也好，因為他討厭學校裡的每個人。他夠聰明，知道哲學課會吸引特定類型的人，但他們彷彿都是在某個專門為了煩他的實驗室裡養大的。男生都留著稀疏的鬍鬚，抽很爛的小捲菸，大部分時間用來引述笛卡兒和齊克果就他們所知最晦澀的段落，設法討好女生。女生都穿牛仔裝，在所有課堂上顯得面無表情，在表面下醞釀著憤怒。安德魯後來才想通，這應該主要是因為男性教師們都會和男生激烈辯論，但跟女生講話的方式卻更像在對待一匹聰明的小馬。

幾星期過後他交了兩個朋友，一個名叫蓋文，個性溫和、愛喝純琴酒，宣稱看過飛碟飛過蘭德弗里橄欖球場的圓臉威爾斯人，還有蓋文的女朋友黛安，一個戴著鮮橘色鏡框、對笨蛋不假辭色的三年級女生。安德魯很快就發現蓋文顯然是世界上最大的笨蛋，不斷用越來越有創意的方式在考驗黛安的耐心。他們從進大學之前就在交往了（「你懂的，青梅竹馬，」蓋文在一個喝了六杯琴酒的夜晚裡重複跟他說了七次），蓋文跟著她來到布里斯托讀相同的科系。後來黛安透露，並不是蓋文無法忍受兩人分開，而是即使是最簡單的事情，對他來說也很困難。「我有一次回家，發現他想用烤吐司機來烤雞塊。」

為了某種安德魯也不清楚的原因，黛安是他短暫的成年生涯中唯一感覺談得來的人。他跟她相處時不會結巴或措辭困難，他們都有一種很特殊的幽默感——黑暗，但絕不殘酷。在他們少數幾次的獨處中——在酒館等蓋文來會合，或者在上廁所或酒吧時短暫巧遇——他開始對她卸下心防，提起他的母親和莎莉。黛安有種天賦，能在不貶抑任何事的情況下，幫他在經歷中找到一些正面的因素，所以他在她面前提起母親時，常會不知不覺地想起某些她似乎無拘無束且很快樂的罕見時刻，通常發生在她一邊放著艾拉・費茲傑羅的音樂，一邊在陽光下從事園藝的時候。他提起莎莉時，會想起他們跟史派克一起看冷門恐怖片的時期，她開始會從酒吧帶回一些她「弄到」的禮物（顯然是透過一個機靈的常客從卡車的後車廂偷來的），包括一套桌上遊戲，顯然被稱作「猶太豎琴」的木製小樂器，還有最厲害的，一組有著蘋果綠色的火車頭和柚木車廂的 **R.176 Flying Scotsman** 火車模型。他很愛那個火車頭，但是黛安讓他發現那不止是對物品本身的喜歡，它也象徵了莎莉最疼愛他的那個短暫時期。

偶爾，在煙霧瀰漫的吵鬧酒館裡，他會發現黛安正看著他。她被發現也毫不尷尬，會繼續看一下再重新加入對話。他為了那些時刻而活，那甚至變成唯一能鼓舞他前進的事情。他的課業成績爛到他再也懶得讀書的程度。他決定在聖誕節休學。他找到了工作，也存了一點錢。他告訴自己他要去旅行，但其實，他覺得光是要搬去布里斯托就夠困難了。

某天晚上，他、黛安和蓋文受邀去哲學系同學的宿舍房間參加一場即興派對，條件是他們每人要帶一箱啤酒。他們一大票人擠在臥室裡，開罐暢飲。沒人想要談大學的課業，蓋文發現了一本《論自由》並開始醉醺醺地朗讀片段，大家都不想理他。在蓋文又在尋找著新書時（或許這場派對需要的是伏爾泰！），安德魯伸手去拿他不太確定是不是他的Holsten Pils啤酒，突然有人從背後牽起他空閒的手，把他拉了出去。是黛安。她帶他到走廊上，走下三段樓梯，來到外面正在下著大雪的街上。

「哈囉，」她說，在他回答之前就用雙手攬住他的脖子，吻了他。等他再睜開眼睛時，積雪已經鋪成地毯了。

「妳知道我這星期就要走了嗎，回倫敦，」他說。

黛安抬起眉毛。

「不！我不是那個意思……我只是……我想應該告訴妳。」

黛安禮貌地勸他閉嘴，又吻了他一下。

那晚他們溜回布里格斯太太家。隔天早上安德魯醒來的時候，以為黛安已經不告而別，但她的眼鏡還在床頭櫃上，朝向床鋪，彷彿在看著他。他聽到馬桶沖水聲，接著兩組不同的腳步聲在樓梯間會合。短暫的對峙。尷尬地介紹。黛安爬回床上，用冰冷的雙腳夾住他的腿，懲罰安德魯沒來救她。

「妳身體怎麼老是這麼冷？」他說。

「或許吧，」她低聲說，拉過被子蓋住他們的頭，「你只好幫我了，是吧？」

事後，他們雙腿交纏地側躺著。安德魯撥開黛安臉上的一撮亂髮，手指繼續摸到她眉毛上方的白色小疤痕。

「妳怎麼會有這個？」他問道。

「有個叫詹姆士・龐德的小男生用蘋果丟我，」她說。

¶

五天後，他們站在火車月台上，陽光穿過圍籬縫隙曬得他們暖洋洋。昨晚是他們的第一次正式約會，去電影院看了《黑色追緝令》，不過兩人都記不得多少劇情。

「我真希望我有認真讀書，」安德魯說，「我不敢相信我搞砸得這麼徹底。」

黛安雙手捧著他的臉看他。「聽好，看在老天爺的分上，你還在哀悼期耶。你還能夠出門就該引以為傲了。」

他們依偎著直到火車進站。安德魯用一堆問題轟炸黛安。他想知道關於她的一切，在他走後能盡量有多一點事情依戀。

「我保證我一買得起車票時就會來看妳，好嗎？」安德魯說，「我也會打電話和寫信。」

「用信鴿怎麼樣？」

「喂！」

「抱歉，不過你講得好像要被送去哪裡打仗了，沒有誇大。」

「再說一遍，為什麼我不能就乾脆留下來？」

黛安嘆氣。「因為（一）我認為你應該多跟你姊姊聚聚，尤其是聖誕節，（二）因為我認為你必須搬回家住一陣子，決定好接下來沒有我在身邊你要做些什麼。至少，我必須專心在我的學位，反正畢業之後我可能就會搬去倫敦了。」

安德魯板起臉孔。

「『可能』。」

沉默片刻之後，他發現悶悶不樂的他實在不太迷人，但黛安還是很用力地擁抱他和他道別，他一路回味著她的體溫回倫敦。

¶

他搬進一間房子的客房，那裡住了兩個最近剛剛發現吸毒之樂的都柏林人，他總會盡量避開他們，除非是他們叫他來幫忙解決一些完全無法理解的辯論的時候，而他通常會站在看起來比較可能因為輸了而去放火燒東西的人那邊。他完全靠著米果和想像下一次見到黛安來過日子。他們每週會約好一個時間，他會下樓去街尾的公用電話打給她，黛安要求他在他們每次對話的開頭，都要先唸出電話亭裡廣告單上最新的「巨乳」或「異國情調女性」標語。他的臥室窗台上放了個雀巢咖啡空瓶，用來存去布里斯托的車票錢，他在一間專賣A片給眼神迷濛的醉漢的影音租售店找了個收銀員工作，有次他在酒館裡喝多了，才把這件事告訴了黛安。

到這時候，他已經完全放棄要回去唸完學位的念頭了。夏天逐漸逼近他們，他光想到要回去上課就覺得焦慮。

「所以你打算就窩在倫敦，賣A片？」黛安問他，「說好的做決定呢？還是你的企圖心就這麼大？你必須找出你自己想要做什麼。如果你不想完成學位，你就必須想清楚要怎麼建立你的職涯。」

「可是——」

她駁斥他的抗議。「我是說真的。我不要再聽到這種話。」她雙手放到他的臉側，把他的嘴擠成搞笑的魚嘴。「你必須更相信自己，勇敢地走出去。你的夢幻工作、夢幻事業是什麼？」

她放開魚嘴等著他回答。

他的夢幻工作是什麼？更重要的，他能說什麼才不會被她嘲笑？

「我猜，設法在社區裡工作之類的吧。」

黛安瞇起眼睛，搜尋他臉上搞笑的跡象。

「那麼，很好，」她說，「這是積極的第一步。知道你想要工作的領域。你只需要一點經驗。意思是先做個辦公室工作。所以你一回到倫敦，就去找個這種工作。同意嗎？」

「好啦，」安德魯咕噥。

「別悶悶不樂的嘛！」黛安說，看他沒反應，她在床上移動，在他肚子上猛力發出噗的一聲。

「那妳呢？」安德魯笑道，把她拉起來，讓她躺在他身上。「妳的夢幻工作是什麼？」

黛安把頭放在他胸口。「嗯，雖然我整個青春期都在說著要做跟父母相反的事，所以才讀哲學系那些有的沒的，但我有在考慮要轉去法律系。」

「喔，是嗎？幫提供毒品交易資訊的線人安排酬勞，那類的嗎？」

「你馬上就想到那種事，讓我覺得你看了太多你們店裡的糟糕B級片了。」

「不看那些就得看A片了。」

「但是你從來沒看過。」

「絕對沒有。」

「所以如果你想來點『獨處時間』，你會想像……」

「妳。只有妳。只穿著維吉妮亞・吳爾芙小說裡描述的那種襯衣。」

「我猜也是。」

她翻身離開他，他們並排躺著。

「所以，妳要當律師了，」安德魯說。

「不然就是當太空人，」她打個哈欠。

安德魯笑了。「威爾斯人不可能當太空人。太荒謬了！」

「呃，為什麼不行？」黛安問。

安德魯盡力模仿著威爾斯南部谷地腔。「呃你們看，是啊。那是我的一小步，我想，也是人類的一大大大步，懂吧。」

黛安假裝生氣了要爬下床，但安德魯撲過來抓住她故意伸出去的手臂。他喜歡她這樣子。逗他玩。明知她只要離開一步他就會去把她拉回來。

¶

回到倫敦，他把看守收銀機的時間都用來圈選報紙上的徵人廣告。他剛賣了一部看起來很恐怖的錄影帶給一個聲稱「打手槍能幫我冷靜」的面容憔悴的男子，這時電話響起。五分鐘後他掛斷電話，思考著剛才打來叫他去面試的女人會是蓋文花錢請來作為某種報復行動的可能性。

「首先，你瘋了，」當晚稍後他在電話亭告訴她這件事之後（「貝拉，迷人巨乳金髮妹」），黛安說，「其次，我相當確定我有權利說我早說過了。所以我可以馬上就說，或等到你真的找到了工作再說。隨便你……」

面試的職務是當地市政府的行政助理。他跟他的愛爾蘭室友借了一套他從他父親那繼承來的西裝。坐在等候室時，他從口袋裡發現一張一九六四年在都柏林蓋提劇場上演的舞台劇《費城，我來了！》的票根。莎莉在美國的時候有去過費城嗎？他記不得了，他早就丟掉那些明信片了。他判斷樂觀的劇名是個好預兆。

隔天早上，黛安接起電話後的開場白是「我早說過了」。

「如果妳說了這句話而我沒被錄取，妳怎麼辦？」安德魯笑說。

「嗯，假裝那是我的另一個男朋友？」

「喂！」

停頓片刻。

「等等，妳在開玩笑對吧？」

一聲嘆息。

「對，安德魯，我在開玩笑。上週哈米許・布朗在試著修理一台過熱的投影機的時候意外碰到我的胸部，那大概是我最接近偷吃的事了……」

雖然不願意，但安德魯可能有百分之七十（好吧，八十。頂多九十）的時間都在擔心黛安會被別人給拐走。不知何故，他總是想像著一個頭髮蓬鬆、名叫魯法斯的划船選手。虎背熊腰，還是有錢世家的公子。

「算你走運，虛構的魯法斯比不過真實世界中在A片店上班、跟兩個毒蟲一起住的瘦皮猴哲學中輟生。」

安德魯在市政府上班的第一天早上，緊張到被迫要判斷是把整天所有的時間都耗在馬桶上比較奇怪，還是每坐在辦公桌前五秒鐘就會因為胃痛而皺一次眉。謝天謝地，他撐過了那一天，然後一整週，一整個月，完全沒有拉屎在褲子裡或意外放火燒掉任何東西。「我們真的得提高你的標準，」黛安跟他說。

接著最光輝的日子來臨：一九九〇年六月十一日。黛安的課程結束，她要來倫敦了。安德魯向兩位意外情緒化（不過那可能是因為他們已經連續三天沒睡覺了）的愛爾蘭人道別，把所有家當塞進等著將他載往他為了跟黛安同居而新找的公寓的計程車，她則是成功地把所有東西塞進了兩個行李箱，從布里斯托搭火車來。

「我媽想要開車送我，」她說，「但我有點擔心你可能租了個毒蟲巢穴之類的，我不想讓她恐慌症發作。」

「啊。嗯。妳會這麼說真巧……」

「天啊……」

安德魯不確定這間他在老肯特路上找到的小公寓有沒有被當作毒窩使用過——那是棟粗糙簡易的大樓，走廊牆上有磨損痕跡，到處有著濕黴味——但那晚他躺在床上，看著黛安睡在身邊，膝蓋蜷曲到胸前，他忍不住微笑。這感覺就像個家。

他們搬家的過程正好碰上帶來了煩人酷暑的夏季。七月特別難熬。安德魯買了電扇，天氣太熱時他和黛安會穿內衣坐在前廳。那個月他們都有點迷上溫布頓網球賽，葛拉芙對黛安來說尤其是個大英雄。

「這也該死的太熱了，對吧？」黛安打哈欠，在葛拉芙替自傳簽名，然後離開中央球場時俯臥著說。

「這個有幫助嗎？」安德魯說，從他的杯子裡撈出兩個冰塊，小心地放到黛安背上，在她半尖叫、半發笑之後又無辜地道歉。

無情的炎熱延續到八月。地鐵上的人群緊張地互看，尋找可能昏倒的人。道路龜裂中斷。開始實施限水禁令。在全年最熱的日子，安德魯和黛安在下班後會合，他們張開手腳，躺在布洛克威爾公園被烤乾的草地上，他們周圍的人都脫了鞋子、捲起袖子。他們帶了幾瓶淡啤酒，但是忘了帶開瓶器。「別擔心，」黛安說，自信地走去跟附近吸菸的人借打火機，不知怎地打開了酒瓶。

「妳這招從哪裡學來的？」他們重新躺回草地時安德魯問。

「我祖父。緊急時他也能用他的牙齒開。」

「他聽起來……很有趣。」

「好爺爺大衛。他曾經跟我說」——她裝出低沉悶響的聲音——「『小黛，如果要說我學到了什麼教訓，那就是買酒不要吝嗇。人生苦短啊。』我祖母聽了就會翻白眼。天啊，我好愛他，他真是個英雄。你知道嗎，如果我有兒子，我想叫他大衛。」

「是嗎？」安德魯說，「要是妳生女兒呢？」

「嗯。」黛安看看她被草葉壓出一片交叉皺紋的手肘，「喔，我知道了：史黛芬妮。」

「別的親戚嗎？」

「不是！當然是紀念葛拉芙。」

「當然了。」

黛安把啤酒上的泡沫吹向他。

稍後在家裡，閃電撕裂天空，她在沙發上跨坐到他身上。

城市在睡覺時開始下雨；油膩的傾盆大雨敲打著街道。破曉時，安德魯站在窗邊，啜飲一杯咖啡。他分不出他是還有點醉，或是還有潛伏中的宿醉。會在你身上慢慢發作，讓你從煎鍋裡把培根移到盤子的途中偷吃的那種。他聽到黛安翻身。她在床上坐起來，披頭散髮。

安德魯笑著回去看窗外。「妳會頭痛嗎？」他說。

「我全身上下都痛，」黛安沙啞地說。他聽到她走過來，感覺她的雙臂環抱住他的腰，她的臉頰貼到他背上。「我們要吃英式早餐嗎？」她說。

「好啊，」安德魯說，「我們得去店裡買幾樣東西。」

「我們缺啥？」黛安打個哈欠，安德魯感覺哈欠也在他體內迴盪。

「喔，只要培根。和雞蛋。還有香腸。和麵包。可能還要豆子。如果你要喝茶，肯定還缺牛奶。」

他感覺她稍微放鬆力氣，挫折地呻吟。

「輪到誰做家事了？」他無辜地問。

她把臉埋到他背上。「你這麼說只因為你知道是輪到我。」

「什麼？才不是！」安德魯說，「我是說，回想起來：我轉了頻道，妳去燒開水，我拿垃圾出去丟，妳拿了報紙，我洗了碗……喔，妳說對了，輪到妳。」

她用鼻子戳了他背後幾下。

「別鬧了，」他說，最後投降轉過來擁抱她。

「你保證吃了培根和豆子一切都會好轉嗎？」她說。

「我保證。絕對沒問題。」

「你愛我嗎？」

「勝過培根和豆子。」

他感到她的手滑進他的四角褲裡擠捏他。

「好，」她說，親他的嘴唇發出誇張的聲音，再突然走開，穿上拖鞋，在睡衣外面套上外套。

「呃，那樣不公平，」安德魯說。

「嘿，輪到我做家事了，我只是照規則走……」黛安聳肩說，努力維持正經的表情。她伸手拿眼鏡，抓起皮包，哼著歌離去。安德魯愣了幾秒才發現那是艾拉的〈藍月〉。**終於**，他心想。**她接受了**。他站在原地傻笑，感到絕望地熱戀，好像被打得頭暈眼花的拳擊手急著想站直身子。

他又聽了兩遍〈藍月〉才去洗澡——歉疚地希望他出來時能聞到煎培根的香味。但他出來時黛安依然不見蹤影。十分鐘後還是沒有動靜。或許她遇到了朋友——布里斯托科大的同學；世界真小啊，之類的。但是感覺有點不對勁。他趕緊穿好衣服出門。

他看到街上另一端商店的位置有人群聚集。「就是這樣，」他走往人群時，聽到有人低聲說，「天氣熱了這麼久突然來個暴風雨……肯定會造成傷害。」

幾個警員圍成半圓形，擋住任何人上前。其中一人的無線電沙沙響起，混亂的話聲和雜訊讓另一端的警員皺眉，遞出他的無線電。接著，在干擾中發出一個聲音：「……證實一人死亡。石頭掉落。沒人能確定那棟建築的屋主是誰，完畢。」

安德魯感到驚恐滲入體內，同時鑽過人群，走向警察圈。他邊走邊顫抖，彷彿有電流在身上亂竄。他看到前方地上有藍色的塑膠布隨風擺動，旁邊有堆破碎的石板。還有在它旁邊，完整無缺，看起來跟在布里格斯太太家的床頭櫃上一樣的那副橘框眼鏡。

一名警員雙手推他胸膛，叫他退後。他滿嘴咖啡味，臉頰上有個胎記。他本來在生氣，但突然停止了喊叫。他知道。他懂了。他想問安德魯問題，但安德魯雙腿發軟跪倒下來。有人伸手摸他的肩。關懷的話聲。無線電雜訊。接著有人想要扶他站起來。

酒館的噪音逐漸傳來，警員的手變成了佩姬的手，彷彿他從水中浮了上來，突破水面，佩姬在跟他說沒關係，緊抱著他，模糊了他的啜泣聲。雖然他哭得停不下來——感覺或許他從來沒有真正停過——他慢慢察覺手指上有刺痛，溫暖的感覺終於回來了。

30

他差點沒力氣回他的公寓。佩姬送他回家，沿路半支撐著他的體重，堅持要陪他進去。他心不在焉地抗議，但佩姬已經知道真相了，所以也沒什麼意義。

「不回家就去醫院，」佩姬說，於是就這麼決定。

模型火車殘骸還在地上，被他砸爛之後就沒碰過了。「所以才跛腳，」他嘀咕說。

他躺到沙發上，佩姬用毯子加上她的外套蓋著他。她泡茶給他，盤腿坐在地上，在他偶爾驚醒的時候捏捏他的手安撫。

¶

他醒來時，她正坐在扶手椅上閱讀《Ella Loves Cole》的封套，用他多年沒用過的馬克杯喝咖啡。他脖子有點落枕——肯定是睡覺姿勢不對——他的腳也還在脹痛，但神智比較清醒了。他夢到了梅瑞迪絲家的晚餐聚會，忽然想起一個問題。

「基斯怎麼樣了？」他問。

佩姬抬頭看他。「早安啊，」她說，「你聽了應該會開心，基斯沒事。」

「可是我有聽到妳叫救護車，」安德魯說。

「對。他們到的時候基斯就已經醒來了，還在那試著說服救護員不用管他。老實說，他們似乎比較擔心卡麥隆，那個蠢蛋就滿臉塗鴉地昏坐在那兒。我猜他們以為我們是想綁架他加入什麼瘋狂邪教之類的吧。」

「基斯回來上班了嗎？」

「對。」

「他，妳知道，生我的氣嗎？」

「呃，他是不太高興。但是梅瑞迪絲把他當成戰爭英雄在對待，不斷吹捧他，所以我想他心裡也挺樂的。她才是你必須……」佩姬突然住口。

「怎樣？」安德魯問。

「她一直說要基斯提出控告。」

「喔天啊，」安德魯叫苦。

「別擔心，沒事的，」佩姬說，「我有個機會跟她談了一下這回事，之後她就沒再提起過了。」

安德魯無法確定，但佩姬看起來似乎在試著忍住笑意。

「妳的口氣好像黑手黨老大，」他說，「不過無論妳說了什麼，我很感激。」

他看向烤爐的時鐘，匆忙地坐起來。

「我的天，」他說，「我真的睡了十二個小時嗎？妳還在這裡幹什麼？妳應該回家的。」

「沒關係，」佩姬說，「我有跟女兒們通過視訊電話。她們在克羅伊登，跟伊茉根的朋友一起住。昨晚她們可以熬夜看一些超不妥當的電視節目，所以一點也不在乎我沒在那。」

她翻過唱片。「我得招供一件事。我沒聽你做給我的合輯。」

「沒關係，」安德魯說，「我說過了，做起來也沒花多少時間。」

佩姬把唱片小心地放回唱片堆上。

「你說過你媽媽是超級歌迷？」

「我也不太確定。我只是有很鮮明的記憶，她會放這些唱片跟著唱，然後一面做廚房的工作，或一面做園藝的同時從窗戶裡播著音樂。我不確定，她讓自己那樣享受的時候總是有點像個不同的人。」

佩姬把膝蓋縮到胸前。「我也想說我對我媽有類似的童年記憶，但如果她在廚房跳舞，通常是因為她想打某個小孩，或什麼東西著火了。或兩者都有。對了，你看起來好像需要吃點吐司。」

「沒關係，我自己來，」安德魯說，想要站起來，但佩姬叫他坐下。安德魯只能祈禱她不會因為他的櫥櫃裡只有三罐烤豆子，可能還有一條過期麵包，而因此鄙視他。他還來不及預先道歉，手機就突然震動起來。他看了簡訊，又感到一陣暈眩。他等著佩姬端來一盤塗了大量奶油的烤吐司和一杯茶。

「我還有另外一件事必須告訴妳，」他說。

佩姬咬一大口吐司。「好，」她說，「老實跟你說，安德魯，經過昨晚之後，我不確定你還能說出什麼會讓我震驚的話。總之，來吧。」

等到他說完卡爾和勒索的事，佩姬已經對吐司失去了興趣，厭惡地丟到她的盤子上。她雙手叉腰來回踱步。

「他不能那樣對你。莎莉給你那筆錢是有理由的，他居然還威脅你，真的太過分了。你馬上打給他，叫他去死。」

「不行，」安德魯說，「我沒辦法。」

「為什麼不行？」

「因為……」

「怎樣？」

「沒那麼簡單。我不能……就是不能。」

「可是這不只是個空洞的威脅，因為這又不像……」佩姬停止踱步看著他。「因為你會把全盤實話告訴每個同事，對吧？」

安德魯沒說話。

「呃，」佩姬正經地說，「你遲早必須說。再兩個禮拜你就要主辦下次的晚餐聚會了，所以其實你真的沒有選擇。」

「什麼？」安德魯說，「可是梅瑞迪絲家的事件怎麼辦——那是一場災難啊。卡麥隆一定不會希望再發生那樣的事吧。」

「喔，剛好相反，他認為這是你跟基斯言歸於好的最佳辦法。那晚他醉得搞不太清楚發生什麼事，只知道你和基斯『有些爭執』。我把他的臉擦乾淨，扶他上了計程車。他一直跟我咕噥什麼『冗員』的，但是天曉得是什麼事。」

安德魯雙手抱胸。

「我不會告訴他們，」他用小得像耳語的聲音說，「我做不到。」

「為什麼？」

「為什麼是什麼意思？因為我會被開除啊！我丟不起這個飯碗，佩姬。我根本就沒有可以轉業的技能。」

他們沉默了片刻。安德魯真希望現在有音樂在播放。佩姬走到窗邊背對著他。

「其實我認為你有轉業的技能，」她說，「你可以做別的事。我認為你自己也知道。」

「那是什麼意思？」安德魯說。

佩姬轉過身，想開口但又忍住，似乎改變了主意。

「我可以問你個問題嗎？」她說。

安德魯點頭。

「你搬進來之後這個家改變了多少？」

「什麼意思？」

佩姬看看周圍。「你上次買新東西是什麼時候？事實上，自從黛安走掉那天以後，你有改變過任何東西嗎……」

安德魯突然感到非常尷尬。

「我不確定，」他說，「不多。有一點吧。電腦是新的。」

「嗯。你現在這個工作做多久了？」

「這是幹嘛，面試嗎？」安德魯說，「對了，妳想再來一杯茶嗎？」

佩姬過來坐在他身邊，握著他的手。「安德魯，」她輕聲說，「我不想假裝知道你還經歷過多少屁事，但我憑經驗知道，活在否認裡、不挑戰任何事是什麼樣子。看看我跟史提夫。內心深處，我早知道他不會改變，但也一直要到我真的慘到極點了，才開始設法想去為此做點什麼。昨晚你沒有同樣的領悟嗎？你不覺得現在該是嘗試前進的時候了嗎？」

安德魯感覺喉頭一緊。他的眼睛開始刺痛。心裡有一部分希望佩姬繼續這樣念他，一部分也只想清靜一下。

「別人不會像妳這麼善良，」他說，「但也不能夠怪他們。我只是需要多點時間——想想我該怎麼做，妳懂吧？」

佩姬舉起安德魯的手，拉著貼到他的胸口。他隔著肋骨感覺到自己的心跳。

「你必須做出選擇，」佩姬說，「你可以試著維持這個假象——付錢給那個混蛋卡爾，繼續騙大家——也可以說實話，開始接受後果。我知道很難，我真的知道，但是……好吧，在諾桑柏蘭那天。這麼說吧，那個『我們的時刻』。」

安德魯真希望自己沒這麼容易臉紅。

「是啊，」他咕噥，揉揉眼睛。

「拜託。看著我。」

「我沒辦法。」

「好吧，那就閉上眼睛。回想那個時刻。你不用告訴我，只要想想你那時有什麼感覺。多麼開心、多麼特別又……緊張。我不曉得。我只是說出我的感受。」

安德魯睜開眼睛。

「後來，」佩姬說，「你在沙發上睡著了。你一直說『妳救了我』。你以為我是你逃離這一切的出路。但是，你一定要相信我，只有你能改變現狀。必須從你自己開始。」

安德魯的目光被吸引到了鐵路的碎片上。彷彿破壞才剛剛發生。

佩姬看看手錶。「聽著，我或許該走了。我得去確保女兒們有吃到焦糖巧克力棒以外的東西。」她站起來——放開安德魯的手——取回她的外套和提包。「想想我說的話，好嗎？如果你又開始覺得……你知道的……就馬上打給我。一言為定？」

安德魯點頭。他很不希望她離開。無論她怎麼想，要是沒有她，他一定做不到。「我會的，」他脫口而出，「我會向大家說實話——但不會是現在，這個卡麥隆在思考誰是冗員的時候。我必須找個辦法混過這該死的愚蠢晚餐聚會，保住我的名譽，然後等情況穩定之後，我會試著修正一切，我保證。所以，我只想要求一點短期的幫助，關於我應該怎麼……」他看到佩姬眼中的失望，話聲漸弱。她走向門口，他跛著腳追上去。

「妳想……拜託不要——」

「我的話說完了，安德魯。我不會改變心意。更何況，我也有自己的混亂要收拾。」

安德魯勉強忍住了，沒有開口乞求她留下。

「當然，」他說，「當然。我懂。抱歉，我無意把妳拖走。我也很抱歉騙了妳。我很想告訴妳實話，真的。」

「我相信你。」佩姬說，在他臉頰上啄了一下。

佩姬走後，安德魯呆站了半晌。他低頭看著地毯上的酒漬。這是他在黛安死後也曾經絕望僵硬地站了整天的位置，任憑莎莉打來找他說話的電話響個不停。他對自己當時的行為感到無比愧疚——多麼膽小又懦弱地只想躲起來，破碎得不敢面對喪禮，完全不理會莎莉的安慰——他不停放縱自己幻想如果那天早上她沒有出門，他的人生可能會是如何，現在想起來更是慚愧。他不敢相信佩姬得知真相之後竟然對他這麼親切體諒。他原本預期她會直接遠遠跑開。當然，除非她只想先引誘他陷入虛假的安全感，再趕快衝到最近的精神病院去舉報他是個妄想、危險的瘋子……如果他要出來向大家坦白，肯定，絕對，沒有人會像她這麼體諒。他想像卡麥隆瞪著又大又圓的眼睛，基斯和梅瑞迪絲則會在一眨眼間從震驚轉為刻薄。

他又聽到他的手機震動。無疑又是卡爾傳來的簡訊。他心裡的自動駕駛系統想要播艾拉的歌，但他停在唱機前，手放在唱針上。沒有音樂或火車的溫和行駛聲，他似乎能聽得比較清楚。他打開窗戶。麻雀在唱歌。有隻大黃蜂嗡嗡飛向他，又轉向飛走。

雖然咖啡因讓他有點神經緊張，但他還是又泡了一杯茶，邊喝邊享受它撫慰的溫暖，整理著思緒。他能理解佩姬為何失望，他都已經向她透露真相了，卻不乾脆向大家坦白，但她或許還沒完全理解到這個幻想有多麼強大，他對它有多麼依戀。這不是他能隨便捨棄的東西。

他站著觀察火車殘骸。很難分辨什麼損傷可修復，什麼是已經永遠毀了。當時他設置的火車頭——04魯賓遜——應該沒救了，車廂也是。謝天謝地那不是他很珍惜的火車頭。大多數的造景——比較輕的東西——肯定也都無法修復了。樹木和動物都被壓扁扭曲。人偶都平躺在地上。只剩下三個農場工人還直立在果園裡，露出一副反抗的表情。

佩姬說過他必須自己決定該怎麼辦，或許她說得對。但萬一他決定只在他真正準備好之後才告訴大家真相呢？這樣他還是有在掌控情況，不是嗎？他不理會腦中異議的聲音，專注在他自認為更迫切的事情：近在眼前的晚餐聚會。讓卡麥隆開心肯定很重要。他真正需要的是幫手。佩姬是不可能了。所以剩下……嗯，「沒人了，」他大聲說。但，再看一眼那些堅毅的農場工人，他突然想到，其實，這也不完全是事實。

31

週六下午不是次級版的尖峰時段，但安德魯還是可以想像 BamBam67、TinkerAl 和 BroadGaugeJim 會在傍晚結束之前登入——在他們等晚餐煮熟的時候迅速瞄一眼，以防有人貼文證實新出品的 Wainwright H Class 0-4-4T 火車頭真的夠資格引起熱潮。

對他有利的是，因為最近的事件，他在聊天室的最後一次活動已經是上個禮拜，所以當 TinkerAl 和 BroadGaugeJim 在最近兩則留言裡提到他的時候，都帶著真心誠意的關切：

「Tracker，你有點沉默。還好嗎？」

「我也這麼想！該不會是老 T-bone 已經失去興趣了吧？」

他們顯然有在擔心他的禍福這一點，讓他對於要向他們求助感到輕鬆了一些。

他在空白文件檔寫了段話，從頭到尾斟酌修改了好幾次。

他還是覺得有點冷，所以又到櫥櫃去找了一些他洗過並用機器烘乾的毯子來披到肩上，現在，他的頭看起來好像正從一個印地安帳篷頂上伸出來。

他把留言複製貼上留言版，最後檢查一遍，然後趁自己退縮之前，按下送出。

¶

安德魯啜一口淡啤酒，暗自提醒著自己，他的直覺就像是從流動攤車買來的漢堡，或是講話喜歡用「我老實跟你說」開頭的人一樣——無法信賴。他選了這間靠近國王十字車站的酒館，因為店名叫做鐵路客棧，感覺是個好兆頭。他設想這裡應該會有點像巴特書店——相同氣氛，只是把茶、司康和書籍換成了大杯苦啤酒和有趣的洋芋片。但結果，這家酒館是那種你只會聽說過跟「逃離現場」與「無故攻擊」等辭彙連在一起的地方。安德魯早就不記得現在是哪些球隊在爭奪甲級或隨便什麼名稱的聯賽冠軍了，但看起來酒館裡其餘的二十個人左右，委婉地說，都是有投資的。眾人氣憤地向電視螢幕大罵。更令人不解的是，有個薑黃色鬢角的男子在每當判決對他支持的球隊有利、或甚至只是換人的時候就會一直拍手，彷彿他的掌聲真的能傳進螢幕中，讓場上的球員聽到。另一個在球衣外面穿著皮夾克的人，不時會舉起雙臂，轉身想跟另一群死不理他的球迷講話。一個年輕女子站在吧台邊比較遠的地方，緊張地拉扯質地看來有點像棉花糖的紫色頭髮。安德魯從未見過這麼多人擠在同一個地方，支持相同球隊，穿相同衣服，卻顯得如此孤單。

在其他情境下，他會離開去找別的地方，但是現在不行。他在聊天室留言的結尾指名了酒館和時間。據他所知，底下可能已經立刻出現三則拒絕他提議的回覆，無論是否帶著歉疚，但他不敢去看是否有人回應。他最多只能一手遮臉一手往下捲動，從指縫間偷窺，彷彿在觀看日蝕。

他緊張地把玩啤酒杯墊，最後屈服於把它撕成長條的衝動，在桌上留下活像倉鼠窩的一堆紙屑。他突然發覺自己有多焦慮。現在想起來，他留言版訊息的開朗結尾實在不忍卒睹，「況且，我們當面聚會一定很好玩，不是嗎？？」，簡直是在邀請別人來駁斥嘲弄。這幾乎違反了論壇所代表的一切意義。網路就是你可以假裝成別人的地方，而且更重要的是，還可以邊裸體吃乳酪邊上網，如果你想要的話。現實生活怎麼能跟它比呢？

他仔細看看周圍，回想起佩姬第一天上班時在酒館裡譴責他偷看別人看得很明顯的事，期待著看到有可能像是他網友的人出現。他盡力不跟那個皮夾克男子眼神接觸，剛剛安德魯在向白髮酒保點啤酒的時候，那個人曾經轉向他，用充血的眼睛看著他咕噥「你好嗎？」安德魯假裝沒聽到然後逃走，也假裝沒聽到對方在他背後咕噥著「混蛋」。

他豎起外套衣領，讓別在上面的模型火車金屬小徽章清晰可見。他原本希望這個含蓄的方式能讓網友認出他來，又不會吸引到不必要的注意。所以當他抬頭看到剛進門的男子身上穿的T恤印著：「模型火車就是答案。誰在乎問題是什麼？」的時候，他只能憋住爆笑。

安德魯起身一半，羞怯地向他揮手，對方咧嘴一笑回應，令他如釋重負。

「你是Tracker？」

「對！我叫安德魯，你知道，在現實世界裡。」

「幸會，安德魯。我是BroadGauge——吉姆。」

「太好了！」

安德魯伸手和吉姆握手，從吉姆的表情看來可能有點過度熱情了，但安德魯興奮得沒空尷尬。真的有人來了！

「對了，徽章很漂亮，」吉姆說。

「謝謝，」安德魯說。他原想回禮誇獎吉姆的T恤，但這時顯然有人得分了，整個酒館爆出一陣不以為然的哀號。吉姆觀察了一下騷動情況，然後轉回來，抬起眉毛。

「抱歉，場地選得不好，」安德魯趕緊說。

吉姆聳肩。「不會，沒關係。你要喝什麼？」

「喔，那麻煩一杯淡啤酒，」安德魯說，等吉姆走向吧台，趕緊喝掉他剩下的三分之一杯。

吉姆拿著飲料回來時，後面跟著一個剛從女廁走出來、紫色頭髮的年輕女子。吉姆和安德魯還來不及說話，她已經坐到桌邊緊張地向他們打招呼。

「呃，不好意思，」吉姆說，「但是我們在等人。」安德魯歉疚地向女子微笑。

「對啊，就是我，」女子說。

安德魯和吉姆互看一眼。

「等等，」安德魯說，「妳是……」

「TinkerAl，」女子說。

「可……可是妳是女的！」吉姆說。

「眼力很好哦，」女子笑道。接著，見安德魯和吉姆不知如何回應，她翻個白眼說，「『Al』的部分出自亞歷珊卓。但是大家都叫我亞歷士。」

「呃，」吉姆說，「那，妳知道的……也不錯！」

「謝謝，」亞歷士忍住笑意說，然後便開始了一段描述她最新採購品的熱情獨白。「我真心認為它勝過 Caerphilly Castle 4-6-0 型，」她說。

「不可能啦！」吉姆說，眼珠子差點從腦袋跳出來。

他們三人繼續聊火車，偶爾必須拉大嗓門壓過認為比賽判決不公而喊叫的人群。雖然皮夾克男子還是會偶爾怒瞪他，安德魯仍然開始放鬆了。不過，如果 BamBam 沒來會是個大問題。他最需要他。

在地主隊踢進了追平分的混亂慶祝中，有個男的晃進門來，在他們的桌旁漫不經心地拉開椅子，彷彿是來見二十年來天天見面的熟人。他穿著深藍牛仔襯衫，下襬塞進卡其色的褲子裡，身上散發昂貴的刮鬍水氣味。他自我介紹是BamBam，本名魯伯特——其餘人都無法掩飾驚訝之色。吉姆看著魯伯特跟亞歷士握手，終於忍不住了。「她是女人耶！」他說。

「沒錯，」亞歷士說，「我還有證書呢。對了，誰要吃薯片？」

他們四人喝著酒，吃著民主地拆開放在桌上的袋裝燻培根。在他們大聊著各自的新採購與各種即將舉行的活動時——他們已經約好要一起去亞歷山卓宮的一個展覽——安德魯開始希望他即將提出的計畫不會破壞掉大家平衡的氣氛。但他從廁所回來之後，眾人顯然已經把握機會討論了他的留言，吉姆清清喉嚨說，「欸，安德魯，你，嗯，邀我們來這裡，是為了……那件事？」

安德魯鄭重排練過要怎麼開口，但他還是一直感覺到耳朵裡血液的鼓動。他的打算是盡快講完，只透露必要的部分。他講得很快，完全沒有停下來喘氣，講完時居然真的感覺有點頭暈。

「就是這樣，」他總結說，喝了一大口啤酒。

一陣恐怖漫長的停頓。安德魯抓起另一塊啤酒墊，開始撕裂扭轉。

然後魯伯特開口。

「先問清楚，」他說，「你需要借我家來主辦一場晚餐聚會？」

「為了這場聚會需要我們大家幫你做菜？」亞歷士說。

「還有廣義上的隨時幫忙……等等的，」吉姆補充。

「因為，」亞歷士說，「單位馬上就要裁員，而你必須避免得罪你老闆。」

安德魯發現這樣子講白了，聽起來還真是瘋狂。「我真的沒辦法向你們解釋我上司有多瘋狂。我原本以為他逼我們辦這些晚餐聚會是想跟我們交朋友，但他似乎主要是想要判斷最喜歡誰、可以犧牲掉誰。而我……呃，我現在真的無法承受被裁掉。」

眾人面面相覷，安德魯察覺到他們應該會想要商量一下。

「我去買下一輪酒，」他說。雖然他很擔心吉姆、魯伯特和亞歷士會怎麼決定，但在走向吧台時他還是忍不住傻笑。**我去買下一輪酒**——好輕鬆！彷彿這是世上最自然的事了！

「我要換一下淡啤酒的桶子，」酒保說。

「沒關係，慢慢來，」安德魯說，太晚才發現這樣聽起來可能有點像在諷刺。

酒保盯著他一會兒後才走去地窖。

「你最好小心一點，」皮夾克男子說，「我看過他為了更小的事把別人踢得半死。他會一下子正常，一下子突然發瘋。」

但安德魯沒在聽。成排的烈酒上方有面鏡子，他從倒影看到他的同伴們在桌上商議。他突然在意起身邊電扇的噪音起起落落，聽起來好像一些呻吟、驚嘆和鼓勵的喊叫，搭配著他正在觀看的對話。

「老兄，你怎麼不理我？」皮夾克男子大聲說。

安德魯假裝沒聽見，數好錢準備付帳。

「哈囉囉囉，」男子說，伸出手來在安德魯面前揮舞。

安德魯假裝驚訝。「抱歉，我今天精神不太好，」他說，希望自己聽起來不會像個狼狽的代課老師。

「那樣子不甩我沒藉口好說，」男子戳他的肩膀說，「這是人類該死的基本禮貌。」

這下安德魯希望酒保能趕快回來了。他看著鏡子。同伴們似乎還在熱烈討論中。

「那你看誰會贏？」男子指著電視螢幕說。

「喔，我不太清楚，」安德魯說。

「老兄，猜猜看。很好玩的。」男子這次更用力戳他肩膀。

安德魯盡量溫和地退開。「平手吧？」他說。

「哈。鬼扯。你是來臥底的西漢姆隊球迷？喂，大家聽著，這個人是西漢姆隊的！」

「我不是，我什麼都不是，」安德魯說，聲音變得走調。幸好，沒人理他們，酒保終於出現並且倒好酒，讓安德魯鬆了口氣。

在他回到感覺像是陷入了尷尬的沉默的桌邊時，突然發現自己忘了講一個關鍵。「我忘了說，我不是要求你們免費幫忙。我們可以協商酬勞，你知道，無論是一些現金或讓你們挑選我的收藏。最近我不小心弄壞了我的 04 Robinson，但還有其他的火車頭和景觀裝飾，所以請直說——」

「別傻了，」亞歷士打斷他，「你當然不用給我們錢。我們只是在安排後勤。」

「喔。好，」安德魯說，「我是說，有你們加入真是太好了。」

「對，一定的，」亞歷士說，「畢竟我們是朋友啊，」她用聽起來像拍板定案的語氣補充。她向魯伯特瞪大眼睛。

「喔，對，確實，」他說，「歡迎你來我家辦聚會。其實我的伴侶下星期會出差不在，所以時機剛好。不過恐怕我的廚藝很糟糕。」

吉姆把手指叉在一起伸長手臂，指關節啪啪響。「你可以把做菜交給我，」他說。

「那。我們一言為定。解決，」亞歷士說。

他們又談了一會兒時間和地點，但過了一陣子話題還是轉回到了火車。這天下午第二次，安德魯必須專心隱藏著一直想爬上他嘴巴的傻笑。

¶

足球賽結束——結果真的是平手——大多數球迷都搖頭嘀咕著散去。不過皮夾克男子另有打算，安德魯看到他歪歪扭扭地走過來，在他們旁邊的桌位拉開椅子，不禁暗自叫苦。

「模型火車，嗯，」他說，打量吉姆的衣服，然後把雙腳放到安德魯的椅背上。「我操，真的還有人玩那種東西啊？」

亞歷士向安德魯抬起眉毛。「你認識他嗎？」她用嘴型問。安德魯搖搖頭。

「抱歉老兄，」亞歷士說，「我們有點忙。可以迴避一下嗎？」

男子誇張地上下打量亞歷士。「唉唷唷唷，如果我再年輕十歲……」

「我還是會完全不甩你，」亞歷士說，「快走開，乖孩子。」男子的睥睨變成了怒色。他踢安德魯的椅背。「你最好叫那個賤人閉嘴。」

「鬧夠了吧，」安德魯站起來說，「請你別再來煩我們。」他的聲音在顫抖。

「是喔，要是我偏不呢？」男子說，站起來挺得筆直。魯伯特、吉姆和亞歷士一看也跟著站起來。

「天啊，看看這票人，」男子說，「一個弱女子，一個像佛瑞德・迪布納（注：Fred Dibnah，常上電視的老機械專家）的老頭，還有個瘸腳的福爾摩斯。」

「這麼說話不太好吧？」魯伯特聽起來異常冷靜地說。安德魯不太確定用這樣諷刺的語氣好不好，但接著他發現原來魯伯特已經有所行動了。也就是，他看見酒保正從皮夾克男子的背後悄悄走向他，扭著脖子彷彿正要跑百米比賽。他等到男子又往安德魯踏出一步，才突然迅速上前抓住他的衣領，把他拖向門口、推出門外，並在他背後猛踹一腳。他走回吧台時，還作勢拍一拍手上想像的塵土，安德魯只在卡通裡看過這個動作。

安德魯、吉姆、亞歷士和魯伯特都呆站了一會兒，似乎沒人知道該說什麼。吉姆先打破沉默。「除了我之外還有誰也佩服他竟然認得佛瑞德・迪布納嗎？」

32

佩姬對於安德魯馬上就回來工作了感到很擔心。「你最好休假幾天，讓頭腦清醒一點，」她發簡訊給他。「別忘了這工作可能有多灰暗。這可不是當歌手或冰淇淋試吃員。」但安德魯不太願意待在家。那裡只有他和自己的思緒，而他討厭自己的思緒，那多半都很討人厭。自從佩姬去過他家以後，他也開始發現家裡的狀態有多麼荒謬。他把晚間上網聊天之後的時間都用來到處打掃，直到精疲力盡地冒汗。

隔天早上他出門的時候，忐忑地瞥見香水女子的家門正好關上。他第一次真正目睹到她存在的證據，驚訝到差點叫出聲來。

¶

晚餐聚會當天剛好碰上安德魯和佩姬兩週來第一次的財產調查——馬肯・佛萊契，六十三歲，在粗糙的棉被上嚴重心臟病發作。這次他們居然只花了幾分鐘就有突破。

「有了，」佩姬從臥室大叫。安德魯發現她盤腿坐在衣帽間的地上，被許多擦得發亮的鞋子包圍，一堆看起來幾乎相同的西裝外套掛在她頭上，好像小孩在玩捉迷藏。她遞給安德魯一本看起來很高級的通訊錄。他翻了翻，但是從A到Z的頁面上都沒寫東西。

「最後一頁，」佩姬說，伸手讓安德魯拉她站起來。安德魯翻到通訊錄最後面的「附註」部分。

「啊，」他說。頁面最上方用整齊的小字寫著爸爸、媽媽和凱蒂，旁邊是各自對應的電話號碼。他拿出手機打給爸爸、媽媽，但接聽的是個聽起來很年輕的女子，不認識什麼叫馬肯的人，也沒有前任住戶的紀錄。但在安德魯打給凱蒂的時候就順利多了。

「喔天啊，那……他是我哥哥……可憐的馬肯。天啊。好可怕的噩耗。恐怕我們已經失聯很久了。」安德魯用嘴型覆誦最後一句話給佩姬看。

¶

「所以，最近怎麼樣？」他們離開公寓時安德魯說，決定把問題模糊化到讓佩姬能任意回應。

「嗯，史提夫昨天來收拾他剩下的東西，那是個解脫。他說他十天沒喝酒了，不過他聞起來像一座酒廠，所以除非他很倒楣，過來途中有人把大量琴酒打翻在他身上，不然我想他應該是在說謊。」

「我很遺憾，」安德魯說。

「不需要。我早該這麼做了。有時候人就是需要被輕輕地推一把。一個幫你下定決心的理由。」

安德魯感覺到佩姬轉頭看著他，但他不太敢迎向她的目光。他知道她要說什麼——他不想退讓去承認她說得對。

這時，他收到吉姆用簡訊傳來當晚的菜單；菜色聽起來時髦得令人安心——球莖甘藍究竟是什麼東西？——還要求他買些酒回來。他甩掉腦中的懷疑。無論佩姬怎麼想，他必須專心讓今晚的一切完美無瑕。

「我需要稍微繞路一下，」安德魯說，帶著她到連鎖超市，走向酒品走道。

「今天跟你講電話的那個人——叫凱蒂，是吧？」佩姬說。

「嗯哼，」安德魯說，一面分心閱讀黑皮諾葡萄酒的標籤。

「她絕對是你聽過說出『我們失聯很久了』的第一百個人，對吧？」

「很可能，」安德魯說，伸手拿一瓶香檳遞給佩姬。「這種高級嗎？」

「呃，不，不算是。這種怎麼樣？」她拿給他一瓶瓶頸上有銀色網狀圖案的。「我的意思是，」她說，「做我們的工作沒什麼不好，但是感覺有點『亡羊補牢』，你懂吧？我是說，如果每個人都能更努力一點，至少提供一些讓人找到同伴的機會，能夠跟相同立場的某人連結，而非接受這種無法避免的孤立，不是很好嗎？」

「是啊，好主意，好主意，」安德魯說。**零食。他們需要零食嗎？或者在這個時代零食已經過氣了**？他迄今從未如此焦慮過，但他真的開始感覺神經在躁動了。

「我在想，」佩姬繼續說，「有沒有哪個慈善機構有在做這種事，或者——我知道聽起來有點瘋狂——我們真的可以研究一下，自己來創立一個。如果不行，那至少找個辦法來確保當我們找不到近親時，會有除了我們單位以外的人出席喪禮。」

「聽起來很棒，」安德魯說。**對了，紅椒口味爲什麼可以這樣壟斷辣味洋芋片市場？幹，萬一有人對紅椒或吉姆做的任何菜餚過敏呢？好吧，先冷靜。深呼吸。該死的。深。呼吸。**

佩姬嘆氣。「我也很想裸體騎著大象下海，同時高唱〈波西米亞狂想曲〉。」

「嗯，好主意。等等，什麼？」

佩姬大笑。「算了。」她從他手裡把酒拿走，另外換了一瓶。

「那麼，今晚……」她說。

安德魯眨眼。「都安排好了，」他說。

佩姬停步，等他轉過來面對她。

「安德魯，你剛向我眨眼嗎？」

¶

安德魯一從超市回到辦公室，就直接走到基斯的桌子前。

基斯在吃甜甜圈，同時對螢幕上的東西哈哈大笑。但他一看到安德魯便放下了甜甜圈，皺起眉頭。

「哈囉，基斯，」安德魯說，「呃，我只是想為了上週發生的事道歉。情況非常失控，但是我很抱歉那樣子推你。我真的無意傷害你。希望你能原諒我。」

他奉上佩姬挑選的香檳，示意想跟基斯握手。起初基斯似乎被他的魅力攻勢嚇到了，但沒多久就恢復了鎮定。「超市自有品牌，是嗎？」他說，轉過瓶身看標籤，這時梅瑞迪絲走過來，保護地站在他旁邊。

「呃，這還不太足以彌補，」梅瑞迪絲說。

安德魯舉起雙手。「我知道。我同意。只是一點小心意。我真的希望我們今晚能在我家聚會，開心一下，把這事拋諸腦後。你看怎麼樣？這計畫不錯吧？」

只有你能改變現狀……必須從你自己開始。

「呃，」基斯清清喉嚨說，「我想我自己或許也有點過分了。況且，呃，我想你也不是故意把我打暈的。」

「不是，」安德魯說。

「當然，換成別的日子，如果你沒有僥倖得手，我可能會因為你推我而把你打暈。」

「一定的，」梅瑞迪絲仰慕地看著基斯說。

「不過為了日後相處，你知道，我很樂意說過去就過去了，就這樣吧。」

這次基斯跟安德魯握手了。

這時卡麥隆走過，折返回來看看是怎麼回事。他有黑眼圈，看起來憔悴至極。

「一切還好吧，弟兄們？」他有點疲憊地說。

「對，好得很，」安德魯說，「只是在討論我們有多期待今晚的晚餐。」卡麥隆觀察安德魯的臉色，尋找著諷刺的跡象。顯然滿意了以後，他微笑並雙手合十地說「Namaste」（注：印度招呼語），然後退開到走廊上，腳步輕快地走向他的辦公室。

「真是怪胎，」基斯說。

梅瑞迪絲發現基斯的襯衫衣領有標籤凸出來，伸手把它塞進去，基斯的表情有點尷尬。

「所以，安德魯，」梅瑞迪絲說，「今晚我們終於可以見到黛安了？」

「不，恐怕不會，」安德魯說，「她跟孩子們要去看表演。日期真不巧。」雖然這句台詞他排練了很多次，還是必須全力專注才能聽起來真心誠意。他在自己的座位坐下時，公文匣裡新增了一堆文件，有一大批新的死者要處理，他忍不住想起那天他向佩姬求助的時候，她露出的譴責表情。**只有你能改變現狀……必須從你自己開始。**

33

安德魯拿著一堆酒走出辦公室，看看左右兩邊再過馬路，隨即不慎失手把整袋酒掉在人行道上，落地發出碎裂聲。「倒楣啊老兄，」路過的一輛白色廂型車上的人大聲說。安德魯咬緊牙根前往另一家森寶利超市。手上拿著一袋採購品走進超市，怎麼會讓人感覺這麼像回到一個拙劣命案的現場呢？

他勉強回想著先前買的酒，又另外加了一瓶以策安全。收銀機的女店員——根據她的名牌，叫葛倫達——逐一掃瞄酒瓶，贊同地哼了一聲。「今晚有大事吧，小哥？」

「算是吧，」安德魯說。

雖然知道她沒有惡意，但葛倫達的話開啟了安德魯的緊張閘門。他匆忙前進時感覺到心跳開始加速，腋下開始冒汗。他覺得經過的每個人好像都意有所指地看著他，彷彿跟他們也有關係，每次隱約聽到的對話片段似乎都帶有某種含意。魯伯特對自家地址的指示似乎複雜得很沒必要，令他更加焦慮。他叫大家別管google地圖——「它認為我住在一間叫做奇想炸雞的店裡。我寄過好幾次要求更正的信了」——照他的指示走。最後安德魯終於找到地方的時候，已經滿身大汗、氣喘吁吁。他按下門鈴，聽到有點可憐又怪異突兀的鈴聲，彷彿已在故障邊緣。

門後只見一團煙霧，然後吉姆出現。

「進來，進來，」吉姆咳嗽著說。

「沒問題吧？」安德魯說。

「對，對，只是廚房紙巾和火焰出了點小意外。不過我還在繼續做開胃菜。」

安德魯正要問廚房裡有沒有煙霧警報器時，突然警鈴大作，他拿著採購品無能為力，同時吉姆正慌亂地在空中揮舞茶巾。

「酒先放在中島上，」吉姆說，指著有酒瓶架和精心安排布置的嶄新花崗岩檯面。「我得先想想它們要怎麼搭配。」

「那不是中島，」門口傳來魯伯特的聲音，「至少我們的房仲說不是。它有一側跟牆壁相連，所以應該叫做半島。」魯伯特穿著類似他們在酒館碰面時的那種俐落服裝，但加上了寬鬆綁著腰帶的紫色睡袍。他發現安德魯正在盯著他看。

「我的辦公室挺冷的，但我不太想開暖氣。別擔心，我保證我只是個科技業顧問，不是休・海夫納之類的。」

吉姆從袋子裡拿出一些材料，排列在檯面上，開始仔細檢查每一項，彷彿一個農村慶典比賽的裁判。

「沒問題吧？」安德魯說。

「對。一定的，」吉姆用一根手指敲敲下巴，瞇著眼睛說。「一定的。」

安德魯看著魯伯特，他向他抬起一側眉毛。

安德魯正想問吉姆到底知不知道自己在幹什麼的時候，門鈴突然響了，聲音比他剛才進來時又更加虛弱走音。魯伯特雙手插在睡袍口袋裡。

「欸，今晚這是你家，你最好去應門。」

安德魯離開房間時聽到吉姆問魯伯特有沒有剁骨菜刀，感覺心跳又加快了一點。

安德魯開門看到了亞歷士，她的頭髮染成了嚇人的白金色，不過沒有完全蓋掉紫色，還殘留在零星的髮束中。

「我買了一堆裝飾品等等的，」她說，把拿著的兩個袋子之一塞到安德魯手上。「一定能炒熱氣氛，變得超級好玩！你看——派對拉炮！」

她經過安德魯走往走廊。

「呃，亞歷士，妳說『超級好玩』——我當然希望好玩，但我不想要太極端或……太『超級』的東西。」

「當然，我瞭，別擔心，」亞歷士說。安德魯跟著她走進餐廳，剛好看到她熱心地把亮粉撒到餐桌上。

「糟糕，」她突然說，一手拍額頭。

「怎麼了？」安德魯說。

「剛發現我把一整袋東西忘在店裡了。我得回去拿。」她把手拿開後，頭髮上也沾了亮粉。

在廚房裡，吉姆正用大菜刀在亂剁一顆胡桃南瓜，彷彿在匆忙地分屍。

「一切順利吧？」安德魯說，緊張地四處徘徊。

「是，一切都好，」吉姆說，「你可以暫時別問了嗎，老兄？啊，我本來要說的是這個：魯伯特，你有沒有什麼我們能當作手推車，來把食物送到餐廳去的東西？」

「手推車？我不能用手拿嗎？」安德魯說。

「是也可以，但是我想如果你能在餐桌旁完成主菜的最後程序，像法式的旁桌服務（Gueirdon-style）那樣，可能看起來會很炫，不是嗎？」

「吉爾登？」魯伯特說，「他不是里茲隊的左後衛嗎？」

門鈴又響了。安德魯正在猜想亞歷士會帶什麼派對裝飾回來，但他在開門後驚恐地發現卡麥隆站在台階上。

「哈囉囉囉！」卡麥隆拉長字眼說，彷彿在向隧道喊叫，想聽見回音。他臉上的笑容消失。「喔，糟糕，該不會我來得太早了吧？」

安德魯勉強恢復鎮定。「不，不，當然不會，請進，請進。」

「有香味喔，」卡麥隆踏進門之後說，「在煮什麼？」

「是驚喜，」安德魯說。

「真有意思，」卡麥隆會意地笑笑說，「我帶了義大利紅酒來，但是在上次的——我該怎麼說呢——過度放縱之後，我想今晚我還是喝水就好了。」

「是喔，好吧，」安德魯說，接過酒瓶並帶著卡麥隆走進餐廳。

「老實說，那晚我回家後，克拉拉和我算是開誠布公談過了。把話說清楚總是好事，不是嗎？」

「肯定是，」安德魯說，有點擔憂地發現卡麥隆看來比先前更蒼白了。

「呃，我喜歡亮粉，」卡麥隆說，「很鮮豔。」

「謝謝，」安德魯說，「先坐，我馬上給你拿水來。別動！」他用拇指和食指作出手槍姿勢補充。卡麥隆溫馴地舉起雙手投降。

安德魯衝進廚房關上門。「好吧，我們有個該死的大問題，」他說，「有個客人已經到了，目前坐在餐廳裡。所以你們得盡量保持安靜——別讓除了我以外的任何人進這扇門。」

魯伯特在高腳椅上來回旋轉，顯得無動於衷。「我們不能假裝成工作人員之類的嗎？」他說。

「不行，」安德魯說，「太怪了。他們會問東問西。呃，我在幹嗎？對了，拿水。」

安德魯轉向櫥櫃，尋找玻璃杯。

「啊，有個小問題，」他聽到魯伯特說。

「什麼？還有你的玻璃杯放哪裡？」

「左上方櫥櫃，問題是有個女人在窗外盯著我們。」

安德魯轉過來看向窗戶，差點把杯子掉在地上。謝天謝地，是佩姬。而當他看到她的眼睛露出微笑，一邊眉毛稍微搞笑地拱起的時候，安德魯馬上浮現一股強烈的快樂與解脫感——每當她走到他的眼前，他總是有這種感受。

他走過去把落地窗推開。

「哈囉，」佩姬說。

「哈囉。」

佩姬稍微瞪大眼睛。

「我該進來嗎？」

「喔，對，請，」安德魯說，趕緊讓開。「各位，這是佩姬。」

「哈囉……大家好，」佩姬說，「我想你們的門鈴壞掉了。」

安德魯開始語無倫次地解釋，但佩姬舉手阻止他。「沒事，沒事，你不用解釋。我就進去了，好嗎？」

「好主意，」安德魯說，「其實，卡麥隆已經來了。」

「真是大新聞，」佩姬說，「走這邊對吧？」

「對。在妳右手邊第二——不對，第三個門。」

安德魯看著她離開，轉回來面對檯面，倚在上面支撐，呼吸幾下鎮定心神。

「她似乎不錯，」吉姆說。

「是啊，」安德魯嘆道，拍拍臉頰設法讓自己清醒。「其實，好到我認為我有很大的機率已經愛上她了。總之，那個核桃什麼的做得怎樣了？」

吉姆沒回答，安德魯一抬頭，看到佩姬又出現了，他卻不知情。眾人似乎凍結了一會兒。然後佩姬上前伸手越過安德魯，迴避他的目光。「杯子在這裡面是吧？好。

只是來拿卡麥隆的水。」

她用水龍頭把杯子裝滿水，輕聲吹著口哨離開。

「這下好了，」安德魯說。他原本想接著咒罵一聲，但這時大門口有人敲門。

「我去開，」安德魯說，走向大門口。他開門，發現表情驚慌的亞歷士被夾在一臉困惑、拿著兩瓶白酒的梅瑞迪絲和基斯中間。

「剛買好了你要的東西，」亞歷士機械式地說。

「啊。好。對，」安德魯說，「多謝妳了。」

「不客氣……鄰居。」

安德魯接過袋子，把梅瑞迪絲和基斯趕進門廊，並示意亞歷士繞到落地窗那邊。

「祝你好運！」她的嘴型說，向他豎起雙拇指。

「我可以借洗手間嗎？」梅瑞迪絲說。

「當然可以，」安德魯說。

「在哪邊？」

「呃，問得好！」

梅瑞迪絲和基斯沒有附和安德魯硬擠的笑聲。「穿過那邊就是了，」他含糊地指著走道遠端說，再抓抓後腦勺。梅瑞迪絲走過一道門，安德魯聽到浴室抽風扇啟動後安心地嘆了口氣。他告訴基斯餐廳位置，請他幫忙把亞歷士的採購品拿進去。

「裡面應該是一些好玩道具。派對的東西，你懂吧？」

他拍拍基斯背後，想著自己是何時學會了拍人後背的，接著衝回廚房。

吉姆雙手遮住臉，透過指縫念念有詞。

「發生什麼事了？」安德魯說。

吉姆把手移開。「我很抱歉，老兄。我不曉得怎麼搞的，但是我想以烹飪術語來說，我搞餿了。」

安德魯拿了根湯匙試喝一口。

「怎麼樣？」吉姆問。

很難恰當地說明安德魯的味蕾現在的體驗。太多資訊無法處理。

「呃，肯定很有風味，」安德魯說，舌頭似乎在擅自探索著後方的牙齒。**葡萄酒**，安德魯心想。這就是對策。如果他們夠醉，就不會在乎菜色了。

他開了兩瓶梅洛葡萄酒前往餐廳。他走過轉角時心想怎麼安靜得令人發毛——像是爭吵之後殘留的沉默——然後突然聽到一連串巨響。他大驚，感到兩瓶酒從手中滑落。有那麼片刻，大家都看著紅酒流往淡藍地毯，掉落的派對拉炮紙屑浸泡在酒灘裡，然後突然每個人都回過神來，提供著不同的建議。

「吸乾，你必須吸乾。絕對要吸乾，」佩姬說。

「但是只能上下動作不能左右抹——那樣只會搞得更糟，我在電視購物頻道看過，」梅瑞迪絲說。

「用鹽，不是嗎？」基斯說，「還是用醋？白酒？」

「我想那是迷思，」安德魯說，正好看到卡麥隆拿著他掉在地毯上的半瓶白酒跳過來。

「他會宰了我，」安德魯低聲說。

「誰啊？」梅瑞迪絲說。

「沒有。各位，請……在這裡等一下。」安德魯回頭衝過走道進入廚房。他口齒不清地向魯伯特說明狀況，魯伯特聽完抓著他的肩膀說，「別擔心。我們晚點再處理。你得給這些人東西吃。我想我找到辦法了。」他指著流理台上五個結霜的食物保鮮盒。上面的標籤都是「烤碎肉捲」。

安德魯轉向吉姆，想要道歉。

「沒關係，就這樣吧，」吉姆說，「反正他們可能也會認為我的菜有點……挑戰性。」

接著有一段相對寧靜的時期，他們用微波爐分批加熱著烤碎肉捲並收拾混亂。安德魯甚至放鬆到，當魯伯特苦笑著觀察大家手忙腳亂的荒謬，亞歷士開玩笑說她不敢相信安德魯竟然說服了大家做這件事的時候，差點陷入歇斯底里，還必須客氣地請大家小聲點。安德魯定時回到餐廳提供麵包棒和橄欖，同時亞歷士擔任著電影現場的連戲顧問角色，確保安德魯在肩上放著烤爐手套，用濕抹布擦抹額頭來製造他正在炎熱的爐邊辛苦烘烤的錯覺。

食物終於準備好上桌時，是安德魯當晚最鎮定的時刻。烤碎肉捲不太能引人讚嘆，對話內容也是，但這其實都不重要。文明禮儀才是必需的，而迄今每個人都沒有踰矩。比平常沉默也講比較少諷刺旁白的基斯，吞吞吐吐地講述他上週收到一個語音留言的故事。有個婦女在地方報紙看到貧民喪禮的報導，才發現那是她的兄弟，他們失聯很多年了。「她告訴我他們是因為一張桌子而失聯的。他們以為那是祖傳十代下來的古董。他們父母死後，兄妹開始爭奪，最後她贏了。等她看到他的死訊之後才決定把桌子拿去鑑價，結果原來那是贗品。廉價仿冒貨。頂多值五鎊。」在反省的沉默中，基斯突然顯得很彆扭。「總之，」他說，「我想這有點發人深省。關於人生裡什麼才是重要的。」

「說得好，」卡麥隆說。他們聽完不發一語，造成好像某人說了深奧的話之後那種無可避免的尷尬，沒人想因為接著講出一些瑣事戳破泡沫而被鄙視。

佩姬先開口。「接下來的甜點是什麼，安德魯？」

「你們等著瞧，」安德魯說，盼望同事們沒有開始對他這些關於食物的含糊回應感到不悅。因為主菜已經不是什麼赫斯頓・布魯門索（注：Heston Blumenthal，英國名廚）的名菜了，他們沒理由指望甜點會是在竊竊私語中端出來的完美圓形冰淇淋。

他回到廚房，從門口觀察現場。吉姆、魯伯特和亞歷士都圍在流理台邊謹慎地把草莓和松果屑放到碗裡那看起來很好吃的東西上。安德魯靜觀片刻，暫時不想讓他們知道他在。他們三個專注地鴉雀無聲，像個團隊一樣合作，安德魯感覺到了那種眼中開始泛淚的微弱疼痛感。這些人真好心。他好幸運能有他們幫他。他清清喉嚨，眾人面露憂色地回頭看，發現是他之後才露出笑容。

「噹啷！」亞歷士低聲說，用浮誇的手勢彌補必須壓低的音量。

安德魯把幾盤甜點端到餐廳，受到一陣欣賞的讚嘆。

「唉唷，安德魯，」卡麥隆含著滿嘴冰淇淋說，「我沒發現你在廚房裡這麼厲害。這是黛安的配方嗎？」

「哈，不是，」安德魯說，「她……」他搜尋著字眼。輕鬆的話。好笑的話。正常的話。他絞盡腦汁時，記憶回來了，清清楚楚，黛安牽著他的手，帶他離開派對，下樓梯，走進雪夜中。他不禁發抖。

「她不在，」最後他說。他看著佩姬。即使一點也不剩了，她仍用湯匙在碗裡到處挖，面無表情。

卡麥隆用手指敲打著桌面。他似乎在等大家趕快吃完，安德魯發現他偷偷在看錶。等到佩姬終於停止假裝以後，卡麥隆站了起來。

「我其實有幾句話必須跟你們說，」他說，不理會眾人交換著緊張的眼色。「這幾個月來真是不好過。我想有時候私人因素確實會妨礙專業——對我們所有人、在某些時候來說都會，至少到某個程度。以我來說，如果我做了什麼令你們不安的事情，我道歉。例如，我知道，這樣的聚會並不是人人都喜歡，但我希望你們能夠理解，這只是在嘗試要凝聚大家的情感。因為，你們或許也猜得到，我覺得在裁員的時候，高層人員比較不會想要拆散堅強團結的團隊。我懷疑是我太天真了。還有，我對待大家的態度應該要更誠實才對，請務必見諒，我只是想做我認為最好的事。然而，我發誓，這麼說感覺很怪——結果，統計數字對我們有利。公共衛生喪禮的數量在今年上升得比任何人預料的更急遽。我對你們團隊合作的應對感到無比驕傲。其實，坦白說，我不曉得接下來會怎樣。是否需要裁員的決定已經至少會被延後到年底。衷心希望我們不會需要裁員。我能承諾的只有，如果真要走到那一步，我會盡我的全力去爭取你們的權益。」他輪流看著大家，「呃，謝謝你們。就這樣。」

他們默默坐著消化這個新聞。安德魯心想，儘管事情顯然仍懸而未決，但他們似乎至少可以喘息幾個月。過了一會兒，氣氛回復到接近先前的狀態，不過可想而知，大家都克制多了。不久以後就到了大家該告退的時間。安德魯把他們的外套拿來。快完成了，他告訴自己。他看著同事們準備離去，原本預期撐過今晚將會有一陣強烈的解脫感，尤其現在他的飯碗似乎安全了，至少短期無虞。但他每說一次再見，感到的卻不是解脫，而是恐懼，就像慢慢浸入冰水一般逐漸蔓延到全身。他想像卡爾在寫他的下一則簡訊——要求知道他的錢在哪裡，也可能告訴安德魯他即將改變主意、摧毀他的世界。然後還有黛安。自從他告訴了佩姬真相之後，他通常能夠壓抑下來的記憶全都又快又猛地回想起來了。彷彿他在頭頂上打開了一道活門，拍立得照片正像瀑布般灑落下來：在煙霧迷漫的房間裡留戀的目光。在雪中親吻。月台上的熱烈擁抱，擁抱的餘燼溫暖著他直到回家。布洛克威爾公園的乾枯草地。她在燈光照明下蒼白的皮膚。破碎石板旁的橘框眼鏡。

佩姬湊過來擁抱他道別。

「幹得好，」她耳語說。

「謝謝，」他本能地回答。她放開他時，他感覺體內的空氣好像完全被抽光了，讓他頭暈目眩。還來不及考慮自己在做什麼，他已經伸手牽起佩姬的手。他發覺其他人在看他，但當下他真的不在乎。在那一刻他發現，他只希望佩姬能知道他認為她有多麼美好。雖然說出這句話的念頭很嚇人，但他會考慮要這麼做一定有點意義。一定表示他已經準備好釋懷了。

這時卡麥隆打開大門，一陣冷風吹進走道，急切地尋找溫暖處攻擊。

「等等！」安德魯說，「各位，抱歉，但是你們不介意等一下吧？」

片刻之後，眾人不情願地像被留校察看的學童般回到餐廳。

「呃，安德魯……？」佩姬說。

「我馬上回來，」他說。他溜進廚房時又感覺到心臟開始猛跳。吉姆、亞歷士和魯伯特都看著門，害怕是他們被發現了而愣在那裡。安德魯請他們跟他走，他們困惑地互看，但安德魯擠出安撫的微笑。

「沒事的，」他說，「不會太久。」他帶他們經過走道，進入餐廳，介紹他們給同樣困惑的同事們認識。

「安德魯，這到底是怎麼回事？」在他們坐下來圍成半圓形之後，卡麥隆問道。

「好啦，」安德魯說，「我有些事必須告訴你們所有人。」

34

安德魯聽著手機鈴響，喝下半杯微溫的 Pinot Grigio 葡萄酒。

「安德魯！真是愉快的驚喜啊。」

「哈囉，卡爾。」

「你居然打來了——我剛查我的銀行帳戶，似乎還是沒收到我的錢。」

「才剛進我的帳戶而已，」安德魯說，努力保持語氣平和。

「呃，」卡爾說，「你有我的帳戶資料了，所以只要你馬上匯過來，我們就沒事了。」

「不過，問題是，」安德魯說，「我想我不會把錢匯過去。」

「什麼？」卡爾怒道。

「我說了，我想我不會把錢匯過去。」

「你會的，」卡爾說，「絕對會，因為，別忘了不給我錢的後果。我只需要拿起電話，你就完蛋了。」

「我就是這個意思，」安德魯說，「我知道我或許不配拿這筆錢，或許我的行為真的有造成莎莉不快樂，甚至不僅是如此。但事實上，我們還是愛對方，我知道她或許會很難接受我說謊的事情，但是我認為她會比較容易諒解謊言，而不是你在勒索我的事實。」

「喔，拜託。你真的不懂，是吧？那筆錢是你欠我的。如果你一開始就做正確的事，我根本不必勒索你。所以你給我聽好。很簡單，好嗎？如果二十四小時以內那筆錢不在我帳戶裡，你現在的生活就結束了。」

線路掛斷。

安德魯長嘆一聲，感覺肩膀鬆垮下來。他在椅子上俯身，看著他放在餐桌上的手機。還有另外七支手機圍成一圈，全都顯示它們還在錄音。室內一片寂靜。安德魯低著頭，臉頰火熱。有個快速動靜，安德魯一瞬間還以為有人要攻擊他。但接著，就在她環抱住他之前，他發現那是佩姬。

35

安德魯等著計程車蜿蜒駛出死巷，停下來讓一隻狐狸靈巧地走過斑馬線，然後才開口。

「那，妳覺得我會被開除嗎？」

佩姬把她夾帶上計程車的一瓶葡萄酒遞給他，他偷喝一小口。「說真的嗎？我不曉得，」她說。

同事們已經搭另一輛計程車走了。吉姆和亞歷士無法抗拒參觀閣樓和精美落磯山主題火車場景的機會，決定在魯伯特家再多待一會兒。

「在我全部招供之後，起初我還看不太出來大家的反應。」

安德魯只向他們講了簡短的版本，用那樣的方式描述，整場欺騙聽起來又更加悲慘。他有心理準備會遭到基斯和梅瑞迪絲毒舌打斷，但兩人都沒說話。其實完全沒人說話，直到他講到被卡爾勒索的部分，這時亞歷士開始憤怒地大罵他們絕不會放過他。她要求安德魯當場打給卡爾，不耐煩地向他說明該怎麼引導對話，讓卡爾毫不含糊地透露他的所作所為。她哄騙大家把手機交給她，排列在桌上設定成錄音。事後，他們逐一聽過，判定梅瑞迪絲的錄音最清晰。

「很好，現在只要傳送給安德魯就好了，」亞歷士告訴她。

「是喔，好。那我要怎麼……」

亞歷士翻個白眼，從梅瑞迪絲手裡接過手機。「安德魯，你的號碼是？好，有了。搞定。」

之後，魯伯特提議拿出一些「像樣的」白蘭地來慶祝計畫進行順利，但大家只是心不在焉地回應。尤其卡麥隆似乎特別急著想走。

「呃。這顯然……是個很有趣的夜晚，」他向安德魯說，「我會離開幾天，我有提過嗎？訓練課程等等的。但等我回來後，我們最好講清楚。關於這一切。」

「那只表示他想跟你聊聊，確定你沒事，」佩姬說，同時計程車在沒打燈號的情況下，輕鬆地斜切過兩個車道。

安德魯腦中百感交集，根本沒注意到佩姬在座位上靠過來，直到感覺她的頭靠在他肩上。

「你感覺怎麼樣？」她說。

安德魯鼓起臉頰。

「好像有人剛拔掉了卡在我腳上一百年的刺。」

佩姬的頭在他肩上換個位置。

「很好。」

計程車司機的無線電沙沙響起——管制中心說他這趟跑完可以直接回家。

「天啊，不妙，我快睡著了，」佩姬說，「到克羅伊登再叫醒我，好嗎？」

「我想妳是史上第一個這麼說的人，」安德魯說。佩姬有氣無力地肘擊他一下。

「對了，剛才妳走進廚房時，」安德魯說，在發生這麼多事之後感覺異常地大膽，「我不確定妳是不是聽到了我說的話？關於，呃，我或許愛上妳了。」

片刻間，他以為佩姬是在斟酌要如何回應，但接著就聽到她柔和的呼吸聲。她睡著了。他把頭輕輕靠到她的頭上。感覺非常自然，在某個程度上讓他既開心又痛心。

如果那晚他睡得著就算幸運了，他的腦筋變得好怪。他已經把錄音寄給了卡爾，但是沒有回應。他懷疑是否永遠都不會再有回應了。

他忍不住想起莎莉——她把那組漂亮的模型火車頭交給他，向他眨眼然後亂摸他頭髮的那一刻。或許，如果他們能從頭來過，他們會有辦法彌補。但他搖頭甩掉那個念頭。他厭倦了幻想。他這輩子幻想得夠多了。他喝掉剩下的酒，默默舉瓶向他的姊姊致敬。

36

兩個早晨之後安德魯驚醒過來。他一直夢到在魯伯特家發生的事，然後在恐怖的幾秒間，他無法確定什麼是真的，什麼是他潛意識的扭曲。但當他察看手機，晚餐聚會隔天早上卡爾傳來的簡訊還在：「去你的，安德魯。享用你的黑心錢吧。」

安德魯知道他遲早必須思考這個罪惡感，思考他要如何面對——還有他實際上要如何處理這筆錢——但目前他只是超級慶幸自己不必再繼續跟卡爾糾纏。

他去燒開水，感到雙腿有股異常的僵硬感。昨晚他進行了理想中應該稱作「跑步」，但實際上比較接近「跛行街區」的活動。當時很痛苦，但他回來之後有一陣子——洗完澡，吃了含有蔬菜的餐點後——感覺到一陣強烈的恩多酚（先前他想像很神祕，像獨角獸之類的東西），讓他終於理解為何有人會願意這樣折騰自己。看來，老狗還是有生命力的。

他煎了些培根，盯著牆上的磁磚鏡頭說。「你可能注意到了我意外弄焦了，但是我會加上溫德米爾湖那麼多的醬汁，所以不重要。」

他往腦後舉起手臂伸展，打個哈欠。眼前他有整個週末，而難得的是，他有個不涉及艾拉・費茲傑羅與上網的計畫。

¶

這會是一段長途旅行，但他準備周全。他帶了書和 iPod，清掉了舊相機的灰塵，以備心情好時可以拍些照片。至於午餐盒，他則完全脫離常軌，用白麵包加上實驗新餡料做了些三明治，其中一個他甚至大膽到忍不住用了洋芋片。

令人失望的是，他在帕丁頓火車站提早上車，卻發現他的位置正好卡在一場告別單身派對中間，他們已經開始喝啤酒了。到史汪希要三小時，有很多時間可以喝酒抽菸，或者做大家在這種活動裡會做的任何事。他們身穿印著「達莫的單身派對」的特製T恤，似乎都已經很醉了。但出乎意料的是，其實有他們陪伴還挺開心的，他們送零食給車廂裡每個人，假裝搶著幫大家把行李放到頭頂架子上，然後玩字謎和機智問答遊戲殺時間。安德魯不知不覺沉溺在友善的氣氛中，結果像個頑皮的遠足學童一樣，不到中午就把午餐盒吃光了。過了史汪希以後的旅途比較陰沉，不過有個紫色頭髮、在編織紫色羊毛帽的女士請他吃了一些罐頭裡的紫色甜食，看起來好像從逝去年代的廣告片裡跑出來的東西。

¶

這座火車站小到幾乎沒有月台——簡直是一下車就直接走進街道的那種小站。安德魯用手機查看路線，轉進一條兩側的房屋似乎都往中間傾倒的窄巷裡，離開倫敦以來他第一次真正開始感到身上的神經緊繃起來。

那間教堂不太起眼，尖塔小到被兩棵小紫杉遮住。整個場地有種荒廢感——外牆大門布滿青苔，墓園的草長得太長——但是初秋的氣氛感覺很平靜。

他準備好進行漫長地搜尋。刪去的過程。他隱約記得自己把手機拿在耳邊，有個聲音告訴他喪禮要在這裡舉辦，接著就是他無聲回應之後的迷惑與痛苦。他記得的唯一細節是這座教堂很靠近蓋文宣稱看過飛碟的橄欖球場。

結果，他才走過六塊墓碑，就看到了他要找的名字。

黛安・莫德・貝文

他把雙手插進口袋，踮起腳尖搖擺，累積著勇氣上前。最後他緩緩走近，彷彿是在走往懸崖邊緣。他沒帶任何東西——花束之類的。不知怎地，那感覺就是不太對。這時他來到伸手可及的距離了。他跪下來，溫柔地用手摸過黛安的名字，追蹤每個字母的輪廓。「嗯，」他說，「我都忘了妳有多討厭妳的中間名了。我花了整個星期天才讓妳想開點，記得嗎？」

他深呼吸一下，聽著呼氣時的顫動聲。他俯身直到額頭輕輕靠在墓碑上。

「我知道現在說這話沒什麼意義，但是我很抱歉一直沒來看妳。還這麼害怕。妳應該可以比我更快想通吧，但妳知道，我從來還沒真正接受妳已經走了。老爸，老媽……然後莎莉也走了……我無法讓妳也走掉。然後，我突然有了個機會建立這個妳還在的地方，這個世界，我無法抗拒。原本不該持續太久的，但是情況很快就失控了。不知不覺間我甚至開始捏造起我們的爭吵。有時候只是些蠢事——主要是妳對我和我沉迷模型火車感到失望——但有些時候比較嚴肅：對教養我們孩子的方式有不同意見，擔心我們的人生過得不充實——對世界沒有足夠的見識。但其實那也只是冰山一角；我什麼都想過了。因為我想像的不只是跟妳過的一生，是上百萬種不同人生，路上有各種可能的分叉。當然我不時會感覺到妳在離我遠去，我知道那是妳叫我放手的方式，但卻總是只讓我想抓得更緊。實情是，直到上週遊戲終於結束之後，我才真正能夠把自己愚蠢、自我陶醉的頭腦從我的屁股裡拔出來，想像如果妳能稍微知道我都在幹些什麼的話，會對我說什麼話。我很抱歉我沒有早點想到這些。即使我不配，我只希望妳能原諒我。」

安德魯發現似乎有別人出現在幾呎外，正在探視別的墳墓。他把音量壓低到耳語程度。

「我們在一起之後不久，我曾經寫了封信給妳，但我太害怕你可能不喜歡，所以也不敢交給妳。它本來應該是一首詩的，所以妳其實沒有責任。信裡面充滿浪漫至極的風花雪月，妳一定會理所當然地大肆嘲笑，但我認為其中有一部分，直到現在仍是真的。我寫說，從我們初次擁抱的那一刻起，我就知道，我心裡有什麼東西已經永遠改變了。在那之前，我從來沒發現人生有時可以簡單得如此神奇又美好。我只希望我在妳走後也能記住這一點。」

他不得不停下來，用外套袖子拭淚，並再度伸手摸過墓碑。這時他默默待在原地，感受純粹又古怪愉悅的痛苦流過全身，心知雖然痛苦，這是他必須接受的事，春暖之前的寒冬，讓冰雪把他的心凍結粉碎，然後才能痊癒。

¶

安德魯抵達的時候，下一班往史汪希的火車正在進站，但他不太願意這麼快離開。他決定改去附近的酒館待一會兒。他走近門口時舊習發作，在門外又猶豫起來。但他想起黛安在看，無疑正往他的方向用嘴型在罵人，便繼續走了進去。雖然常客們有點好奇地盯著他，酒保給他倒了杯啤酒然後有點冷淡地丟了包鹽和醋在檯面上（注：英式炸魚薯條的慣例調味料），他們對他的反應還算溫和，並沒有不歡迎他。

他拿著書和啤酒坐在角落，好久好久以來，第一次感到滿足。

37

安德魯把那件緊身褲上下翻倒，結果抖出一疊鈔票到床上。

「賓果，」佩姬說，「你想這些夠付喪禮費用了嗎？」

「應該夠，」安德魯翻著鈔票說。

「嗯，了不起。可憐的老……」

「約瑟芬。」

「約瑟芬。天啊，我真糟糕。這是個很可愛的名字。聽起來好像總是會帶很多食物參加豐收慶典的那種女人。」

「或許她真的是。她的日記裡有沒有提到教會？」

「只有在痛罵《讚美詩歌》（注：電視宗教節目）的時候。」

約瑟芬・墨瑞寫了不少日記，照她所說的，「在史密斯牌的舊筆記簿裡，用砧板放在腿上充當書桌，如同我想像山繆・皮普斯（注：Samuel Peyps，知名日記作家）的作法。」

日記的主題大致上很世俗——簡短尖銳地批評電視節目或是對鄰居的評論。她經常結合兩者：「看了一部四十五分鐘的 Findus 鬆脆煎餅廣告片，零星穿插著關於輸水道的紀錄片。被左邊鄰居的爭吵聲吵得幾乎聽不見。我真希望他們克制一點。」

不過偶爾，她也會寫些比較反省的東西：

「今晚有點慌亂。拿食物出去餵鳥時感覺有點頭暈。考慮過打電話給醫生，但不想麻煩任何人。我知道這很蠢，但我覺得自己可能沒事，就很不好意思佔用別人的時間。右邊鄰居有出來烤肉。聞起來很香。天曉得這是多久以來的頭一次，有股強烈衝動想拿著一瓶葡萄酒過去，和一些乾乾脆脆的食物，喝到微醉。檢查了冰箱，但是裡面什麼也沒有。最後我想，反正暈眩和酒醉加在一起不是好事。對了，就在我想躺下睡覺的時候，我突然想起今天是我生日。所以我才寫這則日記，希望讓我到了明年還能記得這些，當然，是指到時我還沒翹辮子的話。」

佩姬把日記收進她包包裡。「我回辦公室之後會仔細看一遍，看是否有遺漏的家人資訊。」

「了解，」安德魯說。他看看錶。「吃三明治吧？」

「三明治，」佩姬確認。

他們來到辦公室附近一家咖啡館。「這裡怎麼樣？」安德魯說，「我肯定經過這裡上千次了，從來沒進去過。」

天氣夠暖可以坐在戶外。他們吃三明治的時候，一群穿著鮮豔圍兜的學童由一位年輕老師帶隊經過，老師一面忙著注意所有人，同時抽空告訴叫黛西的女生，魯卡斯可能不會喜歡那樣子被捏。

「再等個十年，」佩姬說，「我敢打賭魯卡斯會渴望像那樣子被捏。」

「那是妳以前調情的招式嗎？」

「差不多。掐掐捏捏，喝幾杯伏特加，準沒錯。」

「經典。」

一名身穿電藍色西裝的男子大步經過他們，向手機叫嚷著聽不懂的商業術語，活像一隻剛從一本商場大亨自傳學會了英語的孔雀。他大步走到馬路上，在一輛快遞機車驚險掠過身邊時勉強閃開，大罵對方笨蛋。

安德魯感覺他腳上有東西在震動。

「我想妳的電話響了，」他說，把佩姬的包包遞給她。

她掏出手機，看一下螢幕，然後把手機放回包包讓它繼續震動。

「我猜八成又是史提夫，」安德魯說。

「嗯哼。至少現在他每天只打兩通了。希望他能盡快懂我的意思。」

「女兒們適應得怎麼樣？」

「喔，你知道的，就像預期一樣好。我們還有很長的路要走。但這樣子肯定還是最好。對了，蘇絲前幾天有問到你。」

「真的？她說什麼？」安德魯說。

「她問我我們還會不會再見到『那個很好玩的安德魯』。」

「唉，我不曉得她想到的是哪個安德魯，嗯？」安德魯假裝失望地說，但從佩姬臉上的微笑看來，他的驕傲應該完全藏不住。

佩姬又伸手到包包裡拿出約瑟芬的日記，逐頁翻過。

「這似乎是個活潑的老太太。」

「她是啊，」安德魯說。「有提到家人嗎？」

「目前沒看到。提到鄰居比較多，不過從不指名道姓，所以沒辦法確定他們是否友善。我猜如果他們老是在吵架，或許她也不想跟他們講話。不過其餘的，烤肉那批人——如果日記裡沒有收穫，我晚點可能會回去跟他們聊聊。我心裡有點好奇她是否真的曾經決定去找他們喝一杯之類的。」

安德魯遮住臉上的陽光，以便觀察佩姬的眼神。

「我知道，我知道，」她辯解地舉起雙手說，「我不會投入太深的，真的。只是……這又是另一個在臨終時完全孤獨的人，對，即使她顯然人很好也很正常。我打賭如果我們能找到近親，一定又會是個『喔天啊，真可惜，我們有一陣子沒聯絡了，算是失聯了吧有的沒的』的經典案例。發生這種事簡直是醜聞。我是說，我們真的都滿足於告訴這些人『抱歉，運氣不好，我們根本懶得努力幫你們這些可憐孤獨的混蛋』，卻沒有至少給他們機會去跟某人喝杯茶、尷尬地聊聊天之類的嗎？」

安德魯想像著如果未來有人願意來陪伴他，他會怎麼做。他真正能想像的畫面沒什麼幫助：一個耶和華見證會的人站在他門口。但是可想而知，因為，老實說，他會直接拒絕他的幫助。他也就向佩姬這麼說了。

「但不一定是要像那樣，」她說，「其實我一直想和你談這件事。我是說，我還沒完全想清楚，但是……」

她開始在提包裡翻找，拿出空水瓶、一個舊蘋果芯、半包小豬軟糖和一把收據。安德魯迷惑地看著，同時她像個憤怒的魔術師般咒罵著繼續掏。終於，她找到了想找的東西。

「這只是個大綱，」她撫平一張紙說，「其實真的很粗略，但這是一場助人運動的可能概要。這場運動的精神在於，民眾可以提出申請，選擇打電話或接受志工探視。重點在不管你是小老太婆或三十幾歲的夢想家都不重要。只是讓某個人可以跟你有所連結的一種選擇。」

安德魯研究這張紙。他知道佩姬在焦慮地看著他。

「怎樣？」她說，「很瘋狂嗎？」

「不。絕對不會。我喜歡。我只希望妳有早點告訴我。」

佩姬瞇起眼睛。

「幹嘛？」安德魯說。

「喔，沒事，」佩姬說，「只是突然想起大約一星期前在森寶利超市的時候，我差點一拳打到你臉上。」

「……是喔，」安德魯說，決定不再追問。

「我還有別的東西要給你看，」佩姬說，又伸手到 Tardis 包包裡拿出她的手機。「現在想幫可憐的老約瑟芬找同伴顯然太遲了點，願她安息，但是你看這計畫怎麼樣？」她把手機遞給安德魯，他在紙巾上擦擦手指才接過去。那是佩姬擬定的一則臉書貼文草稿。

「妳知道嗎？」安德魯看完之後說。

「什麼？」

「妳真的很聰明。」

安德魯想不到佩姬也會臉紅，但她的臉頰肯定泛出了粉紅色。

「那我該貼出來嗎？」她說。

「非貼不可，」安德魯說，把手機還給她，看著她上傳貼文，同時他自己的手機響了起來。

「是……不，我了解，謝謝，但是我說過，那恐怕超出了我的預算。好，謝謝，再見。」

「『那恐怕超出了我的預算』，」佩姬說，「你是要買遊艇還是什麼嗎？」

「顯然那是在清單的下一項。目前呢，我想要搬家。」

「哇。真的嗎？」

「我想這樣比較好。該是繼續前進的時候了。」

「所以現在你體驗到跟那些可愛房仲員談話的樂趣了。」

「是啊。從來沒有這麼多人、在這麼短的時間內向我說謊。」

「你還有很多要學呢，老朋友。」

安德魯揉揉眼睛打個哈欠。「我只是想要住在離倫敦市中心不遠的一個山頂上的改裝火車站裡，只要有海景和無線網路就可以了。這樣的要求會太過分嗎？」

「再吃塊餅乾吧，」佩姬拍拍他的頭頂說。

¶

雖然差點決定把整個下午都耗在酒館胡亂塗寫，他們終於快要回到辦公室了。

照例，安德魯又在累積勇氣，想問佩姬是否有聽到他在魯柏特家廚房裡講的話，而現在感覺像是這幾天來最恰當的時刻了。

「是說，前幾天晚上……」

但他沒機會說完，因為佩姬突然抓住他手臂。「你看，」她低聲說。

卡麥隆比他們先到辦公室，正在輕快地爬樓梯。他停下來找大樓通行卡，在安德魯和佩姬趕上他之後才找到。

「嗨，卡麥隆，」佩姬說，「我們以為你下星期才會回來。」

卡麥隆講話時忙著看手機。

「被迫提早回來，」他說，「課程的最後一天取消了。似乎是沙門氏菌傳染。我是唯一逃過一劫的。」

他們三人默默走過走廊。抵達辦公室後，卡麥隆撐開門讓佩姬通過，然後轉身向安德魯說，「你有空的時候我們可以在我辦公室裡談一下嗎？」

「當然，」安德魯說，「我可以問是什——」

「那就晚點見，」卡麥隆說，安德魯來不及接話他就走掉了。他不太清楚有什麼事，但他合理猜測不會是頒授騎士爵位。

若是幾週前的他一定會恐慌起來。但再也不會了。他準備好了。他把東西丟到桌上，直接走去卡麥隆的小房間。

「安德魯，」佩姬從遠處低聲說，關切地瞪大眼睛。

他對她微笑。

「別擔心，」他說，「一切都沒問題的。」

38

又是新的一天，又一場新的喪禮。

今天是約瑟芬・墨瑞向世界道別的日子，而安德魯是唯一回應她道別的人。他在軋軋作響的長椅上換個姿勢，跟牧師互相微笑。今天上午稍早安德魯跟他打招呼時，花了一點時間才發現他就是主持第一場喪禮儀式那個滿頭亂髮的年輕人。雖然只經過了一年左右，但他看來已經明顯老化。不只頭髮變得整齊，換成了比較保守的旁分髮型，他的儀態也不同了——變得更有自信。看到他似乎成熟了不少，讓安德魯有種古怪的家長感覺。之前他們短暫地通電話談過，安德魯跟佩姬討論之後，決定透露約瑟芬日記的一部分，讓牧師能夠為儀式添加一些個人色彩。

安德魯轉身看向教堂後方。佩姬在哪裡？

牧師走過來。「我會再拖一兩分鐘，然後恐怕就真的必須開始了，」他說。

「當然，我了解，」安德魯說。

「你在等幾個人來？」

問題就在這裡。安德魯毫無頭緒。全看佩姬聯絡得怎麼樣。

「不用太擔心，」他說，「我不想造成延誤。」

但這時教堂的門打開，佩姬出現了。起先她表情慌張，但接著她看到儀式尚未開始時，臉上洋溢著解脫感。她幫後面的人撐開門——所以至少還有另一人——走過走道。安德魯看著第一個，兩個，然後三個人跟著她進來。短暫的空檔，接著讓安德魯驚訝的是，穩定的人潮持續湧入，他數到超過三十人以後就數不清了。

佩姬來到他身邊。「很抱歉我們遲到了，」她耳語說，「我們的臉書專頁迴響很不錯，後來在最後一刻我們又從對街的鮑伯咖啡店召集了一些人。」她向一名穿著藍白方格圍裙的男子歪頭。「包括鮑伯本人！」

牧師等到每個人都坐定才走上他的講台。在開場問候之後他決定──在安德魯看起來是同時發生的──丟下他的小抄離開講台，以便更接近群眾。

「真巧，我跟約瑟芬有些共通點，」他說，「我祖母跟她同名──她對我永遠是約瑟芬祖母──而且她們都寫日記。嗯，在我祖母過世後，我們才獲准能看她的日記，當然我們很有興趣。我們終於看到之後，才發現她大多數的日記都是喝了幾杯琴酒加蘇打水之後寫的，所以有些地方看不太懂。」群眾發出一陣溫暖的笑聲，安德魯感到佩姬牽起他的手。

「就我這幾天來從幫忙處理約瑟芬後事的好人聽說，她自己的日記顯示出她很機智、聰明又充滿活力。她雖然並不羞於表達強烈意見，尤其是針對電視節目或氣象預報員，但她個性的溫暖和力量依舊躍然紙上。」

佩姬捏捏安德魯的手，他也回捏。

「約瑟芬過世時或許沒有家人朋友在身邊，」牧師繼續說，「今天或許感覺也像個寂寞的場合。所以今天看到你們這麼多人犧牲時間來到這裡，真是件美好的事。我們沒人能在人生的起點確定它將如何結束，或我們的旅程會是怎樣，但如果我們能確知臨終的時刻，能有像你們這樣的好人陪伴，我們一定會很安慰。所以感謝各位。容我邀請各位起立，加入我一起默哀。」

儀式結束後，牧師在教堂大門旁等候，感謝出席的每個人。安德魯甚至聽到他告訴鮑伯晚點他當然樂意過去「喝杯茶」，但是他可能不點鬆餅了。「可是鬆餅很大喔！」鮑伯反駁說，「真的，方圓幾哩內你買不到更大的了。」

「我想今天他大概招攬了二十個新顧客，」佩姬說，「好傢伙，厚臉皮的混蛋。」

他們漫步到一張長椅。安德魯撥掉一些落葉，讓兩人坐下。

「那，你終於要告訴我跟卡麥隆談了什麼了嗎？」佩姬說。

安德魯往後靠，抬頭看天空，看著遠處的飛機留下一串微弱的尾跡。像這樣伸展脖子，感覺真好。他應該多這麼做。

「安德魯？」

有什麼好說的？

對話很曲折又沒有結論。卡麥隆很艱難地說他非常站在安德魯這邊，如果由他決定，他會忘掉晚餐聚會的啟示。但接著他開始在話裡穿插「職責所在」和「遵守規定」之類的詞彙。

「你理解我必須說點什麼吧？」他總結說。「因為，無論你做過的事有什麼理由……仍然讓人相當不安。」

「我知道，」安德魯說，「相信我。」

「我是說，該死，安德魯，換成你在我的立場，你會怎麼辦？」

安德魯站起來。「卡麥隆，聽著，我想你最好照你的直覺去做，如果要向上級舉報我，或萬一裁員問題又被提起，這正好能讓你圓滿解決問題之類的，我完全可以理解。我不會對你不滿。」

「可是——」

「說真的。把一切攤開來，能夠繼續前進，這對我來說比保住工作更重要。如果這有助於你作出棘手的決定，我真的沒有意見。」

天啊，能這樣子暢所欲言真是種解脫。對新的可能性敞開心胸。他想起佩姬的社會運動。他們越討論，他覺得越有幹勁。

「況且，」他向卡麥隆說，「我也終於應該想清楚這輩子要怎麼過了。」

¶

佩姬牽他的手，把他的心思拉回現在。「沒關係，我們不用現在就談。」

安德魯搖搖頭。「不，我們可以談。呃，看起來我是會被裁掉。」

「噢，」佩姬說，瞪大眼睛用雙手掩嘴。

「不過，」安德魯說，「卡麥隆答應會在別的部門設法幫我找個差事。」

「你想你會去接嗎？」

「會，」安德魯說。

「是喔，嗯，那就……好，」佩姬說，語氣帶著一絲失望。

「雖然只是暫時，」安德魯說。

「真的？」佩姬馬上說，觀察安德魯的眼神。他點點頭。

「關於慈善募款的事，我作了一點研究。我有莎莉留給我的錢，那不會有更好的運用方式了，我知道她會很高興我用來做這樣的好事。」

佩姬用強烈困惑與興奮交雜的表情看著他，安德魯不禁停止發笑。

「我說的就是妳的運動概念，以防妳沒聽懂我的意思，」他說，「我在想，或許妳可以，呃，幫我。看我們能不能讓它上軌道。」

「這……安德魯，我不太……」

「我不是說絕對可行，」安德魯說，「我們可能在第一個障礙就會跌倒。但我們可以盡力而為。」

佩姬很堅定地向他點頭。「我們可以，我們絕對可以，」她說，「今天晚餐我們再詳細討論——當然，如果你的提議還有效的話？」

「當然有效，」安德魯說。這天上午他找到了新公寓，在他下載的四個令人困惑的 **App** 之一碰巧發現的，雖然他必須在下週就搬家，但他當下就決定了。他心裡對搬家確實有點感傷，但至少今晚佩姬會過來，他能夠好好地告別這個舊家。

「快問快答，」他說，「妳真的喜歡吐司夾豆子，對吧？」

「當然，我的最愛，」佩姬說，稍微瞇起眼睛看著他，不確定他是不是在開玩笑。「不過現在，我不知道你怎麼樣，但我可以幹掉一份巨大鬆餅。」

「有何不可？」安德魯說。

他們互相凝視了片刻。他回想起她和女兒們在國王十字車站的月台上奔向他的畫面，他的心再一次帶著希望閃爍。他已經放棄要探問佩姬是否聽到了他在魯伯特家廚房吐露對她的感情。重要的是現在她還在他身邊，知道了關於他該知道的一切。他發現，這就遠遠足夠了。

作者致謝

感謝我神奇的經紀人 Laura Williams。妳為我做的一切，我無法用言語表達我有多麼感激。感謝 Orion 公司的 Clare Hey 和 Putnam 公司的 Tara Singh Carlson。我很幸運跟兩位這麼聰明的編輯和出版人合作。非常感謝。感謝 Orion 公司的每個人，尤其是 Harriet Bourton、Virginia Woolstencroft、Katie Moss、Oliva Barber、Katie Espiner、Sarah Benton、Lynsey Sutherland、Anna Bowen、Tom Noble 和 Fran Pathak。還有 Putnam 公司的所有人，尤其是 Helen Richard、Alexis Welby 和 Sandra Chiu。感謝厲害的 Alexandra Cliff——我會永遠記得那通電話。還有，感謝聰明的 Marilia Savvides、Rebecca Wearmouth、Laura Otal、Jonathan Sissons 和 PFD 公司的每個人。感謝 Greene & Heaton 公司的 Kate Rizzo 等人。特別感謝 Ben Willis 在我寫作本書的初期閱讀了草稿，並在坎伯威爾區的連鎖酒吧給了我寶貴的建議，以及從最一開始就很支持我。同樣感謝 Holly Harris（正式名字）。謝謝妳所做的一切，尤其是當我發現我可以出書的時候，阻止我在瓦哈卡餐廳失去理智。我很幸運能有你們這兩個朋友。感謝 Emily 'half pint' Griffin 和 Lucy Dauman。你們絕對是最棒的。感謝 Sarah Emsley 和 Jonathan Taylor——我無法指望能有更善良、睿智又好脾氣的人當我的導師兼朋友了。感謝 Headline 公司的所有人跟我愉快地共事，消息出來之後傳給我的祝賀訊息帶給了我莫大的喜悅。特別感謝 Imogen Taylor、Sherise Hobbs、Auriol Bishop 與 Frances Doyle。感謝下列人士的鼓勵、支持、忠告和友誼：Elizabeth Masters、Beau Merchant、Emily Kitchin、Sophie Wilson、Ella Bowman、Frankie Gray、Chrissy Heleine、Maddy Price、Richard Glynn、Charlotte Mendelson、Gill Hornby、Robert Harris。感謝貼心又支持的兩位姊妹 Katy 和 Libby。我愛妳們。還有你，JJ Moore——最棒的姐夫。最後，感謝家母 Alison 和家父 Jeremy，這本書是獻給你們的——一切都是因為有你們。

理查・洛普

現任英國 Headline 出版公司非文學類編輯，在漫長的火車旅行中愛聽艾拉・費茲傑羅的唱片，本書是他的小說出道作。

如何不孤獨死去

二〇二〇年七月一日　初版第一刷

作　　者　理查・洛普
譯　　者　李建興
編　　輯　廖書逸
封面插畫　塗是晴
裝幀設計　塗是晴、張家榕
發 行 人　林聖修
出　　版　啟明出版事業股份有限公司
郵遞區號　一〇六八一
台北市大安區敦化南路二段
五十七號十二樓之一
電話　〇二二七〇八八三五一
總 經 銷　紅螞蟻圖書有限公司
法律顧問　北辰著作權事務所

定價標示於書衣封底。

ISBN 978-986-98774-1-1

國家圖書館出版品預行編目 (CIP) 資料

如何不孤獨死去 / 理查・洛普（Richard Roper）作；李建興譯。
——初版—— 臺北市：啟明，2020.07。
416 面；12.8 x 18.8 公分。

譯自：Something to Live For
ISBN 978-986-98774-1-1（精裝）

873.57　　　109003427

Something to Live For
By Richard Roper